VERSO

un label dirigé par Glenn Tavennec

LA FEMME SANS TÊTE

L'AUTEUR

Nadine Monfils est belge. Romancière et dramaturge, elle a publié plus de quatre-vingts ouvrages, récompensés par de nombreux prix. Elle a écrit et réalisé un long-métrage, *Madame Édouard*, avec un casting prestigieux. Sa série *Les Folles Enquêtes de Magritte et Georgette* connaît un grand succès et est en cours d'adaptation.

LA SÉRIE
LES FLEURS DU CRIME
DE MONSIEUR BAUDELAIRE

Livre 1 : *La Femme sans tête*

Livre 2 : parution avril 2026

Livre 3 : parution octobre 2026

NADINE MONFILS

LA FEMME SANS TÊTE

LES FLEURS DU CRIME DE MONSIEUR BAUDELAIRE

VERSO

Un label des
ÉDITIONS DU SEUIL
*57, rue Gaston-Tessier, Paris XIXe*

Illustration de couverture : Butcher Billy

ISBN 978-2-38643-113-5

Chère amie lectrice,
Cher ami lecteur,

Comme pour Les Folles Enquêtes de Magritte et Georgette, *dans ce livre tous les détails de la vie de Baudelaire sont vrais. J'ai fait un travail de recherches minutieux pendant des mois et lu tout ce qui le concerne. La plupart des dialogues ainsi que les phrases en italique sont de lui, extraites de ses poèmes, parce qu'on ne peut dissocier l'homme « infernal », mais attachant, du poète génial. Tout génie porte en lui quelque chose d'angélique et de diabolique.*

Les enquêtes sont le fruit de mon imagination. N'y cherchez pas des concordances de dates, ceci n'est pas un roman historique !

C'est Baudelaire comme vous ne l'avez jamais imaginé…

Nadine Monfils

Prends-moi avec toi, et de nos deux misères
nous ferons peut-être une espèce de bonheur !

Charles BAUDELAIRE, *Le Spleen de Paris*

À Baudelaire,
l'enfant triste qui détestait les Belges,
parce qu'ils n'ont pas su l'aimer.

1

CETTE NUIT-LÀ, une ombre affublée d'un boa titubait dans les ruelles malfamées de Paris. Elle tanguait tel un bateau ivre se heurtant aux murs luisants, comme si les pierres des maisons suaient du trop-plein de malheur de leurs habitants. Une faible lueur lunaire éclairait les pavés mouillés. L'ombre dut s'appuyer contre un réverbère pour ne pas vomir ses rêves, broyés par une vie à l'envers. De dos, avec sa redingote aux pans pointus, on aurait dit un corbeau malade aux ailes de géant qui l'empêchaient de marcher. Charles Baudelaire voguait sur un rafiot pourri, il préférait les voyages teintés de moisissures à ceux parés de dorures.

La nuit avait été belle ; lui qui aimait les plats raffinés et les grands crus avait bu du vin de messe, gros rouge de charogne, et baisé une vieille pute aux seins volumineux mais flasques. Une pute au parfum écœurant. Après vous, madame, enivrez-moi de votre décrépitude et dansons !

Voyageur n'ayant pour bagage que sa poésie, il dérivait d'une contradiction à l'autre, entre les palais des mille et une nuits et les égouts putrides infestés de rats. C'est là, dans ces deux mondes, qu'il puisait son inspiration. Et exprimait son désespoir…

Toujours appuyé contre le réverbère, Baudelaire aurait voulu vomir ce fils indigne qui faisait tant souffrir sa mère, mais elle admirait sa poésie. Charles était un génie avec une face de chat crevé qui fourrait ses pattes dans les entrailles du diable et en sortait des étoiles. Il savait qu'il fallait traîner dans les bas-fonds pour ne pas pondre des vers de mirliton.

Il libéra sur le pavé un dernier jet de vinasse, lambeau de petite robe rouge, le début d'un conte de fées… Et il continua son chemin sous la pluie, ne croisant dans les ténèbres qu'un compagnon de misère affalé sur un banc.

Il n'avait plus la force d'aller se consoler dans les bras de Jeanne Duval, sa maîtresse détestée par sa famille et qui pourtant avait tout pour plaire ! Noire, prostituée, lesbienne et comédienne de bas étage qui s'accrochait aux tentures sanguinolentes des théâtres miteux. Mais elle l'avait envoûté ! Il avait été séduit par son côté sauvage, indomptable, enjôleur… À tel point qu'il lui avait écrit plusieurs poèmes d'une ensorcelante beauté.

Toi qui, comme un coup de couteau,
Dans mon cœur plaintif es entrée ;
Toi qui, forte comme un troupeau
De démons, vins, folle et parée,
[…]
– Infâme à qui je suis lié

Indifférente à la poésie, Jeanne continuait à enchaîner les amants comme des boules de chapelet. Jaloux, Baudelaire ? Il se serait ennuyé avec une grenouille de bénitier. Lui-même n'allait-il pas renifler ailleurs quelques poisons ?

Arrivé à l'île Saint-Louis, devant l'hôtel Pimodan[1] donnant sur le quai d'Anjou, un endroit luxueux dont il occupait les combles au troisième étage, Baudelaire buta sur une masse molle, étendue sur le pavé. « Encore un ivrogne », pensa-t-il. Il s'empêtra les pieds dans un fatras de tissu, trébucha sur un corps inerte, ne distinguant dans le noir que sa robe de boue et un soulier rouge lacé. L'autre avait disparu. Une femelle saoule, sûrement. Il lâcha un « Pardon, madame ! » en effleurant le bord de son chapeau buse. Puis regagna ses pénates.

Il ne s'aperçut même pas qu'elle n'avait plus sa tête.

---

1. Hôtel particulier à l'architecture baroque, datant du XVIIe siècle. Aujourd'hui hôtel de Lauzun, classé monument historique, il est occupé par l'institut de recherche dédié aux sciences humaines, l'IEA (Institut d'études avancées). Plus rien à voir avec l'art. L'appartement de Baudelaire sert de bureaux…

2

À QUELQUES PAS DE LÀ, rue de la Femme-sans-Tête[1], vivait Jeanne Duval, la Jeanne que Baudelaire aimait couvrir de bijoux, frivole et bestiale, celle qui le faisait grimper au septième ciel et bien plus haut encore, jusqu'au Paradis de Dante. L'infidèle, l'infâme, la sublime… qui perdait l'éclat de sa beauté sauvage au petit matin.

Elle revenait elle aussi d'une nuit sans lune, l'estomac barbouillé et le cœur à l'envers. Les rues étaient sombres et il ne faisait pas bon s'y hasarder seule. Mais elle n'avait pas eu le courage ni l'envie de ramener un amant chez elle. Trop crevée, trop pleine de songes, des trucs exotiques trimballés de ses îles lointaines et qui, à Paris, prenaient des allures de bal perdu. On idéalise toujours ce qu'on n'a plus, lui avait soufflé son poète. Elle s'en fichait que ce soit vrai ou pas. Jeanne, ce qu'elle voulait, c'était rêver. C'est tout ce qui lui restait.

Elle eut soudain l'impression d'être suivie et hâta le pas. Des ombres furtives, tels des serpents, semblaient longer les murs. Dans cette rue au nom sinistre, on racontait que le fantôme de la femme sans tête hantait les lieux à certaines heures et qu'on

1. Aujourd'hui rue Le Regrattier, la rue de la Femme-sans-Tête doit son appellation à une enseigne de taverne représentant une femme sans tête, avec pour devise « Tout est bon ! ».

entendait hurler les enfants refusant d'aller se coucher afin de guetter son apparition derrière les vitres sales.

À côté de chez Jeanne, on avait même trouvé un gamin pendu. Et sa mère avait gardé la corde… Baudelaire en avait conclu que cette pauvre femme était tellement désespérée qu'elle avait souhaité conserver comme une relique ce qui avait servi d'instrument à la mort de son fils. Entre nous, elle n'avait désiré ce trophée que pour revendre très cher des morceaux de sa corde car, comme chacun sait, celle des pendus possède des vertus de protection divine. À l'évidence, l'appât du gain peut aussi se substituer à l'amour d'une mère… Cette anecdote macabre avait, par la même occasion, inspiré à notre poète une nouvelle[1]. Rien ne se perd, tout se transforme.

Jeanne trouvait à juste titre que les écrivains étaient des voleurs. Ils captaient tout et broyaient les moindres détails dans leur machine infernale. Pour ça qu'elle se méfiait de ce qu'elle lui racontait, à cet amant vampire. Elle s'affala sur son lit de misère, au dernier étage de son petit meublé. C'est Charles qui payait son loyer. Et le reste…

Elle s'endormit comme une masse, tout habillée. Dans cette robe de taffetas qui avait inspiré le peintre Manet, un des rares ayant trouvé grâce aux yeux de Baudelaire, avec Eugène Delacroix. Quelques heures plus tard, un coup sec frappé à sa porte la réveilla. Il lui fallut un temps pour émerger. Elle se leva en grognant, sa tignasse crépue emmêlée dans ses rêves. Et elle découvrit une boîte à chapeau devant sa porte. C'était pas dans les habitudes de Charles de se lever si tôt, oh non. Ni de lui faire ce genre de cadeau. Elle regarda par-dessus la rampe de l'escalier. Personne.

1. « La corde », *Le Spleen de Paris* (*Petits Poèmes en prose*).

Jeanne emporta le présent chez elle et le posa sur la table. Souleva le couvercle et poussa un cri. Elle referma aussitôt la boîte comme si on pouvait cacher les cauchemars une fois qu'ils étaient entrés dans votre tête.

3

ÉTALÉ DE TOUT SON LONG, sans avoir pris la peine d'ôter ses vêtements, Baudelaire tentait d'échapper à cette araignée aux pattes de soie, cette veuve noire aux yeux perçants soulignés par des sourcils méchants qui ne sont pas ceux d'un ange... Il faut avouer qu'il ne faisait pas beaucoup d'efforts. Jeanne l'avait capturé, ensorcelé, et il aimait ça. La souffrance de la passion est un bonbon au cœur empoisonné, qui fait pétiller la vie et oublier la mort. Pour un temps.

Contre sa porte, des coups secs, nerveux, impatients, l'extirpèrent de sa toile. Il lui fallut à lui aussi un moment avant d'émerger. Les coups se firent plus insistants et il entendit les cris de Jeanne, comme une petite fille en pleurs.

Il se leva en maugréant. Que lui voulait cette chienne, crénom de Dieu ? À cette heure matinale pour lui, où les rues grouillaient depuis longtemps de gens affairés, insectes maléfiques qui ne comprenaient rien à la poésie. Rien à foutre des mots en fleurs vénéneuses. Il avait bien tenté une fois, bourré, de déclamer un de ses poèmes au Café Momus, où il aimait se rendre, entre le palais du Louvre et le pont Neuf. L'endroit ne respirait pas la sainteté. Justement ! C'est là qu'il fallait souffler les murmures de Satan, entre deux verres de vin distillé, partagés avec les marchands de viande, d'outils et de couleurs.

Il y avait aussi quelques artistes, journalistes et militaires. À vos ordres, mon général ! Il aurait bien pissé sur les décorations de ces connards au garde-à-vous devant les règlements faucheurs de plaisirs. Ces arrogants coincés du fion lui rappelant trop son beau-père, le général Jacques Aupick, qui lui avait volé sa mère en l'épousant après la mort de François Baudelaire, son père biologique, pédagogue raffiné, intelligent, amateur d'art et de peinture. Pas comme ce con d'Aupick qui prenait la poésie pour un enfantillage inutile, voire dangereux, contre l'ordre établi. Un passe-temps pour feignasses. François Baudelaire avait déjà la soixantaine quand il s'était marié avec Caroline Dufaÿs, jeune orpheline de vingt-six ans. Même si le petit Charles était encore en culottes courtes à la mort de papa, il en gardait un souvenir ému. C'est probablement de lui qu'il tenait son goût des belles choses inutiles sans lesquelles l'existence serait bien fade.

Il avait donc déclamé un de ses poèmes, perché sur une table en bois imprégnée de bière et de vinasse, au milieu d'un brouhaha et de rires gras. Il avait eu beau taper du pied et hurler : « Vos gueules ! », personne ne l'avait écouté. Qu'importe, il aimait donner des perles aux ivrognes stupides, compagnons d'ivresse et parfois de tendresse.

Lorsqu'il parvint à se traîner jusqu'à sa porte, il vit Jeanne, sa *sorcière au flanc d'ébène,* son *enfant des noirs minuits.* Ses magnifiques cheveux crépus étaient hirsutes et ses yeux sombres écarquillés, comme si un couteau s'y était enfoncé. Jeanne sa frivole, sa terrible passion, ressemblait à une diablesse prête à l'entraîner aux enfers. De toute façon, il le savait, il y était déjà depuis le jour où il l'avait rencontrée. Cette Jeanne Duval dont ce n'était même pas le vrai nom. Jeanne qui ne lui inspirait pas l'envie de la vaincre et de jouir d'elle, mais qui lui donnait *le désir de mourir lentement sous son regard.*

– Charles, viens vite ! Dépêche-toi ! Je … je t'en supplie, balbutia-t-elle.

Il savait qu'il était inutile de lui demander de quoi il s'agissait. Plus aucun son ne sortirait de la bouche de sa sorcière. Le diable lui avait mordu la langue. Ce morceau de chair qui le léchait avec volupté et lui mentait avec la candeur d'un enfant aux lèvres rouges de confiture, jurant ses grands dieux qu'il n'y avait pas touché. Mais Baudelaire l'aimait, sa Jeanne.

Ne cherchez plus mon cœur ; les bêtes l'ont mangé.

4

EN BAS DE L'HÔTEL PIMODAN, Baudelaire eut le vague souvenir d'avoir trébuché la nuit dernière sur le corps inerte d'une vieille poivrote ou d'une pute venue s'échouer devant chez lui, telle une baleine. Mais elle n'était plus là. Il avait dû faire un cauchemar.

Les rues sentaient le chou aigre. Baudelaire eut un haut-le-cœur. Jeanne le tira par le bras, pressée de l'emmener chez elle. On entendait déjà au loin crier les tapeurs de vitres, payés pour venir réveiller les gens le matin. Munis d'un calepin contenant les adresses des demandeurs, ils sillonnaient les rues en toquant aux fenêtres des clients à réveiller, jusqu'à ce que ceux-ci se montrent. Si c'était au premier étage, ils utilisaient une perche et un sifflet, sinon ils allaient frapper à la porte.

Jamais Baudelaire n'avait fait appel à leurs services ! Il avait une horloge et détestait qu'on le réveille… La sienne, il l'avait dénichée chez un antiquaire. Elle datait du XVIIIe siècle et n'avait ni cadran ni aiguille. Sa seule fonction était de sonner les heures. À quoi bon se soucier du temps qui passe ? D'ailleurs Baudelaire n'avait-il pas écrit : *Oui, je vois l'heure ; il est l'Éternité* ? Le gong lui rappelait cette pendule dans le salon de l'hôtel particulier de la rue Hautefeuille. Un endroit qui avait de la gueule, pourvu d'une tour et d'un petit jardin. Avec ses parents et son demi-frère Alphonse, de seize ans son aîné, ils vivaient au premier étage. Son père occupait la pièce centrale, la plus spacieuse, décorée de statuettes allégoriques et de meubles Louis XVI. Il y avait installé son lit, sa bibliothèque, son billard et son matériel de peinture. Cet ancien prêtre défroqué, devenu par la suite précepteur dévoué, puis fonctionnaire au Sénat, aimait l'art et la philosophie. Peintre du dimanche, il dessinait à la plume et peignait des aquarelles, pas terribles… qu'il accrochait aux murs.

Charles avait hérité de lui le goût de l'art sous toutes ses formes, la passion de la lecture et les manières aristocratiques qu'il avait déclinées en devenant un dandy. Tout ce que son atroce beau-père, le général Aupick, allait détester. Il gardait de bons souvenirs de son enfance. Jusqu'à ses six ans. Jusqu'à la mort de son père qui fit basculer sa vie, de la poésie aux règlements.

Encore à moitié sonné par l'alcool qu'il avait ingurgité la veille, et perdu dans ses rêveries, Charles faillit se faire renverser par la charrette d'un cheval fou de recevoir des coups de cravache de la part d'un cocher à la tronche d'abruti. Cette fois encore, Jeanne lui avait sauvé la vie en le tirant à elle. Une pluie de jurons s'abattit sur le cocher déjà bien loin. Jeanne à la chevelure soyeuse, aux mains charmantes et aux attaches fines, avec son air mutin et spirituel, pouvait aussi devenir ordurière quand elle se fâchait ! Baudelaire en savait quelque chose. Ils passaient leur vie à se disputer et à se réconcilier comme si ces enfants terribles étaient condamnés à mourir dès qu'ils étaient séparés. À vivre dans un monde sans solitude…

Ils arrivèrent enfin devant l'immeuble de Jeanne. Contrairement à beaucoup de maisons insalubres à cette époque, lépreuses de salpêtre et aux toits percés, le modeste appartement de Jeanne Duval était propre et n'avait rien d'un taudis. Meublé simplement certes, mais avec ce goût exotique qui lui donnait du charme. Une table, deux chaises, une armoire, un lit et surtout un grand miroir devant lequel elle répétait ses rôles de boniche, espérant un jour devenir une star. Mais les étoiles n'ont souvent que l'éclat des désillusions. Et la Duval n'avait aucun talent. Bien sûr, elle avait le prétexte d'être noire à une époque où le racisme s'enflammait… Sa couleur de peau masquait la nullité de son talent pour les planches. Elle en possédait d'autres, néanmoins ! Dont celui, et pas des moindres, de séduire le plus grand des poètes à qui elle inspira ses plus beaux poèmes.

Quand Charles découvrit la boîte à chapeau sur la table, son sang ne fit qu'un tour. Quel était l'abruti qui lui avait offert cela ? Un chapeau, crénom ! Le choix d'un amant sans imagination… Qu'elle baise avec d'autres, ma foi, mais qu'elle soit courtisée par des cancrelats, non !

Avant qu'il ait pu prononcer une parole, Jeanne l'entraîna devant la boîte rose bonbon et le somma d'ôter le couvercle. À quoi jouait-elle, cette perverse ? Pourquoi prenait-elle tant plaisir à le faire souffrir ?

À l'intérieur, point de chapeau. Il empoigna ce qu'il pensait être une perruque rousse. Et extirpa une tête coupée… Celle d'une femme à l'œil vitreux, pareil à ceux des poissons morts qui vous regardent depuis votre assiette. L'autre était comme rongé par un corbeau ou arraché de son orbite par la pointe d'un couteau.

Un bout de papier griffonné s'échappa de cette triste chevelure :

Je ne peux plus parler, mais je peux encore dire des choses…

5

ÉMILE DIT MIMILE, coiffé de son chapeau et vêtu d'une large blouse, de celles que portent certains artistes peintres, déboula dans la sombre rue Guillaume[1], baignée d'une vague lueur lunaire provenant d'un des rares réverbères qui éclairaient encore à la chandelle. Depuis peu, la plupart avaient été remplacés par ceux à l'huile de colza.

La tâche de Mimile consistait à les allumer, les éteindre, les nettoyer et les entretenir. Son secteur couvrait l'île Saint-Louis. Même si ce quartier était coupe-gorge par endroits, il ne manquait pas de charme et l'allumeur de réverbères prenait ça comme un cadeau du ciel. Pardi, il pouvait s'asseoir le long des quais et regarder passer les bateaux charriant leurs marchandises. Que de fois avait-il rêvé de partir sur l'un d'eux vers des contrées ensoleillées… Mais les rêves sont pour les couillus. Et il était plutôt du genre soumis. Toute sa vie il avait obéi, comme son père, à sa mère autoritaire, et il avait épousé le même modèle. Quelque part, ça devait le rassurer. Ou alors c'était un lâche. Un peu des deux…

Ils avaient eu une petite fille. Une pisseuse qui rouspétait sans arrêt, jamais contente, comme sa mère. L'enfer à la maison. Alors

1. Qui s'appellera rue Budé (du nom d'un de ses promoteurs, Guillaume Budé) en 1867.

Mimile avait accepté de s'occuper de tous les réverbères de l'île. Le moindre prétexte était bon pour qu'il ne reste pas chez lui.

Martha, sa mégère, était matelassière. Elle confectionnait ou réparait les matelas, fabriqués avec de la laine et une toile de coutil. Du coup, ils avaient tendance à se tasser. Son travail : nettoyer la laine, lui redonner du volume, et éventuellement la changer. Elle devait faire ça en plein air à cause de la poussière. La plupart du temps, les matelassiers se retrouvaient sur les quais de la Seine car leurs matières premières – le lin, le crin et les plumes – arrivaient par cargo. Comme il fallait une permission du commissaire de quartier pour carder les matelas et battre la laine ou le crin, sous peine d'amende, Mimile avait fait intervenir un de ses amis de la haute – parce qu'il faut pas croire, mais il avait des relations ! Monsieur le commissaire lui donnait quelques pièces pour qu'il termine son circuit devant chez lui, ce qui lui permettait d'avoir sa rue éclairée plus longtemps. Mais ce que Mimile ignorait, c'est que sa douce et tendre épouse se laissait tripoter par le commissaire entre deux crimes.

Cette nuit-là donc, Mimile posait son échelle contre un réverbère pour l'éteindre quand, soudain, une silhouette attira son attention, assise sur une chaise dans le coin le plus sombre de la ruelle. Dangereux de roupiller là tout seul à cette heure. Le petit matin pointait déjà son nez de clown. Allez, allez, le spectacle est fini, les miroirs de la nuit sont brisés, des illusions il ne reste que des lambeaux de robes fanées, des reliefs de remords à ronger.

Mimile s'approcha de ce qui s'avérait être une dame à froufrous sentant la fange et le vomi. Et balada sa lanterne de son unique soulier lacé jusqu'à son cou… auquel il manquait la tête.

Pris de stupeur, il recula et tomba en arrière. La bougie de sa lanterne s'éteignit. Et il s'évanouit.

6

BAUDELAIRE ÉCARTA délicatement les lèvres bleuies de la tête qu'il avait extirpée de la boîte à chapeau et la posa sur un drap que Jeanne avait pris soin d'étaler sur la table. L'idée de manger là où avait trône ce vestige de la mort la dégoûtait et on le serait à moins. Mais dans son petit appartement, y avait pas le choix.

Selon ce que pouvait en déduire Baudelaire en observant le crâne de la morte, son décès semblait récent et elle avait un certain âge. Il sortit un second bout de papier jauni et froissé qui avait été enfoncé dans sa bouche. Le déplia, et quelle ne fut pas sa stupeur de lire un extrait d'un de ses poèmes provenant de son recueil des *Fleurs du Mal*… Et qu'il avait intitulé « L'irrémédiable ».

Une Idée, une Forme, un Être
Parti de l'azur et tombé
Dans un Styx bourbeux et plombé
Où nul œil du Ciel ne pénètre ;

Un Ange, imprudent voyageur
Qu'a tenté l'amour du difforme,
Au fond d'un cauchemar énorme
Se débattant comme un nageur

– Mais qu'est-ce que ça signifie ? s'écria Charles.

– Bah, conclut Jeanne avec son bon sens habituel, c'est quelqu'un qui a vécu l'enfer sur terre et qui a tenté d'en sortir. Raté !

Baudelaire trouvait cette explication trop simpliste. Il y avait sûrement autre chose, un message secret, de la part de ce tordu qui avait pris la peine de fourrer cette tête dans une boîte à chapeau et d'organiser cette mise en scène macabre. *Où nul œil du Ciel ne pénètre.* La pauvre n'avait plus qu'un œil. Festin des corbeaux ou cruauté des hommes ?

Un Ange, imprudent voyageur. S'était-elle aventurée dans des zones dangereuses ? Dans les coupe-gorges de ce Paris maudit, *où veillent des monstres visqueux* ? Qu'était-il arrivé à cette imprudente ? Ne jamais se promener dans les rues la nuit sans un couteau en poche… Et surtout, qui était-elle ? Elle ne portait pas de boucles d'oreilles. Sans doute provenait-elle d'un milieu pauvre, du moins pas bourgeois. Dans ce cas, son meurtre n'intéresserait pas la police. Les enquêteurs n'avaient que faire des petites gens, des oubliés du monde, ceux qui dansent en guenilles plutôt qu'en souliers de satin et robe de bal.

– Regarde ! s'écria Jeanne. Il y a un troisième petit mot dans la boîte !

Rendez-vous ce soir à minuit sous le pont Marie, côté île Saint-Louis, avec la boîte à chapeau.

Et conservez le poème, bien entendu ! Le Ratier vous y attendra.

Pas signé, évidemment…

– Hé quoi ! Pendant ce temps on va garder cette horreur ici ? s'énerva Jeanne.

– Tu vois une autre solution ? Je ne vais quand même pas la trimballer chez moi…

– Et pourquoi pas ?

– Si je me fais arrêter, t'imagines ?

Jeanne se rendit à l'évidence et planqua la boîte dans un coin, décrétant qu'elle ne resterait pas chez elle tant que cette satanée tête y serait.

– Allons nous balader, lui proposa Baudelaire. Je t'emmène faire un tour en fiacre.

– Tu crois que j'ai l'cœur à ça ?

– Tu as une meilleure idée ? Allons manger chez Céleste au Vieux Colombier, ça nous changera les idées.

– Chez cette grenouille de bénitier ? T'as pas autre chose à me proposer ? Je la déteste avec ses faux airs de couvent et son ton doucereux. Elle te regarde jamais dans les yeux et elle pue l'encens des morts. Elle aurait un cierge coincé dans l'cul que ça ne m'étonnerait pas.

– Oh ! s'exclama Baudelaire d'un ton faussement offusqué. Reconnais qu'on y mange bien. Ses andouillettes fumées sont un régal !

Jeanne poussa un long soupir. Avait-elle le choix ? C'est son amant qui payait.

7

LE MIMILE, QUANT À LUI, avait décidé de ne rien dire, sachant très bien que quand on découvre un crime on est le premier suspect aux yeux de la police. Il avait déjà assez de soucis avec ses réverbères, sa vie de merde et ses deux emmerdeuses à la maison. De toute façon, quelqu'un d'autre allait découvrir le cadavre et appeler la volaille.

Il avait aussi décidé de ne rien raconter à son épouse. Les années de mariage avaient rendu leurs échanges salement insipides. Déjà qu'au début ça volait au ras des pâquerettes mais, trop occupé à lui pétrir les nichons, il n'avait guère prêté attention à leurs conversations… Bizarre, bizarre, plus il y songeait, plus Mimile était convaincu que rien n'était le fruit pourri du hasard. Et que si c'était lui qui avait trouvé le cadavre, c'est qu'il y avait bel et bien une raison. Mais laquelle ? Sa grand-mère lui avait fourré dans le crâne ce genre d'idée quand il était petit et qu'il avalait sa soupe aux choux avec de grands *slurp* dans la cuisine où caquetaient les poules.

Il avait la vague impression d'avoir déjà vécu cette scène. Comme un retour dans le temps. Comme si tout ce qu'il avait traversé jusqu'à cette fin de nuit n'avait jamais existé. Pareil à cet enfant qui marche dans la neige, se retourne et ne voit plus les traces de ses pas. Il avait déjà ressenti ça, oui. Le jour où il avait trouvé son père pendu à la poutre du grenier. Sa langue hors de la bouche et une pantoufle usée tombée à l'autre bout de la pièce. Il avait dû se débattre. Trop tard ! Le tabouret sur lequel il avait grimpé s'était renversé, ses trois pattes en l'air, tel un insecte pétrifié d'horreur. Pourquoi Mimile n'avait-il rien éprouvé ? Il avait observé une larve se balançant dans le vide. Jamais son père ne l'avait défendu, jamais il ne s'était interposé face aux coups de balai que lui assénait sa salope de mère. Un père qui ne servait à rien. Inutile comme le chiendent. Et qui n'avait même pas pris la peine de chausser ses souliers du dimanche et son beau costume de fête avant de se passer la cravate de chanvre au cou !

Ce jour-là, le p'tit Mimile de douze ans avait décidé de quitter le nid dans l'Oise et de tenter sa chance à la capitale. Il était parti sans se retourner, sans même un balluchon. On ne s'en va pas en emportant les chaînes du passé.

Tout ce qui lui restait de son enfance, c'était le sourire de sa grand-mère qui n'avait cessé de lui répéter qu'il avait un don. Celui de voir certaines choses qui allaient lui arriver. Avec les avalanches d'emmerdes qui lui étaient déjà passées dessus, ça lui faisait une belle jambe, tiens, de pouvoir attendre les prochaines !

Quoi qu'il en soit, cette robe en collerette de fleurs fanées, il l'avait déjà vue. Une vague image essayait de se recomposer dans sa mémoire.

Ce n'est qu'en marchant pour rentrer chez lui, l'échelle accrochée à son dos, qu'il se souvint. Cette robe était celle de la pute qui tapinait au Tombeau des Lapins. Un endroit louche où un de ses copains l'avait entraîné un soir de beuverie. Il se souvint également d'un tableau dominant l'établissement, près d'une immense casserole, avec un prêtre, un bedeau, un Suisse empanaché, des enfants de chœur et un croquemort. Tous avec des têtes de lapins ! Le patron avait une femme de trois cents kilos qu'il exhibait dans les foires. Peut-être que cette information ferait avancer l'enquête ? Oh et puis zut après tout. Les flics n'avaient qu'à faire leur boulot.

Mimile poussa la porte de chez lui comme s'il avait eu une journée ordinaire. Il allait manger les restes laissés par sa mégère et sa merdeuse. En plus d'avoir le même caractère épouvantable que sa génitrice, la gamine en était le portrait craché. Mimile se sentait tellement étranger à cette baraque et à ces « gens ». Il avait bien songé, comme son père, à grimper sur un tabouret. Mais y en avait pas dans la maison. Et les chaises étaient percées…

Alors, il mangea, but un coup de mauvais pinard et alla se coucher pour quelques heures, avant de reprendre le boulot qui, avant le chant du coq, consistait à éteindre les réverbères. Puis il irait flâner le long des quais, rêver à ces bateaux qui partaient loin, très loin, pour ne plus jamais revenir.

Elle en avait de la chance, la femme sans tête. Mimile aurait bien aimé perdre la sienne.

8

COMME CONVENU, Baudelaire se rendit à minuit pile sous le pont Marie, avec la boîte à chapeau. Il ne dut pas attendre longtemps avant de voir se pointer un curieux personnage, filiforme, un peu crade, mais non dénué d'une certaine élégance, qui faisait penser à un danseur de tango. On devait le surnommer le Ratier à cause de son nez fin qu'il fourrait sûrement partout. Une fouine. Mais avec des moustaches de rat, curieusement très soignées, qui contrastaient avec son aspect peu reluisant. Carrément, il puait ! Ses petits yeux perçants, noirs comme des billes de charbon, étaient rusés. Ils vous transperçaient jusqu'à vos secrets honteux, vos sales mensonges. Mais on sentait que le type ne jugeait point. Il grattait pour savoir… Et pour le fric surtout.

– Bonsoir, marmonna Baudelaire, j'ai reçu un message et…

– Je sais. Moi aussi. J'ai pour mission de remettre cette boîte à Vidocq.

– Ah bon ? Qui vous demande ça ?

– Je ne sais pas et je m'en fiche. J'ai trouvé une enveloppe à mon nom avec du pognon pour exécuter cette mission. J'me pose pas de questions du moment qu'on me paie !

– Vous auriez pu ne pas venir et vous barrer avec le fric.

– Je crains plus les ombres que ceux qui vivent dans la lumière…

– Et vous savez ce qu'elle contient, cette boîte ?

– Pas mon problème, *hombre*.

– Pourquoi à Vidocq et pas à la police ?

– Je pense que le commanditaire a un plan. Une stratégie. Il nous déplace comme des pions. Vidocq peut obtenir des informations auxquelles les poulets ne peuvent pas accéder. Il a un réseau…

– Et moralement, ça ne vous ennuie pas si…

– Vous êtes curé ?

– Non, poète.

– C'est pareil. Vous écrivez quoi ?

– Peut-être avez-vous entendu parler de mon recueil de poèmes *Les Fleurs du Mal* pour lequel j'ai eu un procès, mais il est peu probable que…

– Ah, c'est vous ? Enchanté ! fit le Ratier, qui ôta son chapeau miteux pour le saluer.

Un homme du monde ! Baudelaire pensa qu'il se foutait de lui. Pas du tout ! À sa grande surprise, le Ratier se mit à lui réciter un extrait de « Danse macabre » :

Au chant des violons, aux flammes des bougies,
Espères-tu chasser ton cauchemar moqueur,
Et viens-tu demander au torrent des orgies
De rafraîchir l'enfer allumé dans ton cœur ?

Baudelaire n'en revenait pas ! Comme quoi, faut pas se fier aux apparences…

– Comment connaissez-vous cela ?

– J'ai trouvé ce bouquin dans une poubelle, parmi des épluchures de patates.

L'orgueil du poète en prit un coup. Mais bon, il n'écrivait pas pour les bourgeois. Et cela le touchait que cet homme à la face de rat ait pris la peine de retenir une strophe.

– M… Merci, balbutia-t-il.

– De quoi ?

– D'avoir pris le temps de mémoriser un extrait.

– Oh, je n'ai aucun mérite ! Je retiens tout ce que je lis une fois, tout ce que je vois… J'ai une mémoire infaillible. C'est pour ça que Vidocq fait appel à mes services. Je pourrais vous réciter tous les poèmes des *Fleurs du Mal* sans me tromper. Mais celui-ci avait l'air d'avoir été écrit pour moi !

Quel phénomène, ce type ! Du coup, curieux d'en savoir plus, Baudelaire le questionna sur son parcours. Il devait sûrement avoir fait de hautes études ! Et pourquoi avait-il l'air de sortir des égouts de Paris ?

– Parce que c'est là que je vis, expliqua le Ratier. Eh non, j'ai jamais été à l'école. Moi on ne m'appâte pas avec un bout de pain ou de fromage, on ne me met pas en cage. Tout petit, à cause que je ressemble à une anguille et que je pouvais me faufiler partout, on m'employait comme raton, d'où mon surnom après. Et on me faisait passer par un trou de cave ou par une imposte. C'est moi qu'allais ouvrir la porte aux voleurs. Des fois, on me cachait dans une manne et je piquais tout ce qu'avait de la valeur. Ah ça, j'en ai ramassé, des butins !

– Vous n'avez jamais eu de problème avec votre conscience ?

– Jamais ! Pourquoi ? Vous n'avez pas l'air d'en avoir non plus avec ce que vous écrivez !

– J'aimerais bien… mais je m'en veux de n'être pas le fils dont ma mère aurait rêvé, avoua Baudelaire.

– Les mères aimantes ne rêvent pas. Elles sont aveugles. Bon, je vais remplir ma mission. Quelque chose me dit que nous nous reverrons, fit-il en lissant sa fine moustache qu'on eût dite dessinée à l'encre de Chine.

Charles Baudelaire le regarda s'éloigner en pensant à son poème « Don Juan aux enfers »…

9

LE RATIER ALLA DIRECT déposer la boîte devant le bureau de François Vidocq. Elle empestait et il était pressé de s'en débarrasser. Pourtant la puanteur des égouts de Paris ne le repoussait pas. C'était différent. Il s'y était habitué.

Ici tout le monde connaissait Vidocq, cet individu atypique. Même s'il bossait officieusement pour la police, on retenait surtout de lui qu'il avait été un sacré malfrat. Et ça le rendait sympathique aux yeux du peuple. Il venait de chez eux…

François Vidocq s'était mobilisé contre les apaches, cette horde de criminels qui semait la terreur dans les campagnes environnantes. Ces petits salopards vivant de larcins et de proxénétisme n'étaient pas effrayés par la prison. Seule la guillotine les épouvantait. Mais cela ne freinait nullement leurs désirs de dépouiller la population et de l'égorger au passage. Ils œuvraient en bandes et défrayaient la chronique.

La vie de Vidocq ressemblait à un roman policier et d'ailleurs avait inspiré pas mal d'écrivains dont Eugène Sue et Victor Hugo, qui l'avait décliné en trois personnages dans *Les Misérables* avec Valjean le bagnard, Thénardier le criminel et Javert le flic. C'est qu'il avait commencé tôt, le saligaud ! Bien qu'il soit né dans une rue qui incitait à la rêverie, rue du Miroir-de-Venise à Arras, et dans une famille bourgeoise – maman au foyer, papa maître boulanger et marchand de blé –, cet intrépide bagarreur, rusé comme un singe, avait déjà piqué les couverts en argent de ses parents à l'âge de treize ans. Son père décida alors de l'envoyer dans la prison des Baudets pendant dix jours, espérant le remettre sur le droit chemin. En vain ! À seize ans, il subtilisa les économies familiales et se tira à Ostende dans l'espoir de monter sur un paquebot pour l'Amérique. Pas de bol ! Il fut à son tour dépouillé. L'arroseur arrosé !

Pour survivre, Vidocq devint saltimbanque dans une troupe de cirque, puis colporteur, avant de revenir à Arras. Ensuite, il s'engagea dans l'armée jusqu'à ce qu'il épouse Marie Anne-Louise Chevalier, qui lui avait fait gober qu'elle était enceinte pour lui forcer la main. Ils ouvrirent une épicerie à Arras. Vidocq, l'ancien taulard qui vendait des pots de confiture… Quand il s'aperçut de la supercherie, il quitta cette salope après lui avoir volé ses économies. Il ne croyait pas en la justice divine.

Il poursuivit sa vie aventureuse de voleur et d'escroc entre Paris et le nord de la France. Roule ma poule, jusqu'à ce qu'il soit arrêté et condamné par le tribunal criminel de Douai à huit ans de travaux forcés pour « faux en écritures publiques et authentiques ». Vidocq fut enchaîné à un groupe de forçats. Il avait vingt-six ans. Après deux tentatives d'évasion ratées, il parvint à se procurer des habits de matelot avant d'être à nouveau arrêté et envoyé au bagne de Toulon, d'où il finit par s'évader.

Depuis lors, il avait acquis le respect et la notoriété auprès des gens du milieu.

Plutôt beau gosse, la barbe, les cheveux et les sourcils blonds, le front rond, le nez aquilin, les yeux gris et le visage ovale, Vidocq séduisait bien des femmes, qui souvent préfèrent les mauvais garçons aux hommes du monde. Les prisons sont des livres d'histoires croustillantes ; les palais, des contes de fées assommants pour midinettes. Le sulfureux arborait une cicatrice à la lèvre supérieure et avait les oreilles percées, ce qui achevait de lui conférer un charme certain.

Le roi Louis XVIII lui accorda la grâce et lui rendit ses droits civils. Gentil ! Sauf que l'ancien bagnard avait des détracteurs jaloux, l'accusant de monter des coups pour ensuite arrêter ceux qui y avaient participé. Il démissionna donc de ses fonctions de chef de la Sûreté pour créer à Saint-Mandé, près de Paris, une petite usine de papier. Et ce faussaire notoire inventa… le papier infalsifiable ! Après avoir publié ses mémoires, il épousa sa cousine germaine – répondant au doux nom guilleret de Fleuride –, dix-huit ans de moins que lui, tant qu'à faire vaut mieux coucher avec la petite Fadette qu'avec sa grand-mère. Rapidement ruiné par son usine à papier, Vidocq ouvrit, dans la galerie Vivienne, un « Bureau des renseignements universels dans l'intérêt du commerce ». Rien à voir avec les cadavres. Mais son passage officieux à la tête de la brigade de la Sûreté – qu'il créa – avait dû rester gravé dans la mémoire de certains… Il recruta des inspecteurs physionomistes et des indicateurs, soigneusement choisis parmi la pègre et payés à chaque identification d'un repris de justice. Il consacra alors son temps à aider les personnes lésées dans des affaires contentieuses. Qui mieux qu'un ancien malfrat pour débusquer les escrocs ?

On aimait sa présence car il avait toujours des anecdotes extraordinaires à raconter. Et il prenait plaisir à les partager avec de nombreux écrivains. Que voulez-vous, l'animal était sensible à l'art.

C'est donc là, devant son bureau de la galerie Vivienne, qu'il trouva la boîte à chapeau, se demandant qui était le con qui avait déposé cette mièvrerie devant sa porte. Mais lorsqu'il la souleva il sut de suite qu'elle ne contenait pas un bibi surmonté d'un pinson niais empêtré dans des fanfreluches. Une tache brunâtre, telle une vomissure de gargouille, formait un dessin macabre sur un côté de la boîte.

10

JEANNE N'ARRIVAIT PAS À OUBLIER l'image de cette tête coupée qui lui causait des cauchemars. Ses nuits étaient peuplées de visages grimaçants, un œil glauque et l'autre crevé, qui semblaient errer dans les ténèbres à la recherche de leur corps. Ils voltigeaient tels des oiseaux fous en poussant des cris perçants et lugubres. Jeanne se réveillait en sueur et Charles la prenait dans ses bras, la consolait comme une petite fille. La berçait. Malgré leurs guerres amoureuses, il avait toujours pris soin d'elle. Il avait aimé quatre femmes, mais elle restait pour l'éternité sa préférée. Sa diablesse. *Infâme à qui je suis lié / Comme le forçat à la chaîne…*

Il avait été amoureux de Marie Daubrun, « la madone en or », rencontrée après la représentation de *La Belle aux cheveux d'or*. Eut une brève liaison avec elle. Mais elle finit par choisir Théodore de Banville, poète et dramaturge un peu plus sage que Baudelaire le débauché. Ironie du sort, Charles était tombé sous le charme de ce poète après avoir lu son recueil *Les Cariatides*. À l'inverse de Jeanne Duval, qui peinait à s'imposer dans le milieu du théâtre, Marie était une comédienne connue et dégageait une certaine douceur. Pas comme cette traînée ! En plus, contrairement à cette dernière, cause de tous les malheurs et des folles dépenses de son cher fils, Caroline Aupick aimait bien Marie Daubrun. Elle aurait fait une épouse convenable pour Charles.

Quand Baudelaire écrivit « Invitation au voyage », un de ses plus beaux poèmes inspiré par sa Marie, Caroline reprit espoir.

Mon enfant, ma sœur,
Songe à la douceur
D'aller là-bas vivre ensemble !
Aimer à loisir,
Aimer et mourir
Au pays qui te ressemble !

Tu parles ! Ce couillon lui préférait sa sauvageonne. Caroline Aupick accusait « la vénus noire » de le torturer de toutes les manières et de dévorer son pécule. « Dans mes nombreuses lettres à mon fils, disait-elle, je ne vois jamais un mot d'amour ! Si elle l'avait aimé, je lui pardonnerais, je l'aimerais peut-être, mais ce ne sont que d'incessantes demandes d'argent… »

Charles n'écrivit-il pas un jour à sa mère que Jeanne ne voulait rien apprendre et qu'il était impossible d'échanger une parole politique ou littéraire avec elle qui ne l'admirait pas et était capable de jeter ses manuscrits au feu ? Pire, elle introduisait des chiens dans son appartement, pour faire fuir son chat… Et il termina sa lettre par : *Je pense à la terrible nuit où je lui ouvris le crâne avec une casserole.*

« Dommage, murmura Caroline, on en aurait été débarrassés. »

Avec Marie, Charles partageait sa passion pour Paris, la Seine, les parcs… et tous deux admiraient le peintre Eugène Delacroix. Mais au grand désespoir de Caroline, cela ne suffit pas à lui faire oublier Jeanne Duval.

Il y eut aussi Apollonie Sabatier, qu'il appelait « la déesse ». Cette grande amatrice d'opéra tenait salon avenue Frochot, un endroit très prisé des artistes où l'on déclamait des poèmes, causait de politique et autres potins mondains. Et où l'on dégustait des bons vins et des mets raffinés en écoutant jouer du piano entre deux récits de voyages. Fille illégitime d'un homme politique et d'une blanchisseuse, Apollonie se faisait entretenir par un banquier. Pas folle, la guêpe ! Ses passages au salon permettaient à Baudelaire d'oublier ses querelles avec Jeanne. Grande et belle, le teint clair et les traits réguliers, celle qu'on surnommait « la Présidente » rayonnait de bonheur. Ainsi que tous ceux qui la fréquentaient, il tomba amoureux d'elle au point de lui envoyer des lettres anonymes dans lesquelles il lui déclarait sa flamme. Mais elle n'était pas dupe. Ils couchèrent ensemble une fois et ce fut un fiasco !

Ce qui intéressait surtout Baudelaire, c'était la séduction. Apollonie finit par épouser Richard Wallace, un riche collectionneur.

Retour à la case départ. Bonjour, Jeanne, me revoilà ! Après un petit détour crapuleux chez Sarah la Louchette, une pute de bas étage, bigleuse – d'où son surnom –, qui lui fit cadeau d'un souvenir inoubliable : la syphilis. Qu'il refila à Jeanne. On s'aime, on partage tout.

Et bien sûr la quatrième femme de sa vie ou la première en haut de la pyramide, c'était maman. Elle fut son idole et sa camarade, avant que le vilain général Aupick la lui enlève. Maudit soit-il ! Mais jusqu'à la fin Baudelaire demeura terriblement attaché à cette mère avec laquelle il eut autant de conflits qu'avec Jeanne, et qui lui pardonna tout. *Nous sommes évidemment destinés à nous aimer, à vivre l'un pour l'autre,* lui écrivit-il, *à finir notre vie le plus honnêtement et le plus doucement possible. Et cependant dans les circonstances terribles où je suis placé, je suis convaincu que l'un de nous deux tuera l'autre, et que finalement, nous nous tuerons réciproquement.*

11

LE LENDEMAIN DE LA DÉCOUVERTE de la femme sans tête, les gamins vendeurs de gazettes s'époumonaient dans les rues en annonçant qu'un meurtre atroce avait eu lieu dans l'île Saint-Louis. On ferma portes et fenêtres et on fourra les enfants dans les placards. La rumeur enfla et chacun s'inventa sa version, l'un ayant vu un monstre aux dents rouges d'où pendaient des bouts de chair sanguinolente, l'autre un animal épouvantable qui, d'un coup de mâchoire, avait tranché la tête de la pauvre femme avant de la recracher sur les pavés tel un noyau de cerise. Certains parlaient même du diable revenu sur terre pour débarrasser Paris des putes, des voleurs et des mendiants dont il se régalait en les embrochant sur des piques pour les regarder rôtir dans les flammes de l'enfer. Oui, oui, même que ma mégère a vu sa queue fourchue. Tu confonds pas avec la tienne ?

Bref, la femme décapitée avait semé la terreur sur l'île et bien au-delà. Paris tremblait !

En lisant la description de la victime dans la gazette, Baudelaire fut frappé par la ressemblance avec ce corps sur lequel il avait cru avoir trébuché avant de se persuader qu'il était le fruit de son imagination. Eh ben non !… La robe de boue et surtout la chaussure rouge lacée achevèrent de le convaincre qu'il n'avait pas eu la berlue ! « Alors pourquoi, se dit-il, pourquoi ne l'ai-je pas revue le lendemain matin et que fichait-elle assise sur une chaise, rue Guillaume ? » S'il avait raconté cette histoire, y en aurait bien eu un pour prétendre avoir vu la femme sans tête se balader dans les rues et s'asseoir sur une chaise parce qu'elle était fatiguée ! La légende de saint Denis, datant de 250 après Jésus-Christ, subsiste toujours ! Il fut envoyé à Lutèce – Paris, pour les intimes – afin d'évangéliser la population et fut décapité. On raconte qu'il aurait marché plus de six kilomètres avec sa tête dans ses bras et aurait fait une pause en cours de route, pour la nettoyer dans une fontaine à Montmartre…

Charles Baudelaire ne parla pas à Jeanne de sa découverte concernant la victime. Sa maîtresse était déjà assez traumatisée comme ça, sans qu'il en rajoute.

Mais cette chaussure rouge lacée continuait de l'obséder. Il avait vu la même quelque part, avec cette forme si particulière… Impossible de se rappeler où.

12

CE MATIN-LÀ, Charles Baudelaire trouva une lettre glissée sous sa porte.

Cher Baudelaire,

Sachez que j'admire votre génie artistique et que vos poésies sont de l'ordre du divin, diaboliquement exquises et heureusement perturbantes. Comme vous dites, vous faites de l'or avec de la boue. Et c'est cette boue dans laquelle je veux vous plonger pour vous éviter de vous enliser dans un quotidien, dans un moule qui tuerait votre talent.

Votre culpabilité vis-à-vis de votre mère est dangereuse… Vous avez compris que les amours tranquilles ne sont pas faites pour vous. Qu'une vie sage tuerait votre inspiration et réduirait votre génie en cendres. Vous avez tellement soif d'amour : « Pour m'aimer lisez-moi ! » écrivez-vous… Mais ce qui vous intéresse, c'est qu'on aime votre part d'ombre. L'autre est à la portée de tout le monde. Je suis cette part d'ombre, je suis votre miroir brisé, celui dans lequel vous vous perdez pour trouver votre véritable chemin, pas celui des roses, mais celui de la fange et des pierres noires.

Si vous aviez le désir d'être aimé à tout prix, vous écririez, comme Lamartine :

Ô temps ! suspends ton vol, et vous, heures propices !
Suspendez votre cours :
Laissez-nous savourer les rapides délices
Des plus beaux de nos jours[1] !

Vous seriez la coqueluche des mondaines oisives, qui ont une capeline à la place du cerveau. Ces dindes ne vous intéressent guère.

Je vous ai sauvé la mise en faisant déplacer le cadavre de la femme sans tête à quelques rues de chez vous. Vous m'êtes redevable. Fatalement, la police vous aurait soupçonné, vous le drogué, l'adepte du Club des Hachichins, qui se tient précisément dans votre hôtel Pimodan, vous l'amateur de cette confiture verte qui vous fait croire au paradis, alors que vous descendez lentement aux enfers… Continuez à y goûter, et ne vous sentez point coupable d'aimer les délices interdites. Ce sont les seules qui vaillent la peine. Ne touchez point aux plaisirs bourgeois qui endorment et bercent votre existence sur une balançoire. Préférez les sauts périlleux, ceux qui vous font risquer votre vie à chaque fois. Les autres n'ont aucun intérêt, si ce n'est pour les gens ordinaires. Ce que vous n'êtes pas.

Je vous connais bien, mon cher Baudelaire, vous n'aimez pas les femmes. Vous aimez la féminité. Pas pareil ! D'ailleurs il n'y a qu'à voir la façon dont vous vous habillez. Et

1. Alphonse de Lamartine, « Le lac », *Méditations poétiques*.

cela vous va bien. Un autre aurait l'air d'un personnage sorti d'un cirque lunaire, vous, vous avez l'allure d'un prince des ténèbres. Ou d'un vampire majestueux, dandy boiteux d'avoir tant aimé danser avec Satan. Vous préférez les femmes qui se maquillent et portent des bijoux, pour s'élever vers la beauté et échapper à la bestialité des hommes.

Vous leur en voulez, à ces pauvres créatures frivoles, de ne pas être des déesses immortelles. Vous, l'enfant vieux, le bébé mort-né, que l'amour des mots a sauvé de la banalité. Je vous sais sensible, mais pas fragile. D'aucuns pensent que vous êtes un égaré et qu'il faut vous pousser dans les rangs des bien-pensants. Allez-y et il ne restera de vous que des cendres, des mots creux, des perles de cochon.

Désormais, chaque fois qu'il y aura un crime, je m'arrangerai pour déposer quelques cadavres sur votre route. Il m'arrivera même de déplacer des indices pour vous aider à trouver des pistes, ou vous embrouiller… J'adore jouer ! Et vous devrez résoudre l'enquête. Faute de quoi, vos fleurs du mal fleuriront sous un soleil radieux et auront le parfum des poètes que l'on célèbre aujourd'hui dans les salons, mais qui seront oubliés pour l'éternité. Je rendrai vos fleurs vénéneuses immortelles… Toute votre vie, vous la passerez à étoffer ce bouquet arraché à vos souffrances. Ne vous souciez point de votre notoriété, vous n'aurez pas de reconnaissance de votre vivant, parce que votre talent est hors du commun. Vous n'avez que faire de la gloire éphémère, je vous offre celle de l'éternité.

J'aime lorsque vous vous enivrez, lorsque vous vous perdez dans les jupons des putains, et que vous déclarez manger de la cervelle d'enfant dont vous appréciez le goût, aussi fin que des cerneaux de noix. J'aime lorsque vous racontez que vous faites relier vos livres de peaux humaines. J'aime le voyageur des sombres destinées, celui qui plonge dans les nuits sanglantes et mystérieuses, pas celui qui s'excuse auprès de sa mère de ne pas être celui qu'elle aurait voulu. Les mères sont souvent des castratrices et veulent que leur progéniture leur ressemble et réalise les rêves qu'elles ont ratés. Il faut tuer dans notre esprit ceux qui nous aiment mal. Gardez-les dans votre cœur et verrouillez-le si vous voulez devenir qui vous êtes.

Ne cherchez point à savoir qui je suis, cher Baudelaire. À chaque crime, je vous laisserai des messages, utilisant des extraits de vos poèmes qui seront des clés. À vous de trouver quelles serrures elles ouvrent. Vous allez soupçonner votre entourage, vos amis, votre famille, la femme que vous aimez, un passant… Je pourrais être l'un d'entre eux. Vous savez que je puis prendre de multiples visages, et pénétrer dans l'âme de qui je choisis. Y compris dans la vôtre. Mais je préfère m'amuser avec vous comme avec une marionnette dont je tire les ficelles. Vous pouvez toujours les couper… À vos risques et périls ! Et n'oubliez pas que la plus belle des ruses du diable est de vous persuader qu'il n'existe pas.

C'est vous qui l'avez écrit.

Regardez-vous dans un de vos miroirs vénitiens et vous me verrez.

À très vite.

13

BAUDELAIRE PLIA LA LETTRE et la rangea dans son exemplaire relié des *Fleurs du Mal.* Là où personne ne viendrait fouiller. Avant de le refermer, il relut sa dédicace : *Au poète impeccable, au parfait magicien ès lettres françaises, à mon très cher et très vénéré maître et ami, Théophile Gautier. Avec les sentiments de la plus profonde humilité, je dédie ces fleurs maladives.* Il fut frappé par tant de pommade… Le diable avait raison : ces fleurs étaient comme lui, elles souffraient. Puis il s'affala sur son divan gris et se servit à ras bord un verre de vin qu'il leva pour trinquer avec la chauve-souris qui lui tenait compagnie et qu'il nourrissait de fruits mûrs et de morceaux de poisson frais, quand il n'arrivait pas à attraper quelques mouches. Il aimait cet appartement avec ses trois pièces en enfilade auquel on accédait par un étroit escalier de service. Ce qui en faisait une tanière, une cachette secrète… Pas pour lui déplaire ! De tous les endroits où il avait vécu, c'est ce lieu qui lui ressemblait le plus. Les murs et les plafonds étaient tapissés d'un papier glacé aux énormes ramages rouges et noirs, s'accordant avec les draperies d'un lourd damas antique. Le sol, recouvert d'un tapis parfumé de musc. Dans le salon, une seule fenêtre donnant sur la rue et dont les carreaux avaient été dépolis par Baudelaire afin de ne voir que le ciel. Rêveur, il contempla les lithos d'Hamlet et de Delacroix accrochées près du portrait d'Hoffmann. Dans sa bibliothèque dont il était très fier, des éditions anciennes de poètes français et latins. Pour s'entourer de toutes ces richesses, il s'était de nouveau endetté chez Arondel, cet escroc mi-antiquaire, mi-brocanteur, qui tenait une boutique juste en bas de chez lui, achetant et vendant tantôt des objets d'art, tantôt de la camelote, parfois des choses précieuses[1]…

Baudelaire allait devoir une fois de plus écrire à sa mère pour la supplier de lui envoyer de l'argent. Sous la pression de son demi-frère, Alphonse Baudelaire, le général Aupick avait décidé de mettre Baudelaire sous la tutelle du notaire Ancelle. Désormais c'était lui et Caroline Aupick qui allaient gérer la fortune de Charles, léguée par son père et à moitié dilapidée en quelques mois… Alphonse était juge au tribunal de Fontainebleau. « Un monsieur comme il faut », pas un raté comme Charles ! Baudelaire claquait allègrement son fric en vêtements chics, s'achetant des œuvres d'art (souvent fausses), amenant Jeanne dans les meilleurs restaurants, la couvrant de bijoux… On ne meurt que par manque de rêves.

Cette lettre mystérieuse l'interpellait. Pour la première fois, il eut l'impression d'être compris et aimé pour ce qu'il était vraiment. Non pas un monstre, mais un être fragile et mystérieux que l'on ne jugeait pas parce qu'il cherchait la beauté dans l'horrible. Toute sa vie il avait tenté de tisser des liens entre le bonheur fugitif et l'idéal inaccessible, la violence et la volupté. Et surtout de détacher la poésie de la morale.

La personne qui avait écrit cette lettre le connaissait mieux que quiconque. Mieux que Jeanne. Mieux que sa mère. Et peut-être,

1. Sans scrupules, Arondel avait vendu au poète de faux Jacopo Bassano qui allaient le laisser endetté jusqu'à la fin de ses jours.

mieux que lui-même… Elle lui avait révélé sa part d'ombre, sa noirceur, et en avait fait un mot d'amour. Et qui d'autre que le diable pouvait sonder son âme damnée pour en sortir des plumes d'anges ?

14

VOUS LE SAVEZ, Mimile était lui aussi obsédé par cette chaussure rouge... Ce qui l'inquiétait le plus dans cette affaire, c'était surtout qu'il avait peur de perdre la mémoire ! Comme son ami d'enfance qui croupissait chez les bonnes sœurs et qui l'appelait « monsieur » quand il allait le voir. Son seul ami, qui avait partagé ses secrets de petit garçon. Les autres n'avaient aucune valeur. Avec lui, gamin, il avait accroché des pattes de lapin aux portes des maisons, avec lui il avait fait des centaines de fois les quatre cents coups, c'est dire..., et était invariablement rentré au bercail en affichant un air angélique. Mais sa mère le battait quand même. Faut pas déconner, les coups ça fait pousser droit. Sur la table de cuisine se dressait une éternelle bouteille de mauvais pinard. Vide. C'est à son ami, toujours, qu'il avait confié sa première bandaison pour une gamine aux chaussettes coquines. Mais depuis, « Bonjour, monsieur »... La mémoire de son poto n'était plus qu'un vase vide. Et Mimile avait cessé de lui rendre visite. Ça faisait trop mal au palpitant.

Mais où avait-il vu cette chaussure, bon sang de bonsoir ?! Sa grand-mère lui avait dit : « Plus tu te fixes sur quelque chose et moins tu trouveras la solution. Laisse tomber ! Et ça reviendra tout seul. » Mimile avait décidé d'aller boire un verre. Un petit godet pour oublier ses misères. Il passa par le pont Neuf, le plus ancien de Paris malgré son nom. Il l'aimait bien, celui-là. Trouvait qu'il avait de la gueule. L'était pas le seul. Les clochards semblaient l'apprécier aussi. Ils n'étaient pas méchants, du moins avec lui. Ils n'avaient jamais tenté de le dépouiller. On ne vole pas les pauvres…

À cette heure, la plupart d'entre eux roupillaient. Ils étaient étalés sous le pont tels des sacs à patates, dans leur nid de misère réduit à une paillasse ou une vieille couverture miteuse. Les punaises et autres joyeuses bestioles s'en donnaient à cœur joie. Certains s'étaient constitué une sorte de barricade avec des déchets dans lesquels ils devaient puiser pour trouver quelque nourriture. Il s'en dégageait une odeur de pourri à réveiller les morts…

Mimile s'arrêta net. Mais bien sûr ! C'est là qu'il l'avait vue, cette fameuse chaussure rouge avec ses lacets comme des couleuvres qui devaient grimper sur les mollets dodus. Sans ménagement, il secoua César, un des plus vieux clodos du pont Neuf, avec qui il papotait parfois quand il n'était pas trop bourré. Ce qui arrivait rarement. On ne savait rien de César. C'est lui qui posait des questions. Et il ne répondait jamais aux vôtres. Mimile le soupçonnait d'avoir été riche, il y a longtemps. Ce crapaud avait de la culture ! Il aimait les croûtes qu'on mange pas. Principalement celles du peintre Raphaël. Le seul sur lequel il était intarissable et qu'il appelait « l'artiste du divin ». Son œuvre préférée ? La plus scandaleuse, *La Fornarina*, avec cette belle femme à la peau laiteuse, aux joues rosies et aux seins nus, la main sur l'un d'eux, l'autre cachant son sexe. C'était ça, le rêve de César. Une femme inaccessible. Mimile imaginait mal un homme surgi des égouts caressant de telles idées de beauté. Il avait bien tenté d'en savoir plus, de l'interroger sur sa vie passée… Avait-il été marquis, banquier, comte d'un château aux lustres en cristal ? Mais César se fermait dès la première question. Il retournait se coucher sur son matelas qui empestait la vinasse et vous tournait le dos, vous signifiant que l'entretien était terminé.

Posé là, sur une petite armoire rongée par la vermine mais qui conservait un certain style – était-ce le seul meuble que César avait réussi à sauver de son conte de fées parti en fumée ? –, là donc, trônait le soulier rouge dont il ne subsistait que des bouts de lacet. Le reste avait été rongé par le rat qui en avait fait son nid…

15

VIDOCQ avait déjà assez de boulot avec ses affaires d'adultères, de disparitions et autres misères, sans encore devoir s'occuper du crime de la femme sans tête. En revanche, il continuait de temps à autre à servir d'indic aux flics, comme quand il était en prison, et à leur refiler quelques tuyaux en échange de menus services. Il décida donc d'aller leur apporter la boîte à chapeau avec la tête de madame.

Il fut reçu par l'inspecteur Delâbre[1] – que les mauvaises langues surnommaient le Délabré, vu sa peau parcheminée et ses chicots jaunes de nicotine, ce qui ne l'empêchait pourtant pas de sourire. Le poulet s'était illustré en arrêtant quarante-sept individus dans les carrières d'Amérique et en coupant leurs boutons de culottes. Obligées de tenir leur pantalon à deux mains, les enflures ne pouvaient pas courir, ce qui lui permit d'embarquer la smala au poste. Il avait la réputation d'un casse-cou qui n'hésitait pas à risquer sa vie et on le respectait pour ça.

La boîte à chapeau avait suscité un brouhaha dans le commissariat qui avait fait sortir Delâbre de sa tanière. Il aimait bien Vidocq, c'était pas un peureux et il avait une sacrée paire de couilles.

1. L'inspecteur Delâbre a vraiment existé et l'anecdote avec les boutons de culottes est véridique.

– Ben voilà, s'exclama un des flics, la dame va finalement retrouver sa tête ! Toute façon, pour ce que ça lui sert…

Personne ne releva. Rien de mieux qu'une mauvaise plaisanterie pour détendre l'atmosphère.

L'inspecteur proposa un p'tit cognac à Vidocq, qui ne disait jamais non aux plaisirs de la vie. La tête fut apportée dans la chambre froide où le reste du corps avait été entreposé. On attendait l'arrivée du légiste.

– Comment avez-vous eu cette tête, mon cher ami ? le questionna Delâbre.

– Déposée devant ma porte.

– On veut vous faire porter le chapeau ?

Content de lui, l'inspecteur partit d'un gros rire gras. Vidocq ne cilla pas. Les blagues de poulailler, c'était pas son truc.

– Il se peut… que j'aie un renseignement intéressant à vous communiquer, lâcha-t-il après avoir vidé son verre d'un trait.

– Ne me dites pas que vous la connaissiez…

– Non, mais elle a un œil arraché. Et ce n'est pas l'œuvre d'un corbeau ou d'un rongeur. Ils auraient bouffé les deux. C'est son assassin qui lui a fait cette coquetterie. Et selon mes observations, elle était encore vivante au moment de l'extraction. Ce qui signifie que ce crime n'est pas l'œuvre d'un simple criminel, mais de quelqu'un qui a voulu se venger en la faisant atrocement souffrir.

– Quelle horreur ! s'exclama l'inspecteur. Il est en effet probable que cet acte ait été commis par un fou.

– Non. Le globe oculaire a été soigneusement retiré de son orbite, sans doute à l'aide d'une pointe de couteau. La chair autour est intacte, ce qui me pousse à conclure qu'il ne s'agit ni d'un animal, ni d'un fou. Mais d'une personne parfaitement consciente de ses actes, mue par une haine défiant l'imagination. Et capable de tout…

16

CHARLES avait une puissante envie de voir Jeanne. De se perdre en elle. Elle qui l'ensorcelait avec sa chevelure de lionne et ce petit air mutin de boudeuse, d'aguicheuse… Il la savait fragile, mais elle possédait ce je ne sais quoi d'inatteignable qui la rendait irrésistiblement attirante. Il avait l'impression de devoir à nouveau la séduire chaque fois qu'il la retrouvait.

Ragaillardi par l'étrange lettre anonyme qu'il avait reçue et qui semblait avoir été écrite par le diable, il avait choisi avec soin sa tenue. Il avait toujours nourri une recherche obsédante de l'originalité et voulait s'opposer à la mode. Pour lui, le dandysme était une question d'hygiène, d'esthétisme et d'éthique. Ce soir-là, il portait des gants rose pâle, une chemise de mousseline plissée et un habit noir d'une coupe particulière, faite sur mesure.

Jeanne l'attendait, maquillée et garnie de bijoux. Naturelle, lui avait-il dit, la femme ne peut être qu'abominable et vulgaire. Parée et fardée, elle s'élève au-dessus de son animalité originelle, pour mieux subjuguer les cœurs et frapper les esprits. Sans commentaire…

Dieu sait que c'était pas gagné pour Jeanne Duval, piètre comédienne que Baudelaire avait découverte au théâtre de la Porte Saint-Antoine, dans un mauvais vaudeville. Mais voilà… Il était tombé fou amoureux de cette ensorceleuse de trente ans dont il fallait enduire le visage d'une crème blanche pour cacher sa peau d'ébène. Coucher avec Jeanne était-ce encore une façon de choquer, d'aller à contre-courant de ce que l'on attendait de lui ? De désobéir une fois de plus ? Ou était-ce le goût des îles lointaines vers lesquelles son beau-père l'avait envoyé presque de force ? Ni l'un ni l'autre. L'amour est un mystère qu'il ne faut pas chercher à comprendre, au risque de le tuer.

Pourtant... Il la savait fourbe et menteuse, pareille à la lune des fous, mais il l'aimait ! Comme ce démon qui lui avait écrit cette lettre et lui avait donné l'impression, pour la première fois de sa vie, d'être aimé avec toutes ses zones d'ombre. Ce qui chahutait en lui, cet infernal gamin qui tambourinait dans sa tête pour en sortir, le laissait enfin tranquille. Depuis cette missive, Baudelaire n'entendait plus un seul coup, le gamin s'était assis au bord de ses yeux et il scandait des injures sublimes qu'on eût pu confondre avec des poèmes.

Tout en grimpant l'escalier pour aller rejoindre celle qui l'anesthésiait jusqu'à son âme, il murmura :

Que j'aime voir, chère indolente,
De ton corps si beau,
Comme une étoffe vacillante,
Miroiter la peau !
[...]
À te voir marcher en cadence,
Belle d'abandon,
On dirait un serpent qui danse
Au bout d'un bâton[1].

1. « Le serpent qui danse » (chanté par Gainsbourg), *Les Fleurs du Mal.*

Elle l'attendait, avec sa crinoline blanche, jupon de neige étalé sur le lit, telle que Manet la peindrait plus tard, alors qu'elle avait une jambe raide, dans *La Maîtresse de Baudelaire*. Un des rares portraits que Charles allait conserver jusqu'à la fin de sa vie.

Baudelaire s'abandonna à elle tel un enfant perdu, *esprit vaincu, fourbu*, rêvant que cette créature rugissante l'entraîne dans sa chute.

Quelques heures plus tard, il rentra chez lui et se précipita sur l'exemplaire des *Fleurs du Mal* dans lequel il avait caché la mystérieuse lettre, avec la furieuse envie de la relire. Mais il ne trouva qu'un papier vierge. L'encre s'était effacée…

La plus belle des ruses du diable est de vous persuader qu'il n'existe pas !

17

CÉSAR, LE CLOCHARD DU PONT NEUF, avait raconté à Mimile que le chiffonnier lui avait offert la chaussure rouge. Parce qu'ils étaient copains et que, comme lui, Tambour aimait bien les rats. On l'appelait ainsi à cause du bruit de sa carriole sur les pavés.

Les chiffonniers n'avaient pas bonne presse. C'est peu de le dire. De vrais ramasseurs de misères. La populace les imaginait sales à crever et vivant dans les déchets. Ils passaient leur vie à arpenter les rues en tirant leur charrette, munis de leur long crochet, dans l'espoir de dénicher des trésors – ainsi appelaient-ils les quelques merdes réutilisables et susceptibles d'être revendues – jetés aux ordures.

Mimile décida d'aller le rencontrer, intrigué de savoir où il avait bien pu trouver ce soulier de la femme sans tête… Voilà un renseignement précieux qu'il pourrait monnayer avec le Ratier ! Faut pas rater une occasion de se faire du pognon. Et fourrer son nez dans les affaires de crimes, c'était pas son truc. Il avait déjà assez de problèmes chez lui.

Après avoir arpenté l'île Saint-Louis, Mimile finit par trouver Tambour, grâce au marchand d'abat-jour qui se baladait partout avec son panier en osier accroché à son dos. Élégant, comme peut l'être un homme des rues, avec veste et chapeau fatigué, ce dernier avait indiqué à Mimile où traînait le chiffonnier, en le mettant en garde :

« Gaffe ! Ces gars-là, y sont pas nets. Tu veux une lampe ?

– Merci, mais je suis allumeur de réverbères.

– Et alors ? T'as pas besoin de lumière chez toi ?

– Non, je préfère pas voir ce qui s'y passe… »

Le marchand l'avait regardé s'éloigner, dubitatif.

« Curieux bonhomme… »

Et il avait continué son chemin en criant sous les fenêtres :

« Ménagères ! Vous ne pouvez vivre sans mes lampes ! Qui veut ? Qui veut mes belles lampes ? »

Tambour était au bistrot. Sa carriole garée devant. Le seul estaminet crade qui devait l'accepter. Vu l'état des rideaux, il ne dépareillait pas.

À un coin du comptoir, un fort des halles vidait son verre, dans lequel on n'aurait pas fait boire un cochon. Les forts portaient des marchandises lourdes vers l'intérieur des pavillons des halles de Paris. Les charges plus légères incombaient aux portefaix. Mimile reconnut le fort des Halles à sa tenue typique : un grand chapeau de cuir avec une calotte de plomb pour protéger le crâne. Contrairement aux chiffonniers, ces types-là étaient considérés et avaient l'honneur, chaque 1er mai, d'offrir le muguet au président de la République. Mais de toute évidence, celui-ci était un rebelle.

– Tu sais où il peut se le foutre, son putain de muguet, le président de mes couilles ? grommela-t-il à la patronne du bistrot.

L'alcool délie les langues. Sur la sienne fleurissaient des mots crus pareils aux quartiers de viande qu'il trimballait.

Mimile paya un verre au chiffonnier et lui expliqua qu'il cherchait à savoir d'où provenait le fameux soulier rouge.

– Et pourquoi ? lança Tambour d'un air suspicieux.

Habitué aux sarcasmes, le chiffonnier se méfiait de tout le monde.

– Ma fiancée a les mêmes chaussures et elle est partie sans me donner d'explication, mentit Mimile.

– C'est que tu l'as mal baisée, mon coco ! lâcha le fort des Halles dans un rire gras.

– Mon ami César m'a dit que c'était un cadeau pour son rat, continua Mimile sans se soucier des moqueries.

– Mm… J'aime bien Balzac.

– Ah bon ? C'est qui ?

– Paraît que c'est un écrivain. C'est l'nom du rat. Quand César s'endort sous l'pont, Balzac se colle près de son visage et gare à celui qui s'approche de son maître ! On a l'impression qu'il comprend tout ce qu'on dit. C'est un petit malin… Donc, tu penses que la p'tite maison de Balzac est à ta fiancée ?

– Elle portait les mêmes en tout cas. Je la cherche partout. Elle me manque…

– Ah ! Alors si c'est une question d'amour… Je l'ai trouvée dans un tas d'ordures, rue de la Licorne, pas loin de l'église de la Madeleine.

– Je connais. Y a une lanterne rouge qui indique un bordel.

– Ben, c'est justement en dessous que j'ai déniché la chaussure, parmi des épluchures et des bouteilles. Ça veut pas dire que…

– T'inquiète pas, fit Mimile, j'suis pas jaloux. Allez, santé !

18

LE RATIER se rendait chez Baudelaire en chantonnant : « Tiens, voilà du boudin, voilà du boudin, voilà du boudin / Pour les Alsaciens, les Suisses et les Lorrains[1]… » D'humeur joyeuse, il venait de récolter un précieux renseignement pour monsieur le poète, contre quelques francs qui allaient lui rapporter bien plus, vu que, selon les instructions écrites de son mystérieux commanditaire, chaque fois qu'il aiderait Baudelaire il recevrait un billet dans une enveloppe glissée sous sa porte. Mais il avait aussi ordre de ne pas se mêler de l'enquête, ni de chercher le ou la coupable. Il fallait laisser ce soin au poète et à personne d'autre.

« Pigé ! » avait murmuré le Ratier en repliant la lettre dans laquelle figurait l'adresse de Baudelaire. Même s'il aimait fourrer son nez partout et surtout dans les affaires scabreuses, il ne voulait pas risquer de tuer la poule aux œufs d'or. Autre recommandation stricte : « Si vous tentez de savoir qui je suis, notre pacte sera rompu. » À vos ordres, mon commandant !

Le Ratier traversa le quai d'Anjou et s'arrêta devant l'hôtel Pimodan, qu'il connaissait bien. Et pour cause, il était allé le

1. « Le boudin », chanson de la Légion étrangère, évoque en réalité le paquetage du légionnaire, comprenant une toile de tente qu'il doit rouler en forme de boudin pour la fixer sur son sac à dos. Cette chanson rythmait le pas des soldats.

cambrioler quand il était gamin. Il avait été subjugué par la beauté et la richesse des lieux qu'il avait découverts à la lueur d'une bougie, ce qui rendait cet endroit encore plus magique. Le splendide hôtel était digne des palais vénitiens avec ses plafonds en bois sculpté ou peints à l'italienne, sa grande cheminée, ses peintures murales, ses miroirs et son magnifique salon de musique, situé au deuxième étage. Le Ratier se souvenait parfaitement de chaque recoin, après toutes ces années. Il aurait pu revenir le cambrioler les yeux fermés.

On lui avait raconté que l'hôtel avait été aménagé par le duc de Lauzun et avait appartenu par la suite à la famille Pimodan, dont certains membres seraient parvenus à échapper à la police révolutionnaire, après avoir utilisé une porte d'eau secrète qui faisait communiquer les souterrains avec le fleuve. Si le Ratier était surpris en train de cambrioler, il y avait toujours cette solution…

Il frappa contre la porte cochère à l'aide du marteau sculpté. Quelques minutes plus tard, une petite vieille au museau de musaraigne, la bouche colorée de rouge qui débordait, vint lui ouvrir, drapée dans un tablier douteux. Elle avait un air vulgaire et eût été une ancienne pute que ça ne l'aurait pas surpris.

– Suffit de pousser la porte. C'est pas fermé, grogna-t-elle.

– Je viens voir Baudelaire, lui annonça-t-il.

– Oh ! Vous êtes un ami de monsieur Charles ?

– On peut dire ça…

– Pas besoin de traverser la cour. Vous grimpez les escaliers jusqu'au troisième étage. Et dites-lui de passer me voir quand il descendra.

– D'accord.

– N'oubliez pas, hein ! C'est important.

Mais le Ratier était déjà en train de gravir l'Everest.

Il se serait bien attardé dans les salles décorées de peintures et meublées de façon somptueuse, mais il ne voulait pas risquer d'être tenté par quelque potiche. Faut pas vouloir le beurre et l'argent du beurre...

Toc, toc ! Il entendit des bruits de pas, nerveux, comme un animal qui tourne en rond dans sa cage. Baudelaire vint lui ouvrir. En robe de chambre. Pas n'importe laquelle, une en soie de Chine. On ne se refuse rien. Le Ratier ne put cacher sa surprise en découvrant l'appartement du poète, très haut de plafond, meublé et décoré avec une élégance voluptueuse.

– Dites donc, c'est luxueux chez vous ! On voit bien que vous êtes un original, *hombre* ! s'exclama le Ratier.

– Avant de venir ici, j'habitais quai de Béthune, de l'autre côté de la rive, et j'avais un lit en forme de cercueil...

Le Ratier se contenta de sourire. Ce genre d'extravagance n'était pas pour lui déplaire.

– Tiens, constata-t-il, vous avez une copine ?

Il approcha son doigt pour titiller la chauve-souris qui dormait, suspendue à son perchoir.

– Ne la réveillez pas ! lui conseilla Baudelaire.

– Pourquoi elle roupille la tête à l'envers ?

– Pour s'envoler plus vite si un prédateur se pointe.

– Et ça dort longtemps, ces bestioles ?

– Plutôt, oui, jusqu'à vingt heures par jour, expliqua Baudelaire, qui en connaissait un brin sur la question.

– Paraît que ce sont des vampires et qu'elles sucent le sang.

– Celles d'Amérique centrale et du Sud aiment bien, oui, mais surtout le sang des animaux. On raconte sur elles n'importe quoi pour faire peur aux imbéciles, alors que ce sont des petites bêtes adorables et utiles.

Charles Baudelaire proposa un verre de bon vin au Ratier. Il n'aimait pas la piquette. Vu sa tenue et son environnement, cet homme était raffiné et appréciait les belles et bonnes choses.

Le Ratier refusa. Jamais pendant le service. En réalité, il avait la gueule de bois. Un verre de plus et il dégueulait sur le tapis. C'eût été dommage. Soudain, il remarqua une peinture plutôt moche qui jurait avec le goût certain des lieux. Baudelaire vit qu'il la fixait et lui expliqua que cette œuvre maladroite était celle de son père, un curé défroqué, un érudit devenu un précepteur très apprécié, passionné de peinture.

– C'était un peintre du dimanche, lâcha Baudelaire. Mais du peu que je m'en souvienne, je l'aimais beaucoup.

Le Ratier lissa sa fine moustache et se lança :

– J'ai un renseignement de la plus haute importance pour vous… J'ai retrouvé la chaussure rouge qui manque au cadavre.

Il s'attendait à une salve d'applaudissements de la part de son hôte, ou du moins à un « Oh ! » admiratif. Mais rien. Même pas un froncement de sourcil. Le poète semblait soucieux.

– Et je sais d'où elle provient, continua-t-il, fourrant son ego dans sa poche trouée.

– Mm…

– C'est le chiffonnier qui l'a dénichée dans les poubelles sous la lanterne rouge, rue de la Licorne. J'aurais bien mené ma petite enquête, mais j'ai ordre de ne pas y fourrer mon nez. C'est à vous qu'incombe la tâche de trouver l'assassin si vous voulez vous faire du pognon.

– C'est bien là mon souci, avoua Baudelaire. Pour écrire, j'ai besoin de m'entourer de ces œuvres d'art, de me sentir bien dans un bel environnement, de me nourrir de mets fins… Mais tout cela coûte cher et je n'ai plus un rond. Il va de nouveau me falloir mendier auprès de ma mère, qui ne délie pas facilement les cordons de ma bourse. C'est elle qui gère mon héritage avec un notaire de Neuilly. Imaginez l'humiliation…

– Justement, vous avez ici l'occasion de vous faire de l'argent. Trouvez qui est la victime et vous aurez déjà, j'en suis sûr, un petit paquet de billets. Et ainsi de suite…

– Vous n'avez vraiment aucune idée de qui peut être ce mystérieux joueur d'échecs qui nous fait avancer comme des pions ?

– Seul Dieu peut jouer avec nous…

– Ou le diable, murmura Charles.

– On s'en fout du moment qu'il nous paie.

– Vous n'avez donc vraiment aucun scrupule ?

– Aucun.

Sur ces mots, le Ratier descendit l'escalier en longeant les murs pour ne pas croiser la concierge. Il avait complètement oublié de préciser à Baudelaire que la duchesse du balai l'attendait dans sa loge.

19

POUR COMMENCER SON ENQUÊTE, Baudelaire avait décidé de se rendre rue Guillaume, là où la police avait découvert le cadavre de la femme sans tête. Il avait une intuition et échafaudait des hypothèses.

S'il s'agissait du cadavre de la Diva, vu qu'elle portait des chaussures identiques, qu'elle avait disparu le même jour et que sa seconde chaussure avait été repérée près de son bordel, pourquoi l'avoir transporté devant chez lui ? Et après, pourquoi, selon la police, on l'aurait retrouvé à quelques rues de là ? Quelle était la raison de tout ce trafic ?

Il soupçonna le diable d'y avoir mis sa patte fourchue… Logiquement, la Diva avait dû être décapitée non loin de la maison close ; sa chaussure avait dû se détacher de son pied au moment du crime. Vraisemblablement, le tueur l'avait ensuite transportée ailleurs pour cacher le corps ou s'en débarrasser. C'est là que le diable était intervenu et avait, par un tour de passe-passe, ou en ayant commandité quelqu'un, fait déplacer le corps devant chez Baudelaire. Histoire de l'impliquer, de l'inciter à mener l'enquête afin de ne pas être accusé du meurtre, sans doute ? Tout le monde savait qu'il fréquentait les bordels… Mais quelle était la raison de ce circuit macabre ?

Le diable avait un plan. C'était évident. Il voulait mettre

l'intelligence de son « fou » à l'épreuve. Baudelaire était convaincu que rien n'était le fruit du hasard. Si le cadavre avait finalement été déposé rue Guillaume, c'était parce qu'il y avait là un indice important susceptible de faire avancer son enquête. Il fallait qu'il s'y rende s'il voulait trouver une des clés… La rue n'était pas très loin, un peu de marche lui ferait du bien.

Étroite et sombre avec ses hautes façades, la rue Guillaume semblait avoir choisi de lui compliquer la tâche. Baudelaire arpenta les pavés en les scrutant méticuleusement, au cas où un quelconque indice aurait été oublié… Qu'espérait-il ? La police avait sûrement tout vérifié… Mais qui ne tente rien n'a rien. Il refaisait lentement le même trajet en sens inverse quand soudain, là dans le caniveau, il vit briller quelque chose. Le ramassa et l'observa à la lueur du réverbère. C'était un de ces bijoux forts à la mode à cette époque où l'on aimait allier orfèvrerie et taxidermie : une broche faite avec un scarabée vivant. Ces bijoux importés d'Asie faisaient fureur. Cet insecte vert aux reflets irisés plaisait beaucoup aux coquettes qui le portaient en collier, bracelet, broche ou pendant d'oreille. Cette mode macabre avait pour origine une légende mexicaine : celle d'une princesse et de son amant. Leur passion interdite ayant été mise au jour, l'homme avait été exécuté. Mais un chamane le transforma en scarabée afin que la princesse puisse le porter en bijou sur son cœur. Baudelaire se rappelait avoir lu que les Mexicains décoraient les scarabées vivants et les attachaient à de fines chaînettes – appelées *makechs* – pour composer des parures très prisées des femmes. Pour cela, ils utilisaient des coléoptères qui ne volent pas et sont capables de survivre sans boire ni manger pendant des mois. Une autre variante était d'enfermer un scarabée ou une luciole dans une petite cage…

Charles Baudelaire n'était pas un ange, mais la cruauté de ses semblables à l'égard des animaux – les insectes n'en faisaient-ils pas partie ? – et de la nature le révoltait. Il fourra le bijou dans sa poche et se dirigea vers la rue de la Licorne.

20

ENCOMBRÉE DE CHARRETTES de marchands de pommes de terre, la rue de la Licorne était assez semblable à la rue Guillaume et donnait sur la rive est de l'île de la Cité. Baudelaire n'avait rien dit au Ratier, mais il connaissait cet endroit. La lanterne rouge signalait une maison close assez discrète et sans aucun luxe qu'il lui était déjà arrivé de fréquenter, parce que Sarah la Louchette y exerçait ses talents. Contrairement à la plupart des bordels, ici on se couchait sur des lits douteux qui sentaient le stupre, on se vautrait sur des canapés élimés et on craignait les tentures remplies de poussière. Mais l'établissement avait l'avantage de ne pas être cher ! La raison pour laquelle Baudelaire l'avait fréquenté alors qu'il avait le goût d'un certain luxe était qu'il raffolait aussi des filles des rues, celles qui ne verront jamais les étoiles. Celles qu'il pouvait consoler par des mots qu'elles ne comprenaient pas, mais qui voyaient la tendresse dans ses yeux.

Et il s'était senti attiré par cette tigresse à la tignasse rousse bouclée et aux jupons de misère. Qui lui avait refilé la syphilis pour qu'il n'oublie jamais leurs ébats. Malgré tout, il pensait encore à elle avec compassion. Elle lui avait laissé quelque chose de tragique qui lui avait inspiré certains poèmes.

Je n'ai pas pour maîtresse une lionne illustre :
La gueuse, de mon âme, emprunte tout son lustre ;
Invisible aux regards de l'univers moqueur,
Sa beauté ne fleurit que dans mon triste cœur.

Puis il y avait eu Jeanne… Et ils ne s'étaient plus vus. Vivait-elle encore ? Qu'avait-elle connu du monde ? Elle qui louchait et dont les yeux qui ne vous regardaient pas et semblaient perpétuellement ailleurs avaient ému le jeune Charles.

Celle qui portait ce genre de chaussures, c'était la tenancière du bordel, surnommée la Diva à cause de ses grands airs, de ses bijoux en toc et de son maquillage outrancier qui ne réussissait pas à masquer son âge mais la faisait ressembler à une vieille poupée oubliée dans une malle. Baudelaire l'avait toujours trouvée sournoise.

Le Jardin des Sévices, maison close au nom délicieux et au salon figé dans une élégante misère, était tel que Baudelaire l'avait connu dans sa jeunesse. Ça sentait le mauvais tabac mélangé aux parfums écœurants et bon marché dont s'aspergeaient les poulettes. Les lourdes tentures en velours patiné et bouffé par les mites n'avaient jamais été lavées. Ici le plumeau était interdit de séjour.

Vu l'aspect élégant du monsieur, quelques filles se ruèrent sur lui en minaudant et en dévoilant leur poitrine laiteuse et dodue. Baudelaire n'était pas venu pour se laisser tenter, mais pour mener l'enquête. Il avait décidé de s'en occuper, pas seulement pour l'argent. Le diable lui avait écrit la plus belle lettre qu'il ait jamais reçue, même si elle était piégée… Et il espérait bien, s'il parvenait à ne pas le décevoir en trouvant le coupable, découvrir qui il était.

Il demanda des nouvelles de la Louchette. Personne ne savait ce qu'elle était devenue. L'une des filles raconta qu'elle était partie un jour avec un riche commerçant. Une autre que c'était un mensonge, qu'elle avait perdu la boule et devait errer dans les rues si elle n'était pas déjà morte.

Baudelaire préféra l'imaginer dans l'écrin d'une belle maison avec un homme qui l'aimait et des enfants accrochés à ses jupes.

Et la Diva ? Là, toutes les putains furent formelles : elle les avait abandonnées. Même qu'elle leur avait laissé un message sur un bout de papier : *Aurevoir.*

– C'est tout ? s'étonna Baudelaire.

– Elle savait presque pas écrire. Juste quelques mots. Mais on a toutes compris. Vu son caractère de cochon… On sentait bien qu'elle en avait plein le dos de nous.

– Maintenant, c'est moi qui la remplace, pérora une espèce de Conchita de bas étage. Je suis l'aînée. Alors qui tu choisis, beau gosse ?

– Je ne suis pas venu pour ça. J'enquête sur un meurtre…

– Un meurtre ! s'exclamèrent-elles en chœur.

– Celui de la femme sans tête. Vous en avez entendu parler ?

– Bien sûr ! fit la plus petite d'entre elles en tripotant la bretelle de sa combinaison en dentelle déchirée. Dans toute l'île, on ne parle que de ça. Elle a disparu le même jour que notre mère maquerelle.

– À ce propos, susurra une autre prostituée qui portait d'interminables bas noirs, le soir où la Diva nous a laissé son mot, un gamin est venu lui apporter un œillet rouge… Ça porte malheur, non[1] ?

1. Superstition du monde du théâtre.

Charles Baudelaire ignorait le langage des fleurs. Sauf celles du mal… Il sortit la broche scarabée de sa poche. Aussitôt les filles se ruèrent dessus en poussant des cris :

– C'est celle de la Diva ! Où tu l'as trouvée ? demanda l'une d'elles.

– Là où… la police a découvert le cadavre de la femme sans tête.

21

APRÈS AVOIR QUITTÉ LE BORDEL où on lui prodigua tout de même une petite gâterie, Baudelaire héla un fiacre. Il avait décidé de passer voir si ses amis n'étaient pas au Divan Le Peletier, un endroit à la mode, à la sortie du passage de l'Opéra. Il était de bon ton de s'y enivrer en compagnie d'artistes, d'écrivains, de journalistes et d'hommes politiques. Le nom turc « Divan » conférait à ce grand café une aura exotique. On se vautrait sur des banquettes couvertes de gros coussins moelleux. Baudelaire adorait cet endroit. C'était en quelque sorte son panthéon. Un soir de beuverie, il avait claironné : « Hugo ! Qui ça, Hugo ? Est-ce qu'on connaît ça… Hugo ? » Ses propos avaient été rapportés dans la presse par les journalistes présents et il avait été contraint de démentir, mais le mal était fait. Victor Hugo, qu'il avait tant admiré, puis décrié ! Et qui était pourtant resté un de ses plus grands défenseurs…

Fréquenté par Gustave Courbet, Hector Berlioz, Théophile Gautier, Alexandre Dumas, Nadar, Édouard Manet, Auguste Poulet-Malassis – l'éditeur de Baudelaire, qui avait une librairie passage des Princes – et bien d'autres personnalités du gratin parisien, le Divan accueillait aussi l'aristocratie, tels le marquis du Bellay et le comte de Gramont. Que du beau linge ! On y dégustait de l'absinthe dans des verres en cristal. Une fois bien éméché, le redoutable bretteur Choquard, toujours en quête de duel, titillait ceux qui ne lui revenaient pas en clamant : « Mon p'tit môssieur, je m'en vais vous passer mon cure-dent à travers la poitrine ! » Par chance, la tronche de Baudelaire lui revenait bien…

On y croisait aussi Alfred de Musset, toujours vautré dans les canapés, qui cuvait sa nouvelle trouvaille : un mélange de bière, d'eau-de-vie et d'absinthe. Il venait terminer ses soirées au Divan dans un état lamentable. Les poètes rongent les étoiles… Quant au peintre Gustave Courbet, il y débitait bruyamment ses théories, ponctuées de gros rires, en se tapant les cuisses. Le tout dans un épais brouillard formé par la fumée des pipes.

Gérard de Nerval, un des chefs de file du mouvement romantique avec Gautier et Hugo, y fit une entrée remarquée avec sa tenue vestimentaire extravagante et son air de tomber de la lune. Il avait eu son heure de gloire depuis qu'il avait été surpris sur les marches du Palais-Royal en train de promener un homard en laisse. Il s'était exclamé : « En quoi un homard est-il plus ridicule qu'un chien, qu'un chat, qu'une gazelle, qu'un lion ou toute autre bête dont on se fait suivre ? »

Ce soir-là, Charles Baudelaire s'enivra. Il pensait à Sarah la Louchette, avec ses taches de rousseur et son air d'enfant perdue. Sarah et ses seins de petite fille qui n'avaient pas poussé. Sarah peut-être morte, abandonnée dans les égouts ou noyée dans la Seine…

22

PENDANT CE TEMPS, le Ratier grattait sous les pavés de Paris en se lissant les moustaches. Il aurait été fier d'apporter de nouveaux éléments à Baudelaire pour son enquête. Même si cet ingrat n'avait pas le compliment facile. Le Ratier avait bien repéré quelques objets de valeur chez le poète, mais il craignait que son mystérieux commanditaire ne s'aperçoive de ses larcins. Il ne savait pas comment, mais l'ombre avait l'air au courant de tout ! Et il arrivait de plus en plus souvent au Ratier de se sentir suivi. Baudelaire avait-il également cette impression ?

Pourtant c'eût été pour lui un jeu d'enfant de s'introduire chez le poète, qui avait la réputation d'être un oiseau de nuit… D'autant que le Ratier avait gardé son rossignol – un trousseau de clés diverses, appelé ainsi dans le grand monde parce que ça ne chante que la nuit. Il avait aussi un rigolo, ou pince-monseigneur, au cas où le rossignol ne serait pas efficace. Ah, c'est qu'il était outillé, l'animal ! La plupart du temps, le Ratier allait puiser ses renseignements auprès de sa clique de voleurs et de mendiants. Mais également auprès de son ami : Gabriel comme l'archange, le curé qui confessait ses ouailles dans la rue. Il se baladait avec une grille attachée à son dos et un goupillon macérant dans un seau d'eau censée être bénite, qui sentait le croupi. Et que j't'asperge des pieds à la tête, te voilà protégé par Jésus jusqu'à mon prochain passage. Curé défroqué au passé plus que douteux – tout ce que savait le Ratier, c'est qu'autrefois on le surnommait Gaby le Boucher, et pas parce qu'il découpait des côtes de porc –, il avait fait quelques années de taule. Bref, il avait pris des vacances… Et avait la réputation d'avoir la gâchette facile !

Soi-disant soucieux de prodiguer la bonne parole, Gaby l'était surtout de recueillir les confidences et de monnayer ces renseignements auprès de qui voulait bien le payer. La reconnaissance de Dieu lui serait éternelle. Veiller aux besoins d'un employé du Seigneur, c'est acheter sa place au paradis. Amen.

Sauf, bien évidemment, si ces confidences étaient recueillies sous le sceau de la confession, lorsqu'il plaçait entre lui et le pénitent sa vieille grille récupérée sur un tas de détritus. Gaby le Boucher avait des principes, faut pas croire. Oui, monsieur ! Il n'était pas rare qu'il aille en soutane donner l'extrême-onction dans les chambres bourgeoises et qu'au passage il subtilise quelques objets de valeur, estimant que là où ils allaient les trépassés n'en avaient plus besoin.

Gabriel, qui aimait les femmes mais préférait les hommes, avait une vénération pour Jésus avec son petit pagne. Il le trouvait mignon. Et pour lui prouver sa dévotion, chaque fois qu'il passait devant la croix dans une église, il se mettait à chanter. Ne connaissant que des chansons paillardes, il ne voyait pas où était le mal. Une chanson, quand elle vient du cœur, c'est comme une offrande. D'ailleurs Jésus ne parlait pas français.

Gaby avait gardé de sa mère une vieille poupée drapée dans une robe bleue. Avec un chapelet autour du cou, c'était la Sainte Vierge en personne qu'il avait appelée Marieke vu qu'il était belge. Souvent en plein désarroi face à ses attirances sexuelles, *vade retro satanas !*, il se confiait à elle, la suppliant de lui pardonner ses péchés et ses penchants, complétant la contrition en se lacérant le dos à grands coups de fouet. Pourtant en prison, il ne s'était pas privé d'assouvir ses désirs avec ses compagnons de cellule. Or l'époque était révolue et il s'était reconverti en homme d'Église, certes défroqué, mais la croix autour de son cou – piquée à une dévote moribonde – attestait sa foi inébranlable. Dieu l'avait sauvé ! Il Lui en serait éternellement reconnaissant.

Et donc, le père Gabriel, faisant fi de la décision de l'Église, avait décidé d'aller prêcher la bonne parole dans les rues de Paris, plus précisément près du pont Marie – il y avait vu un signe de protection –, dans une piaule sous les toits.

Quand il sautait les prostituées ou les femmes de la haute, car beaucoup s'ennuyaient avec leur vieux mari impuissant et ne rechignaient pas à une petite gâterie ecclésiastique, il les persuadait que baiser avec un curé n'était pas un péché. Quant aux jeunes filles en fleurs, il leur faisait gober qu'elles seraient toujours vierges, puisqu'il s'appelait Gabriel.

Tous les soirs, une fois rentré de son périple et après avoir accompli ses bonnes actions et partagé les bienfaits de ses exploits sexuels, il causait avec Marieke, qui lui répondait en bruxellois.

Soucieux de rallier le père Gabriel à la cause de Baudelaire, et surtout de son enquête, le Ratier apporta au grand homme de Dieu un exemplaire des *Fleurs du Mal* qu'il connaissait par cœur. Les pages étaient écornées, le papier piqueté de taches de vieillesse, et lorsque le curé le feuilleta une épluchure de patate tomba sur ses sandalettes.

Il ne savait pas, ce brave père Gabriel, qu'il venait d'ouvrir les portes de l'enfer…

23

LA POLICE AVAIT CONFIÉ LA TÊTE COUPÉE à un anatomiste, espérant en savoir un peu plus sur ce crime crapuleux. L'inspecteur Delâbre, toujours aussi délabré dans son costume déglingué rongé par les mites, se pointa à la Foire aux cadavres, à l'emplacement de l'ancien cimetière de Clamart, là où on s'amusait à découper les morts, entiers ou en morceaux. Les corps provenaient des hôpitaux ou des cimetières… volés par les résurrectionnistes qui en avaient fait un juteux commerce. Certains même n'avaient aucun scrupule à fabriquer des cadavres en assassinant les gens afin de vendre leurs dépouilles aux étudiants en anatomie.

En principe, à cette époque, il était interdit de disséquer des corps autres que ceux des condamnés à mort ou des pendus, que l'on clouait sur une croix pour faciliter l'opération.

Delâbre ouvrit la porte et se trouva dans une grande salle où régnait un silence d'outre-tombe. De chaque côté, des macchabées étaient étendus sur des dalles en pierre blanche. Ça sentait la charogne, une odeur pestilentielle qui vous enveloppait tout le corps comme si vous étiez prisonnier d'une toile d'araignée puante et gluante. Ça vous pénétrait jusqu'aux os, bon Dieu ! Quelques cadavres de femmes, d'hommes et de bébés étaient encore entiers, mais la plupart avaient été charcutés. Des bras, des jambes, des troncs semblables à des quartiers de viande étaient suspendus à des crocs. Une véritable boucherie. En plus de l'odeur insoutenable, il se dégageait de tous ces morceaux de chair des relents de phénol se mêlant à ceux de la décomposition, qui se manifestait par des marbrures verdâtres.

Au fond de la salle, Delâbre aperçut l'anatomiste. L'homme d'une trentaine d'années, aux cheveux noirs en bataille, drapé dans un tablier éclaboussé de sang, était en train de découper la tête de « la femme décapitée de la rue Guillaume », comme on l'appelait au commissariat.

Il affichait un grand sourire qu'il quitta lorsqu'il aperçut l'inspecteur.

– Alors ? questionna Delâbre sans ambages.

– C'est pas du travail de dentellière. De la sale besogne ! On lui a scié le cou avec un couteau mal aiguisé. Le tueur a dû s'acharner. Y a des morceaux de chair qui pendouillent. Elle a dû souffrir, hein, ma cocotte ? Déjà qu'on lui a arraché un œil avec un couteau rouillé ! Là aussi du boulot de sagouin ! À se demander ce qu'on leur apprend, aux assassins…

– Selon vous, elle avait quel âge ?

– Oh, plus de première main. Je dirais qu'elle a de la bouteille, dans tous les sens du terme. Elle picolait sec, ça se voit. Je pencherais pour une traînée, une clocharde. Manque des dents. Selon moi, cllc devait avoir la cinquantaine.

– Tant que ça ? s'étonna Delâbre, qui avait le même âge mais se voyait toujours jeune homme.

Il n'y avait pas de miroirs chez lui. Et il avait toujours attaché bien plus d'importance à l'intelligence qu'à l'aspect physique, qui lui importait peu.

– Dites, j'ai une question personnelle à vous poser… Vous est-il déjà arrivé, dans vos explorations du corps humain, de voir quelque chose comme, disons, une âme qui s'échappe du mort ?

L'anatomiste dévisagea l'inspecteur, stupéfait. On ne lui avait jamais demandé pareille chose.

– Non. Rien de ces balivernes ! Aucune forme de gaz qui eût pu ressembler à ce que vous appelez une âme, inspecteur. Je suis surpris qu'un homme tel que vous me pose cette question absurde ! Quand on est mort, on est un tas de viande en putréfaction. Rien de plus. Il suffit de regarder autour de vous.

Delâbre regretta sa curiosité. Il aurait dû se rappeler que les cartésiens et scientifiques n'ont bien souvent aucune ouverture d'esprit envers ce qu'ils ne peuvent voir ou prouver. « Ceux qui ont les idées les plus fausses s'appuient sur la raison et c'est en vertu de cela qu'ils rejettent tout ce qui leur semble impossible. Ce que l'on appelle la raison n'est souvent que de l'orgueil déguisé et quiconque se croit infaillible se pose comme l'égal de Dieu. » Il avait entendu Allan Kardec, philosophe et fondateur du spiritisme, lors d'une de ses conférences et ses paroles avaient fait basculer ses certitudes. Depuis, l'inspecteur Delâbre avait des préoccupations d'ordre spirituel, alors qu'auparavant il se contentait de fumer sa pipe.

– Vous avez déjà examiné le corps ? enchaîna-t-il.

– Oui… À ce propos, dit l'anatomiste, j'ai une révélation à vous faire.

C'est alors que la porte claqua comme si un fantôme venait d'entrer.

24

– VITRIER ! VITRIER ! Qui veut mes vitres pour se protéger du vent, de la pluie et des voleurs ?

– Crénom ! grogna Baudelaire, qui, une fois de plus, s'était couché tout habillé.

La nuit avait été rude au Divan Le Peletier. Il avait bu beaucoup trop d'absinthe… Et ce zouave venait de le réveiller ! Ah, ça, il allait le lui payer !

Il se rua vers la fenêtre et cria au vitrier de monter, amusé à l'idée qu'il se casse la gueule dans l'escalier trop étroit. Charles Baudelaire se sentit soudain en proie à des pulsions mauvaises, à des envies que le bon sens réprouve. Comme quand, gamin, il lui était interdit de s'approcher du feu et qu'il y avait lancé son ours en peluche. Pourquoi avait-il fait ça ? Mû par une force irrésistible, il avait agi sous une impulsion mystérieuse et inconnue. Il pensa à l'histoire de cette femme fragile qu'il avait connue, la petite marchande de rubans. Il lui était arrivé d'en acheter des jaunes pour Jeanne. Cette couleur lui rappelait le soleil de son pays. Une fillette presque en haillons, mais toujours propre, enroulait les rubans dans le panier posé près de sa mère. Un jour, un fiacre au cocher trop aviné fonça sur la gamine et la renversa. La fillette se retrouva coincée sous les roues. Alors on assista à un spectacle incroyable : la mère souleva littéralement à bout de bras le fiacre et parvint à dégager son enfant.

L'histoire fit le tour de l'île et même du Tout-Paris. La marchande de rubans fut aidée par un mécène qui s'occupa de faire soigner la petite fille et qui, par la suite, la recueillit chez lui.

Charles se sentit un peu comme cette femme invisible, soudain devenue une héroïne, prouvant que, parfois, les êtres humains les plus faibles et les plus insignifiants peuvent devenir des dieux. Ou des démons…

L'homme le plus doux peut se transformer en assassin sanguinaire si on touche à ceux qu'il aime. Baudelaire voulait expérimenter toutes ses facettes, les plus merveilleuses comme les plus sombres. Il se rappela aussi un de ses amis qui avait allumé un cigare près d'un tonneau de poudre. Juste pour voir… Il avait alors pensé que cette espèce d'énergie jaillissait de l'ennui et de la rêverie. Ou de l'envie de retomber en enfance ? À cette époque de la vie où la frontière entre le bien et le mal est encore si floue qu'on s'amuse à la franchir avec délice. À croquer goulûment dans les interdits.

Mais là, Baudelaire était maussade et fatigué. Grognon. Furieux que ce foutu vitrier l'ait extirpé de ses songes. Un goût de vengeance le titillait. Faire des frasques, ne jamais devenir raisonnable… Sinon, on meurt.

Lorsque le vitrier frappa à sa porte, Baudelaire le trouva haletant. Il avait réussi à grimper les étages sans briser les vitres qu'il portait dans son dos. Bravo, mon vieux !

Baudelaire l'invita à entrer, examina la marchandise et rembarra le malheureux en lui disant que ses vitres étaient moches.

– Quoi ? s'exclama Charles. Vous n'avez pas de verres de couleur ? Des verres roses, rouges, bleus, des vitres magiques, des vitres de paradis ? Impudent que vous êtes ! Je veux des vitres qui fassent voir la vie en beau.

Au bord de la crise de nerfs, l'artisan regagna l'escalier en râlant. C'est alors qu'une envie quasiment irrépressible et cruelle de l'y pousser s'empara de Baudelaire. Mais il s'abstint miraculeusement.

Quand, après un bon quart d'heure d'efforts, l'homme reparut en sueur dans la rue et qu'il leva les yeux en direction des fenêtres de ce trou du cul de poète, Baudelaire respira un grand coup et lui balança un pot de fleurs en beuglant :

– La vie en beau ! La vie en beau !

Et *le bruit éclatant d'un palais de cristal crevé par la foudre*[1] lui procura une jouissance infinie.

1. « Le mauvais vitrier », *Le Spleen de Paris* (*Petits Poèmes en prose*).

25

SONGEUR, L'INSPECTEUR DELÂBRE tirait sur sa pipe éteinte. Il poussa la porte du commissariat et fut accueilli par un « Bonjour, inspecteur », petits moutons bêlant en chœur. Mais il n'était pas dupe et savait très bien ce qui se racontait dans son dos. Il avait sa taupe : Marco, un jeune flic aux dents longues qui rêvait de gravir les échelons à grandes enjambées. Delâbre ne l'aimait pas, mais le lui cachait bien, le flattant dans le sens du poil et l'appelant « mon petit Marco » lorsqu'ils étaient seuls dans son bureau.

Il lui avait fait miroiter que grâce à ses relations et patati et patata… L'autre truffe avait les yeux brillants de convoitise et de reconnaissance, se voyant déjà dans le fauteuil avachi, mais combien prestigieux, de Delâbre. Ce dernier, devant le poisson appâté, avait convenu d'un rendez-vous dans un vieux troquet malfamé, tous les jeudis soir, là où il était certain de ne pas rencontrer ses collègues. Un de ces cabarets miteux tenus par un ogre – ainsi nommait-on les anciens repris de justice. Ces lieux crades étaient fréquentés par des forçats libérés ou échappés, des escrocs, des voleurs, des assassins… Un vivier pour la pêche policière ! Mais les collègues de Delâbre n'étaient pas assez têtes brûlées pour s'y frotter. Lui, c'est précisément là qu'il puisait ses sources. Comme Vidocq.

L'idée était que Marco Polo, comme le surnommaient ses camarades, relate à l'inspecteur toutes les saloperies qu'on débitait sur son compte en lui faisant de grands sourires. Delâbre préférait savoir à qui il avait affaire. Connaître l'ennemi est une des clés de la victoire.

Il avait toujours été méfiant vis-à-vis de ses semblables. Une des raisons pour lesquelles il n'avait pas de femme, mais un chien. Un vieux cabot aux poils collants. Un mal peigné comme lui. Une pipe dans la gueule du clébard et t'avais l'inspecteur.

Il savourait la surprise qu'il s'apprêtait à leur balancer, à ces zouaves. Martineau, avec son air de premier de la classe et ses bretelles dans lesquelles il calait ses crayons ; Pilochet le souffreteux, qui, quand il ne toussait pas, éternuait ou se grattait, en proie à une énième allergie, la plus évidente étant celle au travail ; Lebillan, Breton pur jus, toujours bourré mais assez efficace, à croire que l'alcool peut sublimer les neurones… Quant aux autres, Delâbre les considérait comme des tâche-moyen ayant parfois quelques fulgurances lorsqu'ils faisaient confiance à leur intuition. Mais les moutons sortent rarement de leur prairie.

– Bon, décréta l'inspecteur, j'ai une révélation de la plus haute importance à vous faire…

D'habitude quand il parlait, la plupart – sauf bien sûr Marco, qui le regardait comme s'il était le pape – continuaient à vaquer à leurs occupations.

Cette fois, plus un bruit. Tout le monde était suspendu à ses lèvres.

Delâbre savoura cet instant en faisant durer le plaisir. Il tira quelques bouffées sur sa pipe, qu'il prit soin de rallumer, risquant de mettre le feu à sa moustache rousse, d'une couleur différente de sa tignasse poivre et sel. Un des mystères de la génétique.

On n'entendait pas une mouche voler. Et personne n'osait interrompre ce silence par un « Et alors ? ». Les petits moutons bien sages attendaient que le berger se mette à bêler.

– Vous allez devoir retrousser vos manches… Vous entendez, Pilochet ?

– Oui, inspecteur, répondit le souffreteux en se grattant le bras.

Le mot « boulot » lui filait des allergies incontrôlables.

– On est prêts à vous satisfaire, chef ! lâcha Marco, le frotte-manche.

Plusieurs fois pourtant, Delâbre lui avait dit de ne pas l'appeler « chef », mais « inspecteur ». En vain ! Le premier de la classe était au garde-à-vous.

Le chef lui adressa un grand sourire, genre « Je suis flatté, mon p'tit Marco », alors qu'il n'avait qu'une envie, c'était de lui foutre un coup de pied au cul. Mais il faut ménager les langues de pute…

– Bien… Puisque vous voilà prêts à entendre l'incroyable nouvelle qui demain fera la une des journaux, et à coup sûr terrorisera la population, que dis-je, la France tout entière, plongeant le pays dans une frayeur innommable…

Il prit soin de tirer encore quelques bouffées sur sa pipe, qui, cette fois, émit une fumée grise, avant de lâcher :

– La tête de la femme sans tête… n'est pas la sienne !

26

BAUDELAIRE avait convenu de retrouver régulièrement le Ratier, sous le pont Marie, afin d'échanger les infos concernant l'enquête. Et il lui avait révélé l'identité de la femme sans tête, raconté sa visite au Jardin des Sévices, le bordel de la rue de la Licorne. Il lui avait décrit la Diva comme étant une mère maquerelle vulgaire, sans classe et sans cœur, une vieille poupée pourrie. Il avait ajouté : « Il y a des gens qu'on est contents de voir mourir. »

Le Ratier, qui en avait dézingué quelques-uns sans aucun remords, ayant au contraire le sentiment de rendre service à la planète, ne pouvait qu'approuver la remarque acerbe de Baudelaire. Mais il n'était pas dupe et connaissait la nature humaine, toujours si avide de détruire. On nettoie, et demain, il faut tout recommencer. Le mal est un phénix qui renaît sans cesse de ses cendres… Ça occupe !

Sans attendre, le Ratier s'était rendu chez le père Gabriel – qu'il préférait appeler Gaby le Boucher, se sentant plus en phase avec les voyous qu'avec les suceurs d'hostie.

Il le trouva d'humeur rêveuse ! Il avait même l'air de flotter sur un petit nuage rose.

– Ça va ? demanda le Ratier. On croirait que vous venez de voir une apparition !

– C'est tout comme, lui confia le père Gabriel. Vous m'avez fait découvrir un écrivain extraordinaire ! Que dis-je, sans blasphémer, un dieu de la poésie ! Une fois qu'on pénètre dans ses poèmes, on n'est plus jamais le même. C'est pareil pour la foi. Quel choc ! Quelle découverte ! Quelle connaissance de l'âme humaine ! Cet homme a le courage de plonger dans ses démons pour en faire des pépites. Il a compris que le paradis trouve ses racines en enfer. Et que l'un n'existerait pas sans l'autre. Que nous, pauvres humains, sommes à cette image…

– Vous voilà bien emballé, mon cher Gaby.

– Ne m'appelez pas ainsi. Gaby est mort. Le démon a engendré un ange. C'est pour cela que les poèmes de Baudelaire me touchent tant ! Ils expriment exactement ce que je ressens et refoule au fond de moi. Désormais, je n'aurai plus jamais honte d'avoir été Gaby le Boucher, parce que sans lui je ne serais pas devenu celui que je suis aujourd'hui. *Les Fleurs du Mal* sont devenues mon bréviaire, confia-t-il en sortant le livre de sa besace. Ce poète est un génie qui égrène le chapelet des mots pour offrir les plus vertueux au diable.

Il l'ouvrit à une page précise et se mit à lire un extrait tout haut :

Ma jeunesse ne fut qu'un ténébreux orage,
Traversé çà et là par de brillants soleils

– C'est magnifique ! clama-t-il en refermant son précieux bouquin. Merci, merci pour ce cadeau, mon cher, le plus beau que j'aie jamais eu. Et je serais ravi d'aider cet homme hors du commun dans son enquête…

Le Ratier sauta à pieds joints sur cette proposition pour lui parler de la femme sans tête et lui révéler la découverte de son poète préféré.

– Il s'agit de la Diva, tenancière d'un bordel miteux, genre trou à rats.

– J'adôôre ! s'écria le père Gabriel.

– Euh… Vous la connaissiez ?

– Oui, j'ai quelquefois fréquenté ce lieu infâme, tentant de sauver quelques âmes perdues, mais je préférais aller au petit bordel, le 36, près de l'église Saint-Sulpice, tenu par Miss Betty, qui recrutait ses filles parmi celles qui avaient reçu une éducation religieuse. On y côtoyait des prêtres en civil que les putes reconnaissaient à leur tonsure et leurs grosses godasses noires. Certaines prostituées étaient déguisées en nonnes et s'adonnaient à des jeux osés autour d'un confessionnal. La plupart des chambres étaient équipées d'instruments de torture, et les filles habillées en cuir noir nous fouettaient allègrement afin de nous faire expier nos péchés. Ah, quelle belle époque !

– Vous n'y allez plus, mon père ?

– Rarement. Avec l'âge, je suis devenu plus romantique… C'était amusant, quand j'y repense… Nous allions faire notre petite affaire au 36, puis nous foncions nous confesser à l'église Saint Sulpice juste en face. Et le curé qui nous donnait l'absolution partait à son tour au bordel…

– Comme ça, conclut le Ratier, vous pouviez vivre dans le péché en ayant le cul dans un bénitier.

– Exactement !

– Et vous avez eu l'occasion de confesser la Diva ?

– Oui. Mais vous savez que je suis tenu au secret de la confession…

– Vous ne pourriez pas faire une entorse pour le pauvre pécheur que je suis ?

Le père Gabriel prit un air offusqué. Mais quand le Ratier sortit quelques sous de sa poche il arbora un grand sourire. Sa culpabilité disparut d'un coup !

Le curé glissa les pièces dans la poche de sa soutane et raconta que la Diva avait un amant rue Guillaume. Un médecin qui d'ailleurs s'occupait gratuitement des maladies vénériennes des filles, en échange de quelques gâteries de la part de leur patronne qui, selon les témoignages, savait y faire.

– Les médecins ne sont pas légion sur l'île et celui-là, vous devriez facilement trouver où il crèche. La Diva me racontait à demi-mot qu'il trempait dans des affaires louches, mais elle n'a pas voulu m'en dire plus, estimant que ses péchés ne regardaient que lui.

– Merci, curé.

– Dites-moi, mon garçon, vous le connaissez bien, Charles Baudelaire ?

– Un peu… Pourquoi ?

– Il est comment ?

– Raffiné. Il a du goût, s'habille bien, et a décoré son appartement de façon originale. C'est ce qu'on appelle un dandy. Il est élégant, romantique… Il vous plairait !

Le père Gabriel se contenta de sourire.

– En plus, ajouta le Ratier, il vit avec une chauve-souris. C'est pas banal. Ce qui m'a frappé, c'est que cette bestiole me fait penser à lui. Elle est suspendue la tête en bas. Comme le Pendu dans les tarots. Baudelaire, c'est le Pendu. Il a un fil à la patte. Quelque chose qui le retient et l'empêche de s'envoler dans la vie. Alors il s'échappe par la poésie…

– Béni soit ce fil à la patte !

– D'après le peu qu'il m'a confié, je crois que c'est sa mère, murmura le Ratier.

« Un point commun avec moi ! » songea le prêtre.

– Dans le tarot, on pourrait aussi le comparer au Fou qui erre avec son balluchon, et ce chat qui lui mord le mollet.

– Ceux que l'on traite de fous sont souvent des génies.

– Bon, j'y vais ! Le devoir m'appelle. Salut, Gaby !

Le père Gabriel attendit que le Ratier soit parti pour foncer chez lui. Il avait, lui aussi, un rendez-vous très important.

27

LA TERRIBLE NOUVELLE selon laquelle la tête retrouvée n'était pas celle de la femme décapitée fit effectivement le tour de l'île et même de Paris ! Dès le coucher du soleil, on fermait portes et volets à double tour et l'allumeur de réverbères se retrouvait seul dans les rues. À part quelques avinés qui n'avaient pas peur de mourir, les gens ne se hasardaient plus sur les pavés qu'ils imaginaient bientôt tachés de sang. Certains même voyaient des têtes coupées voler, tels des ballons rouges vendus par les clowns dans les parcs où gambadaient les gamins de riches avec leur cerceau.

D'autres juraient avoir aperçu le corps de la femme décapitée qui se baladait dans les rues, à la recherche de sa tête.

Assis dans son vieux fauteuil, près de sa chienne qui roupillait devant l'âtre, l'inspecteur Delâbre, en peignoir et pantoufles, un verre de whisky à la main, réfléchissait. Où pouvait bien avoir atterri la tête de la Diva ? À qui appartenait celle que l'on avait trouvée ? Où était son corps ? Et surtout quel lien avaient les deux femmes, s'il y en avait un…

Il fallait d'abord trouver à qui appartenait cette tête. Pas une mince affaire ! Des rousses, il y en a plein. Aucun autre indice.

– Chienne de vie ! murmura-t-il en regardant son patachon.

Son équipe de bras cassés – ainsi les appelait-il – était à fond sur l'assassinat de la Diva, et les putes du Jardin des Sévices avaient été interrogées, et même plus, pour les besoins de l'enquête. La police ne recule devant aucun sacrifice.

Mais à part des ragots sans intérêt de filles qui lui en voulaient ou la jalousaient, rien d'intéressant. Ah si ! Un détail recueilli par Marco, toujours soucieux de faire mieux que ses collègues afin de rester le chouchou du chef : la Diva partait en voyage tous les trois mois pendant quelques jours, pour une destination mystérieuse… Une des filles, qui avait fouillé dans ses tiroirs, avait découvert qu'elle allait rendre visite à sa meilleure amie, Marie Lafargue, internée à la maison de santé de Saint-Rémy-de-Provence.

Delâbre avait suivi cette affaire qui avait passionné la population à l'époque : le procès très controversé de la Lafargue, accusée d'avoir empoisonné son mari avec de la mort-aux-rats[1]. L'histoire commençait comme un conte de fées et se terminait en cauchemar. La petite Marie, fille d'un baron, avait été élevée dans le château familial, dans le département de l'Aisne. Luxe, calme et volupté, avec l'insouciance en bandoulière. Elle y avait reçu une excellente éducation. Tout la prédestinait à un avenir doré. Mais, arrivée en âge de se marier, la voilà qui refusa toutes les propositions des bons partis pour choisir un romantique lui promettant monts et merveilles. Sauf que le palais était hanté par les rats et le prince ruiné. Pas con, en l'épousant, Charles Lafargue savait qu'il toucherait une grosse dot. Certains le décrivaient comme brave et un peu bourru, d'autres racontaient qu'il était

1. Histoire vraie. Marie Lafargue sera graciée par Louis-Napoléon Bonaparte en 1852 et mourra la même année. Pas de chance !

violent et en proie à des crises d'épilepsie. Le mari rêvé ! Souvent parti en voyage d'affaires, il laissait sa moitié seule en Corrèze avec les rongeurs dans son taudis. Désespérée, Marie supplia son époux de lui rendre sa liberté. Même qu'il pouvait garder sa dot, elle s'en fichait. Mais celui-ci refusa. Peu à peu, Marie revint à de meilleurs sentiments vis-à-vis de son mari, jusqu'à lui envoyer des lettres enflammées. La cause en serait peut-être les cantharides, ces mouches qu'il ingurgitait pour améliorer ses performances sexuelles ? Tout ça n'eut qu'un temps et Marie n'en pouvait plus de vivre dans cette baraque infâme, d'autant que Charles multipliait les voyages d'affaires, pardi, tous les prétextes étant bons pour foutre le camp. Marie voulait quand même être une épouse attentionnée et lui faisait envoyer des gâteaux, dont des choux à la crème ; il en raffolait ! Gentil, ça ! Mais, après quelques jours, Charles se tordit de douleur, en proie à de violentes migraines, suivies de vomissements, et rentra au bercail pour se faire soigner par le médecin de famille, qui diagnostiqua une bête angine. Aux petits soins avec lui, son épouse lui fit avaler des laits de poule et il mourut quelques jours plus tard dans d'atroces souffrances. L'autopsie ne révéla pas d'anomalie, d'autant que le médecin de famille avait été formel : ce n'était pas un empoisonnement. Mais dans la foulée Marie Lafargue fut accusée d'avoir volé une parure de diamants que la police retrouva dans les murs de sa chambre. Elle fut donc condamnée à deux ans de prison. Et huit mois après le décès suspect de son mari, condamnée pour meurtre par empoisonnement. Mathieu Orfila, inventeur de la toxicologie, avait détecté des traces d'arsenic dans la dépouille du défunt. Infimes certes, mais quand même… À ce moment-là, l'avocat de la défense demanda une contre-expertise à Raspail, un brillant chimiste de Paris dont la théorie était que tous les os humains contiennent naturellement de l'arsenic. Raspail arriva en retard et le jugement était déjà rendu.

Le cas de Marie fut très controversé, mais après une bataille d'experts le verdict tomba : coupable ! George Sand – que Baudelaire détestait – prit sa défense, arguant que « cette affaire fut mal menée et salement poursuivie par le ministère public ». En vain ! Marie fut envoyée au bagne de Toulon et condamnée à la détention criminelle à perpétuité. Là-bas, son état de santé se dégrada, elle contracta la tuberculose et fut transférée dans la maison de santé de Saint-Rémy-de-Provence, réservée aux aliénés.

C'est là que la Diva allait lui rendre visite plusieurs fois par an…

Pour Delâbre, le mystère demeurait entier.

Ce qu'il ignorait, ce brave inspecteur, c'est que sa taupe, le p'tit Marco, mangeait à tous les râteliers, du moment qu'on le payait. Et qu'il rancardait aussi le Ratier pour quelques pièces et surtout pour s'assurer sa protection. Qui pourrait le soupçonner, lui, l'employé modèle, de faire fuiter les infos de la police ?

Ainsi, Baudelaire savait désormais que la mère maquerelle était en cheville avec l'empoisonneuse et que son toubib d'amant n'était pas tout net. Loin de là ! Ce qu'il allait découvrir dépassait tout ce qu'on peut imaginer…

28

JEANNE N'OSAIT PLUS SORTIR une fois la nuit tombée. Elle se calfeutrait dans sa chambre, attendant son amant, emmitouflée dans tout ce qu'elle pouvait trouver, n'ayant plus les moyens de se chauffer. Elle savait que Charles suppliait sa mère de lui envoyer de l'argent, mais Caroline Aupick n'était pas dupe. *C'est pour aider ta putain*, écrivait-elle. Baudelaire lui lisait des passages des lettres de sa mère pour lui prouver qu'il faisait tout ce qui était en son pouvoir, mais la détestation de Caroline était aussi alimentée par la grande méfiance des gens de l'époque vis-à-vis des étrangers, et des Noirs en particulier. Plutôt café au lait, Jeanne avait toujours senti les regards hostiles. Les filles exotiques, très prisées dans les bordels, se voyaient haïes dans les bonnes familles.

Charles était très occupé ces derniers temps. Il avait confié à sa mère qu'il menait une enquête qui allait lui rapporter plus d'argent que ce que lui lâchait son éditeur Poulet-Malassis, mais que ce n'était pas pour tout de suite. En attendant, il avait grand besoin d'aide. Comme toujours… Était-ce l'affaire de la femme sans tête dont tout le monde parlait ? Il n'avait pas voulu lui en dire plus. Pas qu'il n'ait pas confiance en elle, non. Il ne voulait pas l'effrayer, ni lui faire croire que son fils chéri était en danger. Pour les cordons de la bourse, Aupick veillait au grain et sermonnait cette mère souvent trop laxiste avec son fils, « tu vois où ça l'a mené… ».

Lorsqu'elle se promenait au bras de Baudelaire, Jeanne éprouvait une certaine fierté. Une femme noire et un dandy ! Pardi ! C'était pas banal.

Quelquefois, son amant l'emmenait dans des cafés chics, ou dîner dans des restaurants réputés. Et quand il n'avait plus d'argent, il l'embarquait dans les tavernes crasseuses de Montmartre, se pavanant avec un boa rouge autour du cou. Sa canne à pommeau d'argent à la main, il s'écriait : « Allez tous en enfer ! » Et ses amis riaient.

Baudelaire était sa seule vraie famille. Née à Haïti à une date inconnue, Jeanne Duval, ignorante de son vrai nom – les papiers ayant disparu dans un incendie –, était selon son ancien amoureux, le photographe et écrivain Nadar, « une couleuvre, une ensorceleuse, sans limite sur le plan sexuel ». Il avait mis en garde son ami Baudelaire, qui n'avait rien voulu entendre. Tant pis pour lui !

Jeanne n'était pas que ça. Elle était aussi amusante, vénéneuse, vulgaire, douce et voluptueuse. Tout ce que Baudelaire aimait. Sa joie de vivre séduisait autant les hommes que les femmes. Comme son métier d'actrice ne remplissait pas son assiette, elle s'exhibait nue dans les cabarets des faubourgs, s'assurant la protection de quelques riches. Baudelaire n'en prenait pas ombrage car il savait que c'était lui qu'elle aimait. Il lui arrivait même, quand il en avait les moyens, de payer une tournée à ses amants qui arboraient leur montre de gousset et leur lorgnon ciselé. Une façon de les remercier de prendre soin de celle qu'il adorait, quand il ne pouvait pas assumer son bien-être.

Jeanne avait un immense pouvoir sur Baudelaire, avec ses cheveux noirs un peu crépus, sa démarche princière, ses robes en taffetas et ses bijoux. Elle l'aidait à retrouver son paradis perdu.

Entre eux, c'était le sexe libre, les querelles incessantes et l'amour fou.

Après avoir passé toute sa journée à l'attendre, le poète clamait : « La femme a faim, et elle veut manger ; soif, et elle veut boire. Elle est en rut, et elle veut être f... Le beau mérite ! La femme est naturelle, c'est-à-dire abominable. Aussi est-elle toujours vulgaire, c'est-à-dire le contraire du dandy. » Charles Baudelaire était misogyne, elle le savait, mais il vantait la beauté des femmes. Il était comme elle. Avec une pierre dans le cerveau et une étoile dans le cœur.

Aujourd'hui elle aussi n'en pouvait plus de l'attendre. La nuit tombée, elle enfila son manteau et, malgré sa crainte, sortit. Il n'habitait pas loin et elle espérait le trouver chez lui. Seul.

Arrivée sur le quai d'Anjou, désert comme toutes les rues qu'elle avait traversées, elle entendit nettement le galop d'un cheval battre les pavés et s'approcher à toute vitesse. Elle eut à peine le temps de s'écarter en se plaquant contre le muret, pour ne pas être renversée. Elle poussa un cri d'effroi lorsqu'elle aperçut le visage du cocher fou : c'était celui du diable. Un diable aux yeux jaunes qui brillaient dans la nuit et dont elle perçut le rire au loin.

Elle n'allait pas raconter sa mésaventure à Baudelaire. Il lui dirait qu'elle avait trop d'imagination. Que le diable n'existe pas.

Connaît-on jamais ceux qu'on aime ?

29

Il faisait nuit et le père Gabriel regardait tomber les flocons par la fenêtre de sa chambre. Il adorait la neige ! Se rappelait chaque fois ses glissades en luge ; surtout la joie immense et le plaisir enfantin de se réveiller le matin et de découvrir leur jardinet tout blanc, les arbres comme décorés pour Noël et les étoiles de givre sur la vitre. Il se sentait comme dans un livre d'images. Dans ces boules à neige où un petit bonhomme avec un parapluie se protège des flocons quand on secoue la bulle de verre[1].

Les moments de bonheur sont des sacs de billes dans lesquels on puise pour traverser nos malheurs. Il faut toujours en avoir une dans sa poche… Le petit Gabriel avait vécu une enfance heureuse à la campagne avec sa grand-mère. La vie était rude, mais il y avait toujours de la soupe sur le poêle et de la tendresse dans la chaumière. Une fois par mois, sa mère venait lui rendre visite. Il la trouvait belle. Et lorsqu'il pensait aux anges, c'est son visage qu'il voyait. Le jour de ses douze ans, elle était venue

1. En réalité, la première boule à neige est apparue lors de l'Exposition universelle à Paris en 1878. Selon la légende, un maître verrier de Bayeux l'aurait créée pour une belle Lituanienne qui avait le mal du pays. D'abord utilisée comme presse-papier, elle est devenue un objet de décoration. Les collectionneurs de ces petites bulles de rêve s'appellent des chionosphérophiles. C'est donc pas une perversion… Quoique…

le chercher avec une valise pour y mettre ses quelques affaires. Pas grand-chose. Il avait le cœur en miettes. Quitter sa grand-mère chérie, ses copains, cette campagne qu'il aimait tant ! Ne t'inquiète pas, mon lapin, on reviendra voir grand-mère.

Il la revit à son enterrement.

Sa mère l'aimait. Elle le prenait sur ses genoux, l'ébouriffait, le couvrait de baisers… lorsque son abruti de beau-père n'était pas là. Il travaillait sur les quais à porter des caisses sur les bateaux de marchandises. Et terminait ses journées au bistrot, à dépenser une partie de sa paie. Il rentrait bourré et le petit Gabriel se cachait sous sa couverture pour ne pas entendre les hurlements et les coups sur le mur. Pour ne pas la frapper, elle, qu'il disait… Pas l'envie qui lui manquait, mais il savait se contrôler, salope, pourtant tu le mérites avec ton bâtard.

Puis un jour il avait vu sa mère, le visage tuméfié, la lèvre éclatée et des dents cassées. Il avait quatorze ans. Ce jour-là, sa vie avait basculé dans les ténèbres.

Le seul souvenir qu'il avait gardé de sa maman, c'était cette poupée qu'elle avait cachée au fond de l'armoire, là où l'ogre n'allait jamais. S'il l'avait trouvée, il l'aurait brisée en mille morceaux ou lui aurait arraché les bras et les jambes. Seul Gabriel connaissait sa cachette. De temps en temps, il ouvrait l'armoire et se confiait à elle. Mais Marieke ne répondait jamais. C'est seulement à la mort de sa mère qu'elle s'était mise à lui parler…

Il alluma une bougie devant la Sainte Vierge, qu'il plaça de manière qu'elle puisse voir tomber la neige. Il dénuda son torse, prit son fouet et se flagella en étouffant des cris de douleur. Tant mieux ! Plus ça faisait mal, plus ses péchés étaient expiés. Des gouttes de sang tombèrent sur le sol, tels des flocons rouges. Il neige en enfer…

Il s'agenouilla devant la Vierge et se mit à prier : « Aïe, Marieke, Marieke, délivre-moi de mes péchés s'il te plaît ! Je suis bleu d'un homme, un poète maudit mais génial, qui hante mes pensées jour et nuit. Le diable est entré en moi, serpent insidieux, chasse-le de mon corps impur. *Astablief*[1], Marieke, j'ai tellement envie et peur de le rencontrer ! Fais de moi son ange gardien, et ôte en moi toute envie charnelle. Merci. »

Il se signa et se releva. C'est alors qu'il entendit sa petite voix lui murmurer : « Gabriel ! Tu brûles mon esprit, ton amour étrangle ma vie, et l'enfer devient comme un espoir, car dans tes mains je meurs chaque soir… Mais, *menneke*[2], refuse de mourir d'amour enchaîné, sinon tu vas en chier. »

La neige avait cessé de tomber. Et Gaby le Boucher avait décidé que, faute de pouvoir mettre le poète dans son lit, il allait le protéger. En éliminant tous ceux qui lui voulaient du mal. Ainsi soit-il.

---

1. « S'il vous plaît », en bruxellois.
2. « Gamin ».

30

JEANNE FRAPPA À LA PORTE de Baudelaire. La neige s'était mise à tomber à gros flocons et elle secoua sa capeline. Elle espérait de toutes ses forces qu'il serait là. Besoin de lui… De sentir ses bras autour d'elle, de voir son regard amoureux. Il était le seul à la connaître vraiment et à l'aimer autant. De cet amour d'un amant, d'un père qu'elle n'avait pas connu. Baudelaire était un voyageur perdu dans les plis de ses jupons, dans les ressacs de son âme à la dérive. Jeanne, « la femme sans nom[1] » dont le passé avait brûlé jusqu'à son identité.

Le peintre Gustave Courbet, que Baudelaire admirait, avait peint *L'Atelier du peintre*, se représentant lui-même en pleine action, au centre du tableau, assis sur une chaise, entouré de plusieurs personnes, dont madame Sabatier et son amant, ainsi que Baudelaire en train de lire un livre. Près du poète, Jeanne Duval, le regard tourné vers lui.

Charles Baudelaire vint lui ouvrir, engoncé dans un peignoir, une écharpe autour du cou. Quand il la vit, le regard perdu,

1. Voir le magnifique documentaire de Régine Abadia, *La Femme sans nom*, où l'on apprend que Jeanne Duval a été effacée du tableau… par Courbet ou à la demande de quelque raciste de l'époque ? Peu probable que ce soit par Baudelaire suite à une de ses nombreuses querelles avec elle. Mais, avec le temps, Jeanne est réapparue comme par miracle ! Comme si son fantôme ne voulait jamais s'effacer de la vie de Baudelaire. On peut voir ce curieux tableau au musée d'Orsay.

petite fille au bord de la solitude, il la prit dans ses bras et ferma la porte. Malgré le lieu agréable, il faisait froid. Aucune bûche dans l'âtre et le givre sur la fenêtre rendait le salon encore plus glacial.

– Je n'ai plus d'argent pour me chauffer, s'excusa Baudelaire. J'ai écrit à ma mère, mais…

Jeanne esquissa un geste de lassitude et s'assit sur le divan. Elle n'avait pas envie de l'entendre parler de sa mère, de cette femme qui la détestait. Pas envie de l'entendre se plaindre une fois de plus de son manque d'argent. Juste envie qu'il la réconforte. Elle venait d'échapper à la mort…

– Jeanne, ma Jeanne… soupira-t-il en s'asseyant près d'elle.

Enfouissant sa tête dans sa chevelure, il murmura :

> Longtemps ! toujours ! ma main dans ta crinière lourde
> Sèmera le rubis, la perle et le saphir,
> Afin qu'à mon désir tu ne sois jamais sourde[1] !

La poésie rend beau. Elle pare les esprits les plus vils d'une aura volée à l'envers des miroirs. Jeanne aimait la douceur de ces mots, la couleur des images qu'ils évoquaient. Mais elle n'y comprenait pas grand-chose. Son poète la parait de bijoux de mots, et chaque virgule créait des dentelles d'or fin, ciselées dans ses illusions. Parce qu'elle n'était ni aussi belle, ni aussi horrible qu'il le disait. Un jour, elle lui avait avoué être étrangère à cette femme qu'il semblait vénérer et quelquefois détester. Et il lui avait écrit un poème intitulé « Hymne à la beauté » :

1. « La chevelure », *Les Fleurs du Mal.*

De Satan ou de Dieu, qu'importe ? Ange ou Sirène,
Qu'importe, si tu rends – fée aux yeux de velours,
Rythme, parfum, lueur, ô mon unique reine ! –
L'univers moins hideux et les instants moins lourds ?

Quel amoureux parlait ainsi de sa muse ? Même si elle ne comprenait pas tout, Jeanne était fière d'être à l'origine de ces mots d'amour. Fière d'imprégner chaque ligne de musc et de parfums des îles lointaines. Mais ce soir, elle avait peur. Elle tremblait qu'on en veuille à sa vie. N'avait-elle pas eu simplement trop d'imagination ? Ce cocher fou n'était peut-être qu'un ivrogne aux commandes d'un pauvre cheval maltraité, mal nourri, mal-aimé. Mais ce visage… Ces yeux venus de l'enfer, elle ne les oublierait jamais.

Baudelaire dénuda son épaule et la caressa délicatement, petits baisers sur sa peau douce comme le sable fin. Et elle se mit à ronronner, lovée dans le creux de ses bras. Il était sa maison de poupée, son antre, son berceau et son tombeau.

Dehors, la neige continuait à tomber, recouvrant les quais de ce blanc silence qui fait penser à l'infini ou aux plumes d'un oiseau des mers. Et Baudelaire se fondit en elle, comme un chagrin qui se perd.

31

LE LENDEMAIN, il neigeait toujours. Abrité sous le pont Marie, le Ratier fit part à Baudelaire de tout ce qu'il avait pu récolter comme renseignements. La Diva, complice d'une empoisonneuse… Même s'il subsistait un doute, le Ratier était convaincu de sa culpabilité. Selon lui, le médecin qui avait prononcé le diagnostic, assurant qu'il n'y avait aucune trace d'arsenic – alors que le mari de Marie Lafargue présentait tous les symptômes d'un empoisonnement –, avait menti. Pour quelle raison ? À Baudelaire de le découvrir. Ce dernier, motivé par l'enveloppe glissée sous sa porte le matin et contenant de quoi se chauffer et même manger un peu, avait décidé de s'atteler sérieusement à l'enquête.

Charles Baudelaire avait passé une nuit douce avec Jeanne, perdue dans un monde trop grand pour elle. Et il l'avait gardée, blottie contre lui, comme un bébé trouvé dans une poubelle.

En rentrant chez lui, il se fit alpaguer par sa concierge, visiblement en train de le guetter.

– Oh, monsieur Charles ! Quand il est passé vous voir l'autre fois, il vous a dit, l'hidalgo de Sarcelles, que je vous attendais ?

– Qui ça ?

– Ben çui avec sa moustache anémique qui marche comme une sauterelle.

– Ah non…

– Je m'en doutais ! Il est pas fiable, c'gars-là. J'l'ai vu tout de suite. Il a l'œil qui fuit pareil qu'une marmite trouée. Bon, allez, venez !

L'intérieur exigu de la loge avait quelque chose d'étouffant avec tous ces affreux objets sûrement dénichés dans les détritus. Elle devait fricoter avec l'un ou l'autre chiffonnier…

Baudelaire eut un haut-le-cœur en sentant l'odeur âcre de la soupe qui mijotait sur le poêle. Il espérait que la concierge n'allait pas de nouveau lui proposer d'en manger. Jamais il n'avait avalé quelque chose d'aussi immonde. Et en plus, elle en était fière et se vantait partout d'être une excellente cuisinière. Tu parles ! Elle l'obligea à s'asseoir et lui colla un bol sous le nez.

– Écoutez, c'est très gentil, protesta Baudelaire, mais je dois absolument rentrer chez moi parce que j'ai du travail et…

– Tatata ! Ça attendra ! Vos lecteurs ne se bousculent pas devant la porte, hein ? D'ailleurs, qui sait que vous écrivez des trucs et des machins ? À part moi, parce que je sais tout sur mes locataires.

Elle disait toujours « mes locataires » comme si elle était propriétaire de l'immeuble ! C'est vrai que c'était une vraie fouine…

– Mangez ! Ça vous donnera des forces ! Vous êtes maigre pire qu'une épluchure de patate. Allez !

Charles essaya de ne pas respirer pour ne pas sentir l'odeur. Cette soupe devait mijoter depuis plusieurs jours… Et qui sait si quelque cafard ne s'y était pas noyé ?

– Alors, fit la concierge en s'asseyant devant son hôte, que pensez-vous de cette histoire de bonne femme sans tête ?

– Pourquoi me demandez-vous ça ?

– Pff… Je vous ai dit que je sais tout. Je vois les allées et venues…

– Et vous lisez les courriers ?

– Oui, mais je les referme bien, après ! railla-t-elle. Dans la gazette on raconte que ce serait le corps de la maquerelle du bordel de la rue de la Licorne. Celle-là, c'était une salope. Fallait s'en méfier !

– Vous la connaissiez ?

– Entre concierges, on papote… Firmine, la gardienne de son immeuble, m'en a lâché de belles ! Paraît qu'elle trafiquait des trucs pas nets avec son amant.

– Ah bon ? C'était qui ? lâcha Baudelaire, jouant au naïf.

– Le docteur Mignot. Un toubib que si t'es malade t'as pas intérêt à aller chez lui si tu veux guérir. Y a des vieux qui après sa visite ont passé l'arme à gauche… Bizarre, c'est ceux qui avaient de l'argent et on n'a rien retrouvé. Pfouit ! Disparu, le pognon !

– Vous pensez qu'il les a tués ?

– J'en sais rien. Moi c'que j'dis, c'est ce qu'on m'a raconté.

– Faut des preuves, asséna Baudelaire.

– La police n'a rien trouvé.

– M'étonne pas ! Et comme il est médecin, il fait un rapport signalant que le décès de ses patients est dû à une cause naturelle, évidemment.

– Évidemment, répéta la concierge.

– Et vous pensez que la Diva était complice ?

– Pour sûr, ça ! Paraîtrait qu'elle le rancardait sur les clients friqués qui fréquentaient son bordel.

– Pourquoi avait-elle intérêt à les éliminer puisqu'ils dépensaient leur argent chez elle ? s'étonna Baudelaire.

– Pardi ! Parce que, ainsi, elle et son complice ramassaient le pognon d'un coup ! Et tout pour eux ! Rien pour les putains…

– Vous croyez que c'est lui qui l'a tuée ?

– Peu probable… Paraît que la Diva obligeait ses filles à se débarrasser de leurs mouflets quand elles se faisaient engrosser et que c'est lui qui s'en chargeait.

– Peut-être qu'elle lui aurait fait un sale coup, du genre puiser dans son magot. Avec les femmes on ne sait jamais…

– C'est ben vrai, ça ! Comme disait ma grand-mère, c'est toutes des biques… Dites, vous papotez, vous papotez, mais pendant c'temps-là, vot' soupe refroidit ! Mangez, sinon je raconte plus rien, assura-t-elle en se levant pour fermer la porte de sa loge.

Il se força à avaler une gorgée, pensant qu'elle l'avait enfermé pour lui faire une révélation capitale. Mais elle s'approcha de lui en laissant insidieusement tomber son châle, prenant un sourire enjôleur, dévoilant ses chicots. Baudelaire fit celui qui ne voyait rien, plongea son nez dans sa soupe et lampa le tout en une fois, bruyamment, comme un porc. Puis il se leva d'un bond et annonça qu'il devait absolument rentrer chez lui, et merci pour l'excellent potage qui me laissera un souvenir inoubliable.

Il planta là la créature de rêve, plus proche de la momie de Toutânkhamon que de Sissi impératrice, et il se dépêcha de gravir l'escalier avant qu'elle le rattrape.

Il passa sa nuit en proie à d'affreuses coliques.

32

L'INSPECTEUR DELÂBRE était furax. Qui avait fait fuiter l'info que le cadavre de la femme sans tête était celui de la Diva du bordel ?

– Mon petit Marco, vous avez une idée ?

– Non, chef !

– Même pas un soupçon ?

– Non, chef.

– Bien… Je vais rappeler à cette bande de trous du cul qu'il ne faut JAMAIS révéler le moindre élément, surtout aux femmes et aux journalistes, pendant une enquête.

– Évidemment, chef !

Sauf que le trou du cul, c'était Marco, qui, pour quelques pièces, lâchait des infos à un journaleux de gazette locale, friand d'alimenter son torchon avec des ragots. Mais ce coup-ci, c'était du lourd ! Tout le monde était aux abois et suivait l'affaire de la femme sans tête. Les gens se jetaient sur le moindre détail comme des chiens affamés sur de la bidoche.

Delâbre avait envoyé un de ses sbires enquêter dans l'immeuble en face de celui où on avait trouvé le cadavre de la Diva. Personne ne la connaissait. « On ne cause pas avec des traînées, m'sieur l'agent. » Quant au médecin, oui, oui, il l'avait vue. Elle était venue se faire soigner, mais « je ne peux rien vous dire de plus, serment d'Hippocrate » !

L'enquête piétinait… même plus, elle patinait dans la semoule.

Pendant que Lebillan « enquêtait » au bistrot, là où, prétendait-il, on récolte le plus de renseignements, Pilochet l'hypocondriaque avait profité de son enquête chez le toubib de la Diva – « Je ne l'ai vue qu'une seule fois, elle ne vient jamais, n'est jamais malade, solide comme un roc ! » – pour se faire ausculter. Le médecin – un honnête homme – ne lui avait pas fait payer sa visite. En échange, Pilochet avait promis de ne plus l'embêter.

« Je soigne les gens, j'ai une mission importante sur terre. Un peu comme vous, mon cher inspecteur. »

Pilochet avait roucoulé et pas rectifié. Et ils s'étaient serré la main.

L'inspecteur Delâbre se sentait seul. Heureusement qu'il avait sa chienne. Si elle n'était pas efficace pour l'enquête, elle au moins ne le trahirait jamais !

Une chose était sûre, Delâbre n'allait pas lâcher. Il finirait bien par savoir qui était l'enflure qui refilait les infos aux profanes. S'il y avait bien une chose qu'il détestait, c'était l'hypocrisie.

Il ne s'était jamais marié, estimant qu'une femme au foyer aurait pu fourrer son nez dans ses affaires et divulguer des secrets professionnels. Il était comme un prêtre en quelque sorte. Sa religion à lui, c'était la justice.

Il se sentait fatigué de se battre contre des moulins à vent et songeait à capituler depuis un bout de temps. Il était au bord de la retraite. Mais il espérait quand même, sans trop y croire, faire une sortie avec les honneurs et la gloire. Il voyait déjà les gros titres dans les journaux : « L'inspecteur Delâbre a résolu l'énigme de la femme sans tête ». Sauf que c'était mal barré. Très mal barré…

« Après tout, se dit-il, qu'est-ce que la gloire ? Sinon un miroir aux alouettes qui n'a d'importance que pour celui qui se regarde le nombril. »

Lui qui avait tant aimé son bureau, l'odeur de la paperasse, la fumée de cigarette de ses collègues, les allées et venues des suspects, des voleurs, des filles arrachées aux pavés, il n'avait qu'une hâte : rentrer chez lui, fumer sa pipe et boire un whisky en compagnie de sa chienne qu'il avait appelée Josette, du nom de la seule femelle sur laquelle il ait jamais fantasmé : son institutrice aux gros seins.

Josette aimait se coucher à ses pieds et lui lécher les orteils. Le bonheur !

33

BAUDELAIRE avait relu le poème niché dans la bouche de la tête coupée et il se creusait les méninges pour trouver un indice, persuadé qu'il en contenait un. Le diable ne l'aurait pas mis là par hasard. Pas juste pour inciter le poète à s'occuper de cette affaire macabre. Non, il y avait une raison. Il en avait parlé à Jeanne, qui, avec son bon sens, avait conclu qu'il cherchait trop loin et que la signification était sans doute bien plus simple.

Pour lui, ce poème intitulé « L'irrémédiable » signifiait que de la descente aux enfers pouvait jaillir une lumière, source d'espoir, capable d'éclairer l'existence.

Qui était cet *Ange, imprudent voyageur... Parti de l'azur et tombé / Dans un Styx bourbeux* ? Quelqu'un qui était passé du paradis en enfer. *Qu'a tenté l'amour du difforme / Au fond d'un cauchemar énorme / Se débattant comme un nageur...* Quelqu'un qui avait vécu les pires horreurs et tenté de s'en sortir. Une mouche prisonnière d'une toile d'araignée, qui s'était rongé les pattes pour s'en dépêtrer. Une victime. Mais laquelle ? Et pourquoi ?

Baudelaire attendait sa mère. Dans sa dernière lettre, elle l'avait prévenu de sa visite, se disant inquiète pour lui, avec tous ces meurtres sur l'île Saint-Louis. *Charles, tu ne dois pas rester là ! Reviens !*

La perspective de retourner habiter chez maman avec le général Aupick le débectait. Certes son beau-père avait été gentil avec lui quand il était petit – même qu'il l'appelait « mon mioche » – et il avait placé tous ses espoirs en lui, l'inscrivant dans les meilleures écoles. Mais Charles avait un caractère trop rebelle pour se soumettre à une quelconque institution, ou à des règles de vie. Pas un cancre, loin de là ! Mais un élève irrégulier qui travaillait selon son humeur. C'était un sauvage. Ben tiens, comme sa Jeanne. Pas étonnant qu'ils s'entendent bien, ces deux-là.

Afin d'éviter les querelles, Caroline profitait des absences de son mari pour rendre visite à son fils en cachette. Ils se donnaient rendez-vous au Louvre, ou dans les jardins publics, ou encore dans un café… Mais cette fois, c'est le général lui-même qui avait insisté pour que Caroline se rende chez Charles. Même s'ils étaient fâchés, Aupick pensait surtout à son épouse chérie, qui se faisait du mauvais sang pour ce drôle de ouistiti. Il la savait profondément attachée à son fils. Et tous deux tenaient Jeanne Duval en grande partie responsable des dérives et des malheurs de Charles.

Caroline ne lui confiait jamais la teneur des échanges épistolaires avec son fils et prenait soin de cacher ses lettres. Son mari ignorait donc que Charles était mêlé à l'enquête qui défrayait la chronique. « Moins il en sait, mieux ça vaut », avait-elle décrété, sachant bien qu'à ce stade de leur relation houleuse Jacques critiquerait tout ce que Charles ferait, et qui n'était pas dans sa ligne de conduite. Il était de ces gens qui pensent que leur recette du bonheur doit s'appliquer aux autres. Mais le bonheur imposé est une mante religieuse qui dévore d'abord le cerveau de sa victime avant de lâcher son cadavre sur la piste de danse.

« Caroline, ma chère, tentez quelque chose, il faut qu'il quitte cette traînée, elle ne lui amènera rien de bon. Vous seule pouvez... » Et bla-bla-bla...

Caroline arriva en carrosse, à la fois heureuse de retrouver son fils – vilain petit canard qu'elle aimait pourtant par-dessus tout – et angoissée à l'idée de se faire jeter avec ses sermons. Elle l'admirait et le craignait. Elle le savait malheureux de ne pas être conforme à ce qu'elle aurait souhaité. Mais pour rien au monde elle ne l'aurait échangé ! Charles était une pierre de lune, un éclat de soleil, un morceau de roche volcanique. Entre basalte et pépite d'or. Lui qui disait : « Dans mes tristesses, je suis content de sentir l'amour de ma bonne mère se développer en moi. C'est toujours ça... »

Charles l'accueillit avec chaleur. Il aimait sa mère comme un fou, comme un enfant triste, ou un poète qui s'accrochait aux jupons d'une enfance déchirée par la mort de son père.

Il la garda un moment dans ses bras et la supplia de ne pas lui faire la morale.

– Ne me gronde pas ! ajouta-t-il de sa voix de petit garçon plaintif.

Allait-il lui avouer enfin qu'il l'adorait mais qu'elle lui inspirait une très grande crainte ?

– Charles, fit Caroline en ôtant sa capeline de velours vert entourée d'hermine, tu devrais revenir chez nous. Il fait froid ici.

– Non, chère mère, ne compte pas sur moi pour cohabiter avec ce militaire.

– Ne l'appelle pas ainsi. Jacques est bon et se fait du souci pour toi.

– Et alors ? Quelle atroce éducation ton mari a voulu me donner en me jetant dans ces affreux collèges ! Je l'ai cependant aimé, et aujourd'hui, j'ai assez de sagesse pour lui rendre justice. Mais enfin, il fut opiniâtrement maladroit… Il ne pourra jamais me comprendre. Les armes et la poésie sont incompatibles.

– Charles, ne sois pas ingrat avec lui !

– Prends-moi pour le plus misérable fou qui soit, mais non pour un ingrat, ou pour un être sans tendresse.

Caroline soupira. Elle savait son fils têtu et avait confié au notaire Narcisse Ancelle, qui s'occupait avec elle de la gestion de la fortune de Baudelaire, que tout cela l'inquiétait péniblement. *Les années marchent, marchent, sans apporter aucune amélioration chez lui*, lui avait-elle écrit, *et la mort viendra me prendre, sans que j'aie eu la satisfaction de le voir changé*[1].

Caroline avait le cœur en morceaux d'une mère aimante et préoccupée. Charles le savait et leurs conflits étaient toujours effacés par cet amour. Elle était sa confidente, son amie, mais il la voulait toute à lui, comme quand il était petit et qu'ils faisaient de longues promenades dans le jardin du Luxembourg, ou en fiacre sur les quais de Seine…

– Je t'ai apporté un peu d'argent, dit-elle en déposant une bourse sur un guéridon.

– Oh merci ! Tu vois bien que ce n'est pas du luxe et que j'en ai vraiment besoin. Je mange mal et j'ai froid.

Caroline en profita pour lui parler du but de sa visite : Jeanne… Sujet sensible ! Mais il la rabroua d'un ton vif :

– Si tu es venue pour me convaincre – j'imagine sous la houlette de ton mari –, c'est inutile.

1. Les lettres de Baudelaire à sa mère existent encore et ont été publiées aux éditions Manucius. Par contre, il ne reste aucune des lettres de Caroline Aupick à son fils.

– Tu sais qu'elle est fourbe et menteuse ! D'ailleurs, tu me l'as écrit. En plus, elle est infidèle.

– Mère, quelles que soient les infidélités d'une femme, quelque dur que soit son caractère, quand elle a montré quelques étincelles de bon vouloir et de dévouement, cela suffit pour qu'un homme désintéressé, un poète surtout, se croie obligé de la récompenser.

Caroline Aupick poussa un long soupir. Elle savait sa quête perdue d'avance. Cette maîtresse de malheur, il l'avait dans la peau au point de lui écrire des poèmes sublimes qu'il lui envoyait sans lui dire que c'était Jeanne Duval qui l'avait inspiré. Mais elle n'était pas née de la dernière pluie. Elle se contentait de les trouver « pas mal », sans plus. Baudelaire n'était pas dupe non plus. Ah les femmes !

– Tu ne me demandes pas de nouvelles de ton frère ?

Alphonse, son demi-frère, le fils de son père biologique, était juge au tribunal de Fontainebleau. Il avait épousé la femme parfaite : Félicité, qui bien entendu ne pouvait que plaire énormément à sa mère ayant rêvé de pareilles épousailles pour son autre rejeton. C'était mal parti !

– Non.

– Mais enfin, Charles ! Que lui reproches-tu ? Quel crime a-t-il commis pour que tu lui en veuilles ainsi ? Tu sais qu'il t'aime et…

– Son crime s'appelle sottise, rien de plus, mais c'est beaucoup. J'aime mieux les gens méchants qui savent ce qu'ils font, que les braves gens bêtes. Ma répulsion à l'endroit de mon frère est si vive que je n'arrive pas à m'entendre demander des nouvelles de lui ! La nullité politique, scientifique, et les opinions cyniques de mon frère sur les femmes, pour lesquelles il faut au moins faire preuve de galanterie, si ce n'est de passion, tout, tout enfin me le rend étranger. Mais rassure-toi ! Je suis incapable de lui nuire, encore moins de lui causer le plus léger chagrin.

– Tant mieux ! Parce qu'il a fait des recherches pour toi. Je lui ai parlé de l'affaire de la femme sans tête et me suis permis de lui dire que tu t'y intéressais, mais pour des raisons littéraires. Tu sais que les hommes de loi n'aiment pas que des profanes empiètent sur leur territoire... Bref, je lui ai rapporté, puisque tu te confies à moi, que dans ta dernière lettre tu me parlais de l'empoisonneuse... Et que tu cherchais un lien entre la Diva et Marie Lafargue. Alphonse a instruit son dossier et il m'a transmis quelques éléments – sous le sceau du secret – qui n'ont pas été dévoilés à la presse... Elle fournissait du poison à la Diva.

– Ça je le sais, ou du moins je m'en doute... Est-ce que par hasard Alphonse t'aurait parlé du médecin qui a fait son rapport sur le décès du mari Lafargue ?

– Oui ! J'ai retenu son nom parce que ça me faisait penser à « mignon ».

– Le docteur Mignot ?

– Oui, c'est ça ! s'exclama sa mère. Comment tu le sais ?

– C'est ma concierge qui me l'a dit.

– Ah bon ! J'espère qu'elle ne te demande pas d'argent en échange. Je connais ces femmes-là, elles sont rusées ! De vraies fouines...

– Non, même qu'elle me fait de la soupe.

– Ohhh ! Quelle chance ! s'écria Caroline avec gratitude pour cette brave dame qui prenait soin de son « petit ».

– Tu parles ! Elle est dégueulasse et j'ai passé ma nuit aux cabinets.

– Il faut toujours être reconnaissant avec les gens charitables, Charles. C'est l'intention qui compte. Tiens, ton chat n'est pas là ?

– Non, il se balade sur les toits…

Caroline se leva et Charles l'aida à remettre sa capeline sur ses épaules.

– Tu pars déjà ? fit-il, déçu.

– Le cocher m'attend. Je ne voulais pas m'attarder. Je me sens fatiguée en ce moment et mes yeux me font souffrir.

Baudelaire serra sa mère contre son cœur. Il aurait voulu qu'elle reste pour toujours et lui murmura :

– Il faudrait que nous trouvions encore en commun quelques années de bonheur…

34

LE PÈRE GABY, qui avait troqué sa machette pour un chapelet, alla s'enfiler une bière bien moussue dans un estaminet choisi au hasard. Il aimait se balader le nez au vent, sans but précis. Se perdre… Comme tout bon Belge, il avait du houblon qui coulait dans ses veines. Au troquet, il jouait au prêcheur de bonne parole et roulait un peu des mécaniques car il était assez costaud. Il avait passé la plupart de son temps à faire des pompes dans sa cellule. Mais il avait aussi beaucoup lu et profité de son séjour « aux Baléares », comme il disait, pour étudier la théologie et se rapprocher du Seigneur. Qui, en le voyant, aurait soupçonné son passé sanglant ? Et qui aurait deviné que, tous les soirs, il parlait à la poupée de sa mère, déguisée en Sainte Vierge ?

Le père Gabriel croyait aux miracles… Soudain, il vit entrer un homme élégant qui ne cadrait pas du tout avec la clientèle de ce lieu plutôt malfamé. Le client avait l'air d'un habitué et fut accueilli par un grognement de la patronne, une grosse mégère mal rasée, en tablier crasseux. Visiblement, l'adage « la propreté est la richesse des pauvres » n'était pas sien.

– Y va boire comme d'habitude, le poète ?

« Je le savais ! » Dès son apparition, le père Gabriel avait eu l'intuition que c'était Baudelaire. Il s'était un peu renseigné sur lui, sur sa façon de s'habiller, sur les lieux qu'il aimait fréquenter…

On lui avait répondu : autant les endroits chics que les trous à rats. Ici, on était entre les deux. Dans un printemps de poussière, entre deux verres de misère, juste pour faire chanter la bière.

– Alors, poète, lança un poivrot d'un coin du comptoir, on vient chercher l'inspiration au cul de la bouteille ?

Visiblement, Charles Baudelaire avait déjà visité quelques chapelles avant d'échouer dans ce rade et il était d'humeur frivole. Aussitôt sa mère sortie de chez lui, il avait saisi la bourse remplie d'argent sur le guéridon et avait décidé de fêter ça !

Se tenant à une chaise branlante, il grimpa sur la table et se mit à réciter pour l'assemblée tout aussi avinée que lui :

– Mes amis… Il faut toujours être ivre. Tout est là : c'est l'unique question. Pour ne pas sentir l'horrible fardeau du temps qui brise vos épaules et vous penche vers la terre, il faut vous enivrer sans trêve. Mais de quoi ? De vin, de poésie ou de vertu, à votre guise. Mais enivrez-vous.

Et il termina par un « Santé ! » tonitruant, avant de se casser la gueule en tombant de la table.

Le père Gabriel se précipita pour l'aider à se relever. L'écharpe rose de Baudelaire traînait par terre, sur le sol aussi crasseux que le tablier de la tenancière.

– Venez, je vais vous raccompagner chez vous. Vous ne pouvez pas rentrer seul dans cet état, lui conseilla-t-il en lui remettant affectueusement son écharpe autour du cou.

Et il attrapa Baudelaire par le bras. Paya son verre. Puis l'emmena, titubant, au paradis des fruits défendus.

Il faisait nuit. Un froid glacial trouait la peau et avait figé la Seine, qui ressemblait à un grand miroir crevé d'étoiles.

Une ombre les suivait, un couteau à la main.

35

JEANNE DUVAL avait un plan en tête. Elle avait décidé d'aider Baudelaire, sans le lui dire. Il lui avait parlé de la visite de sa mère, pas des intentions de cette dernière de le persuader de quitter sa maîtresse… Non, Caroline était juste venue lui apporter un peu d'argent et, comme elle était au courant de l'enquête menée par son fils, elle s'était renseignée auprès de son magistrat : l'amant de la Diva était le médecin qui avait menti au procès de l'empoisonneuse. Restait maintenant à découvrir si le doc avait assassiné la Diva et pourquoi.

Il avait cessé de neiger et la température s'était légèrement radoucie. Jeanne posa un châle sur ses épaules et sortit. Elle avait enfilé ses bas de laine et mis sa plus jolie robe. Pimpante, elle se rendit rue Budé au cabinet du médecin. Il y avait un peu de monde. L'hiver est un chien de misère, féerique pour les riches, cruel pour les pauvres. Les consultations allaient bon train. Les vieux souffreteux ne devaient pas passionner le bon docteur…

Quand ce fut au tour de Jeanne, elle arbora son plus beau sourire, celui de la petite boudeuse timide, enjôleuse, croqueuse d'hommes et de sucettes. Elle pensa à Baudelaire, qui aurait sûrement été furieux de la savoir entre les griffes de ce monstre. Mais elle n'avait pas peur. Que pouvait-il lui faire ?

Le docteur Mignot l'accueillit avec un mélange de surprise (il ne devait pas souvent avoir le plaisir d'ausculter une Noire) et de condescendance. Elle le sentait dérouté et maladroit. Excellent ! Le charme de Jeanne fonctionnait. Tout ce qu'elle souhaitait. Le séduire pour mieux l'attraper dans les filets de ses jupons et pouvoir fouiller à son aise dans ses tiroirs secrets…

Il la pria de dénuder sa poitrine et l'ausculta minutieusement. Il prit son temps. Elle toussota pour justifier sa présence, se plaignit d'une douleur au fond de la gorge et il l'aida à… se dévêtir, prétextant qu'il fallait aussi qu'il tâte le bas de ses reins car tout est lié, vous comprenez.

Jeanne ressentit une étrange sensation de bien-être qu'elle refusait d'éprouver sous les sales pattes de ce pervers. Qui était Marie Lafargue pour lui ? Avait-il été l'amant de cette empoisonneuse ? Ou son complice ? Du calme, ce qu'il fallait qu'elle découvre, c'était avant tout un indice susceptible de faire avancer l'enquête de son amant. Si Charles gagnait de l'argent avec ça, connaissant sa générosité à son égard, elle en profiterait tout autant que lui. À vrai dire, elle prenait aussi ce risque pour l'épater, lui prouver qu'elle n'était pas qu'une belle garniture de salon. Ça, il le savait déjà… Sauf qu'il avait tendance à se méfier des femmes et à les considérer comme des potiches. Oui, Jeanne allait lui montrer de quoi elle était capable. Par amour.

36

GABY LE BOUCHER se réveilla dans le cœur de l'ange Gabriel. Tel un éclair, il se rua sur l'ombre qui menaçait Baudelaire et lui arracha son couteau qu'il planta dans son cou. Sans même un gémissement, l'ombre tituba quelques secondes, puis détala. Il sembla à Gaby qu'il avait raté sa cible, que le couteau n'avait fait que la blesser. De toute évidence, il maniait mieux la machette !

Adossé à un mur, son poète préféré contemplait les étoiles… S'était-il rendu compte que le père Gabriel venait de lui sauver la vie ? « Qu'importe, les actes les plus nobles sont souvent ceux qui demeurent cachés », pensa le curé. Et ils poursuivirent leur chemin comme s'il ne s'était rien passé. Juste un incident sans importance…

Le père Gabriel n'en revenait pas ! Il était là, le plus naturellement du monde, au bras de son idole, l'immense poète Baudelaire dont *Les Fleurs du Mal* étaient devenues son bouquet d'immortelles trônant sur sa table de nuit. Chaque soir, avant de s'endormir, il effeuillait un poème :

La Mort nous tient souvent par des liens subtils.
Laissez, laissez mon cœur s'enivrer d'un mensonge,

Plonger dans vos beaux yeux comme dans un beau songe,
Et sommeiller longtemps à l'ombre de vos cils[1] !

Avouons-le, le père Gabriel était tombé fou amoureux du poète, mais aussi de cet homme qui ne s'habillait pas comme tout le monde et n'avait rien en commun avec la plupart des gens. Il était unique. Extravagant, élégant, débauché… Jamais Gabriel ne lui dévoilerait ses sentiments ! Il savait qu'il n'avait aucune chance et que Baudelaire aimait cette femme venue d'ailleurs, de *la langoureuse Asie et la brûlante Afrique, / Tout un monde lointain, absent, presque défunt, / Vit dans tes profondeurs, forêt aromatique !*, ainsi qu'il l'avait décrite dans « La chevelure ». Jamais Gabriel n'aurait droit, lui, l'ange déchu et maladroit, le tueur bercé trop près du mur, à des mots si passionnés. Il aimait Baudelaire d'un amour désespéré, impossible. Et justement, parce qu'il était impossible, il l'aimait d'autant plus ! Les amours interdites sont des fleurs vénéneuses – les plus belles – plantées dans les pots des romantiques. On peut être tueur et aimer les fleurs.

Le Ratier lui avait confié que Charles Baudelaire menait une enquête sur la femme sans tête. C'est pourquoi il l'avait questionné sur la confession de la Diva. Mais Gabriel ne lui avait pas tout dit…

Quand ils arrivèrent devant l'hôtel Pimodan, Baudelaire remercia le père Gabriel. Lui assura que tout allait bien et qu'avoir pu respirer l'air frais avait achevé de le retaper.

Il regarda s'éloigner cet homme charitable, ange noir dans sa soutane maculée de boue, tel un corbeau. Celui d'Edgar Allan

1. « Semper eadem », *Les Fleurs du Mal.*

Poe, cet auteur pour lequel il nourrissait une admiration folle et qu'il était en train de traduire.

Quant au corbeau, il reprit son flambeau en murmurant dans la nuit :

En vous se mire mon orgueil,
Vos vastes nuages en deuil

Sont les corbillards de mes rêves,
Et vos lueurs sont le reflet
De l'Enfer où mon cœur se plaît[1].

1. « Horreur sympathique », *Les Fleurs du Mal.*

37

LEVÉ DE BONNE HEURE, le Ratier se lissait les moustaches avec soin. C'était toujours son premier geste du matin. Une sorte de rituel qui le rassurait. L'élégance des pauvres est un luxe qui ne coûte rien. Pas besoin d'habits chics, juste un détail, une façon de se tenir, de marcher, de parler… Une femme en haillons peut avoir plus de charme qu'une bourgeoise bête et maniérée. C'est ce qu'il pensait, le Ratier, danseur des pavés mouillés, dont le royaume était un antre aux carreaux cassés, un trou de misère qui, lorsqu'il fermait les yeux, devenait palais de lumières. Il avait grandi dans la rue, son vrai pays, et les terrains vagues, ses champs de bataille, ses îles lointaines, ses tombeaux de chimères. Il partait en Amérique à bord de ses bateaux de papier qu'il lançait dans les rigoles. Les fées avaient des souliers crottés et les princes couchaient sous les ponts.

Il s'en était sorti grâce à ses rêves de gosse. Son trésor à lui. Celui qu'il ne partageait avec personne, sauf parfois avec César, son copain clochard. Celui-ci voulait lui présenter sa copine. « Une femme dont j'sais pas grand-chose, mais qu'a dû être très belle. Elle en a pris plein la gueule. C'est c'qui la rend intéressante. Les malheurs te détruisent ou te rendent noble. »

Le Ratier aimait les femmes, il aimait les séduire, et cela lui suffisait de lire dans leur regard une certaine admiration. Raison pour laquelle il se lissait souvent la moustache, estimant qu'elle constituait son plus grand atout.

César l'attendait sous le pont, assis sur son matelas infesté de punaises. Balzac, son rat, était planqué dans la chaussure de la Diva. Il veillait sur l'indice qui aurait pu servir à la police en rongeant un quignon de pain tiré des détritus par son maître. Le clochard lui avait raconté qu'il arpentait parfois les parcs afin de ramasser les miettes que les petites vieilles venaient de jeter aux pigeons. Après tout, Balzac y avait autant droit que ces oiseaux qui chiaient partout, ajoutait-il.

César était un homme secret, taciturne, un peu renfrogné et grognon, mais il avait de l'humour et c'était sa bouée de sauvetage.

« Avec ça, tu passes à travers toutes les averses de merde. Faut apprendre à en rire et te dire que rien n'a d'importance. Rien du tout !

– Même la mort ? avait demandé le Ratier.

– Surtout la mort. »

César lui proposa un coup à boire. Il avait chopé une bouteille de rouge oubliée sur un muret par un poivrot. Il en restait la moitié.

– Allez, je vais te présenter Élise, ma nouvelle copine, décréta-t-il. Balzac ! Surveille mon coffre-fort…

Le Ratier, ça l'amusait de l'entendre appeler son vieux matelas et son tas de chiffons d'un nom aussi prestigieux, comme s'il eût été banquier.

Ils s'en allèrent tous les deux vers le quai d'Orléans, où Élise avait fait son nid, pas loin de l'abreuvoir des chevaux.

César n'était pas bavard, c'est le moins qu'on puisse dire. Quand il arrivait au Ratier de le questionner sur sa vie, il esquivait la question. Parlait d'autre chose, de la nature, de son rat qu'il préférait aux hommes… Un jour pourtant, César lui avait confié qu'il n'avait pas toujours été clochard. Il ne lui en avait pas dit davantage et le Ratier n'avait jamais su ce qu'il faisait avant. Ça l'intriguait. Mais il respectait sa volonté.

Lorsqu'ils arrivèrent à destination, le Ratier fut surpris de découvrir une petite baraque en bois couverte de poupées démembrées. Il y avait çà et là des jambes et des bras mis n'importe comment autour de troncs de poupées aux têtes qui ne correspondaient pas. L'œuvre de Frankenstein qui se serait amusé avec des jouets.

Engoncée dans une grosse écharpe, Élise était farouche. Du genre sauvage, j'aime personne. Cependant, elle les accueillit avec un léger sourire et leur permit de rester sur le pas de sa porte après avoir décrété que chez elle personne n'entrait. « Même pas l'empereur ! »

« Peu de chances que je m'y hasarde », avait pensé le Ratier.

Il n'était pas étonné que son ami César ait été attiré par elle. Les deux avaient en commun d'être misanthropes, bordéliques, et de s'enticher de choses bizarres. Lui un rat ; elle des poupées déglinguées. En plus d'avoir un passé dont ils ne parlaient ni l'un ni l'autre, comme si leur vie avait commencé sous les ponts de Paris. C'est vrai qu'Élise avait pu être belle, malgré sa peau ridée, elle avait encore les traits fins et une longue tresse de cheveux blancs lui pendait sur l'épaule.

Toutefois, le Ratier lui trouvait un air étrange : elle ressemblait à ses poupées.

Ils ne s'attardèrent pas. Sur le chemin du retour, César lui confia qu'il avait été séduit par ses yeux et que, la nuit, ils brillaient comme ceux des chats.

38

VOILÀ TROIS JOURS que Jeanne n'avait pas vu Baudelaire. En cette froide matinée, elle était allée frapper chez lui, mais l'animal n'avait pas répondu, sans doute perdu dans les limbes de ses nuits trop arrosées, ou ailleurs. Ils n'avaient pas de comptes à se rendre et c'était bien ainsi. Chacun vivait sa vie, mais savait qu'ils étaient là l'un pour l'autre en cas de besoin et qu'ils s'aimaient. Ils avaient convenu que si l'un d'eux était en danger il déposerait une rose sur le pas de la porte de l'autre.

Jeanne avait tout simplement envie de le voir. Il lui manquait. Mais elle aimait aussi ce manque de lui – pourquoi faire simple ? – et, de toute façon, elle avait une mission à remplir…

Le docteur Mignot, qu'elle avait revu le lendemain de sa visite, et le surlendemain (il voulait s'assurer qu'elle allait bien – quel médecin consciencieux !), l'avait invitée à passer la soirée chez lui. Il habitait un appartement juste à côté de son cabinet. Pratique !

« Je vous préparerai un bon petit plat », lui avait-il promis.

Et bien sûr elle avait accepté, en espérant qu'il ne serait pas empoisonné…

Était-ce pour cette raison qu'elle avait eu besoin de voir Baudelaire ? En toute logique, le doc n'avait aucun intérêt à la supprimer. Elle était pauvre et il avait envie de profiter d'elle, de tripoter son corps à loisir. Sa chair devait lui paraître exotique et le changer des peaux flétries qu'il tâtait à longueur de journée.

Jeanne avait enfilé sa robe de soie piquée au théâtre, dans cette pièce où elle n'avait pu apparaître que de dos, coiffée d'un grand chapeau pour masquer ses cheveux noirs frisés. « Et sois bien contente que je t'aie donné un petit rôle, les spectateurs n'aiment pas les négresses, autant employer un singe qui grimpe sur un bananier ! »

« Sale con ! » avait pensé Jeanne en prenant congé du directeur de ce lieu prétentieux et sans âme. Et elle avait emporté sa robe de scène. « Bien fait pour ta gueule ! »

Elle lui allait bien, mettait ses seins et sa taille fine en valeur. Le bon docteur allait craquer !

Le soir venu, elle se rendit donc rue Budé, élégante et parfumée de musc.

Le docteur l'accueillit en peignoir chinois. Jeanne ne put s'empêcher de penser à Baudelaire qui, dans pareille tenue, aurait conservé sa prestance. Mignot ressemblait à un pingouin. Il sentait l'eau de toilette bon marché. Celle qu'on offre aux malades dans les hôpitaux… L'intérieur était vieillot mais chargé d'objets de valeur. Jeanne Duval avait l'œil pour reconnaître les choses qui valent de l'argent. De longues tentures à grosses fleurs pendaient sur un parquet en bois foncé. Beaucoup de meubles anciens bourgeois. Le docteur Mignot aida son invitée à ôter sa capeline et la pria de s'asseoir sur le divan. Une bûche crépitait dans la cheminée et la table était dressée. Il avait sorti l'argenterie et ses assiettes en faïence. Le grand jeu !

Il attisa le feu et prit place auprès de Jeanne après lui avoir versé un verre de cognac. Il s'en servit également une bonne rasade et trinqua avec elle, le sourire carnassier, sûr de croquer sa proie à belles dents.

– Vous n'auriez pas un verre d'eau ? demanda-t-elle. J'ai besoin de me désaltérer avant de boire de l'alcool. J'ai, comme vous le savez, la gorge fragile.

– Bien sûr, ma belle princesse, je m'en vais tout de suite vous chercher cela.

Et elle en profita pour verser un somnifère – subtilisé à Baudelaire – dans son verre de cognac.

Le bon docteur allait dormir comme un bébé véreux.

39

– HÉ, M'SIEUR CHARLES !

La concierge se tenait sur le pas de sa porte, mains sur les hanches, le tablier bien repassé et le chignon qui ressemblait à la tour de Pise. Elle avait rosi ses pommettes... Baudelaire se méfiait. Sûr qu'elle avait dû guetter son retour, cachée derrière son rideau comme une araignée dans sa toile.

Il ne redoutait pas ses avances, mais sa soupe dégueulasse.

Il revenait de chez Jeanne et avait trouvé porte close. Elle devait passer sa soirée ailleurs, soit à répéter au théâtre, soit dans quelque café malfamé à appâter le client...

– Vous n'êtes pas encore couchée à cette heure tardive ? lui fit-il remarquer.

– Non, je n'aime pas dormir seule...

Il ne releva pas l'allusion bien appuyée que si tu comprends pas t'es un imbécile.

– Dites, m'sieur Charles... J'ai des révélations à vous faire sur l'amant de la Diva. Je les tiens de Firmine, la concierge de l'immeuble à côté de chez le docteur Mignot, qui les tient de Mômo, l'éleveur d'asticots. Si ça vous intéresse...

– Ben c'est qu'il est un peu tard. On en parlera demain et...

– Tatata ! Demain, je suis occupée toute la journée. Je travaille, moi ! J'ai pas vos loisirs...

– Je suis fatigué.

– Un jeune homme comme vous en pleine fleur de l'âge ?! Allons donc ! Allez, ne faites pas votre maniéré et venez ! lui ordonna-t-elle en ouvrant grand sa porte. Vous ne le regretterez pas !

« Tu parles, ouais ! » Mais Charles était curieux d'en apprendre davantage sur ce docteur Mignot. Même s'il soupçonnait la vieille bique d'inventer des secrets pour l'attirer chez elle et lui faire la cour. Aucune chance ! Qu'est-ce qu'elle s'imaginait, celle-là ?

Ça sentait la soupe réchauffée… Ce qu'il redoutait le plus !

Le bol était sur la table. La torture, inévitable…

Baudelaire fit une tentative :

– Je suis vraiment désolé, mais mon médecin m'a interdit de boire du potage, c'est mauvais pour mes intestins…

– Votre médecin est un crétin ! Je ne vous conseillerais pas d'aller voir le docteur Mignot, surtout après ce que j'ai appris, en plus qu'on sait déjà qu'il empoisonne ses patients ! fit-elle en lui versant une bonne rasade de soupe.

– Vous n'avez pas de preuves. Faites attention à ce que vous avancez.

– J'dis et j'pense ce que je veux ! Je suis une femme libre, moi !

– D'accord… Et qu'est-ce que vous avez appris ? fit Charles, impatient.

Elle s'assit en face de lui, prenant soin d'ôter son châle afin de dévoiler ses épaules. Aucun homme, pensait-elle, n'y résiste. Il n'y a pas d'âge pour croire aux contes de fées… Sauf que Baudelaire n'était pas le prince charmant et qu'elle ressemblait plus à une sorcière qu'à une princesse.

Visiblement, elle voulait faire durer le suspense et surtout le plaisir.

– Firmine baise avec Mômo.

Baudelaire esquissa une légère grimace. Imaginer une femme en train de coucher avec un type qui tripotait des asticots toute la journée le dégoûtait au point qu'il crut en voir flotter dans sa soupe.

– Même qu'elle a retrouvé un asticot dans sa culotte…

Baudelaire faillit vomir.

– Mais c'est dégoûtant ! s'exclama-t-il.

– Bah, à notre âge, du moment que ça frétille !

– Bon, écoutez, je n'ai vraiment pas le temps, là, s'énerva-t-il en repoussant son bol. Vous m'avez coupé l'appétit.

– Vous êtes bien précieux, vous ! Les éleveurs d'asticots sont des gens très utiles. Pas comme les poètes, qui servent à rien. Sans eux, pas de pêcheurs à la ligne et pas de poisson ! Mômo, dit « le père ver de terre », vend chaque été de trente à quarante millions d'asticots. Il ne s'en sépare jamais sans un pincement au cœur, parce qu'il les considère comme ses enfants, qu'il dit. Pas beau, ça ? C'est un grand sentimental ! Il les nourrit dans un enclos à Montmartre, au milieu duquel il a creusé un énorme trou rempli de fumier mélangé à de la terre grasse. Les vers vivent là-dedans. Ah ça, il les bichonne !

– Venons-en au fait, la pressa Baudelaire, qui en avait assez de l'entendre parler de ces bestioles.

– Eh bien, Mômo va recueillir ses asticots sur les cadavres dans le cimetière.

– Il profane des tombes ?

– Tout de suite les grands mots, hé ! grogna la concierge. Il va juste débarrasser les morts de ceux qui les rongent. Moi, si j'serais dans mon cercueil, ça me ferait plaisir. Et j'dirais pas non pour un dernier p'tit coup avant que j'me décompose. Autant partir au paradis avec le sourire !

– Quelle santé ! railla Baudelaire.

– Ma mère disait toujours : « Y a pas d'âge pour se faire du bien. » Sur ma tombe j'aimerais qu'on écrive : *Repassez quand vous voulez.*

– Ça donne envie !

– Donc, Mômo a raconté à ma copine Firmine que le docteur Mignot, en plus d'être soupçonné d'empoisonnements, ben il fait du trafic de cadavres, si vous voyez c'que j'veux dire.

– Il en fait quoi ?

– Il les revend à l'Institut d'anatomie, tiens ! Les étudiants font des recherches en les découpant, p't-être même qu'ils mangent leur cervelle pour devenir plus malins, qu'est-ce que j'en sais, moi ?

– Bien, j'en ai assez entendu pour aujourd'hui, je remonte chez moi. Comme je vous l'ai dit, j'ai du travail et…

– Vous n'avez pas fini votre soupe ! Et après, si vous voulez, j'ai un p'tit dessert, couina-t-elle, enjôleuse.

– Non, je ne mange jamais de sucreries. C'est mauvais pour les dents.

Et sans attendre sa réplique il s'éclipsa et gravit l'escalier au pas de course, trop content de rentrer chez lui, où il s'enferma à double tour.

40

LE DOCTEUR MIGNOT roupillait, étalé sur son divan comme une carpe dans son cageot. Jeanne effleura sa joue pour vérifier qu'il dormait bien. Pas de réaction. Elle pouvait fouiller l'appartement à son aise.

Elle commença par ouvrir les tiroirs de la commode en noyer sur laquelle trônait une pendule en porcelaine. Elle ne trouva que des broutilles sans intérêt. Des photos de famille avec un gamin en habit du dimanche, posant près d'une femme corpulente devant une austère maison de maître. Probablement sa mère. Ça sentait la joie de vivre… Puis les couverts en argent et autres « bourgeoiseries », comme elle les appelait. La décoration était vieillotte et rien n'avait dû bouger depuis qu'il vivait ici. Il y régnait la même odeur que celle de l'intérieur des vieux coffres chinois. Une panetière, une paire de cassolettes, une statue équestre, un guéridon, une jardinière, des vases cornets en faïence et un buste de jeune fille en biscuit… « Vraiment rien que des vieilleries », pensa Jeanne. Elle fouilla tout de fond en comble, jetant parfois un coup d'œil au docteur pour s'assurer qu'il était toujours bien dans les limbes. Mais en vain.

Découragée, elle s'affala dans le vieux fauteuil en cuir craquelé. Se demanda quelle heure il était. Le temps passé là lui avait paru une éternité ! C'est alors qu'elle remarqua que la grande aiguille de la pendule n'avait pas bougé. Elle se leva et alla ouvrir le cadran. Une clé en tomba.

Maintenant il fallait que Jeanne trouve la serrure… Ce n'était pas une clé de coffre ou d'armoire, elle ressemblait plutôt à une clé de porte.

Et où cache-t-on des secrets ? Dans un grenier ou dans une cave. Elle ne vit aucune trappe laissant penser qu'il existait un grenier. Ni aucune porte autre que celle de l'entrée. Elle supposa donc qu'il s'agissait de la clé de la cave. Et vu que tout l'immeuble appartenait au docteur, il pouvait y dissimuler ce qu'il voulait !

Jeanne quitta le salon en prenant la précaution d'emporter une bougie et emprunta l'escalier sur le palier. Descendit une vingtaine de marches et se retrouva devant une lourde porte. Elle introduisit la clé dans la serrure et… la porte s'ouvrit en grinçant.

Jeanne n'aurait jamais dû pénétrer dans cet antre maudit.

41

CETTE NUIT-LÀ, oui, cette nuit de lune blême, où les songes sont des lambeaux d'éternité accrochés aux illusions perdues, Filoche, le preneur de rats, ratissait le quartier avec son chien, un terrier dressé pour la chasse. Pas seulement ! Il participait aussi à des compétitions consistant à tuer le plus grand nombre de rats et prenait part à des combats de chiens. Pourtant, Filoche y tenait, à son clébard. C'était sa seule compagnie. Qui aurait voulu d'un homme qui ramenait chez lui ces charmants mammifères aux yeux perçants, au poil luisant et qui puaient les égouts ? Et qui, par-dessus le marché, poussaient des cris aigus, enfermés dans leur cage. Impossible de dormir… Filoche était devenu insomniaque. À force, on s'habitue, disait-il en essayant de s'en persuader. Sauf qu'il se sentait doucement devenir fou, et c'est pas son chien agité qui arriverait à l'apaiser. Les terriers sont des boules de nerfs, l'avait prévenu sa sœur. Mais avait-il le choix ? Il ne savait rien faire. N'était pas très intelligent, ni adroit. Pourtant, fallait bien qu'il survive.

Muni d'une lanterne, d'un tampon, d'une tige de fer et d'une cage, il scrutait les coins les plus sombres des rues, se laissant guider par son clébard en mode « reniflage intensif ». Son animal et lui n'avaient guère le temps de flâner, vu que l'île Saint-Louis était infestée de rats, à cause de la proximité avec la Seine. Et de la saleté des habitants… Certains même balançaient leurs ordures par la fenêtre et laissaient les trottoirs pleins de détritus. Il arrivait fréquemment que les passants se ramassent les déchets sur la tronche, merci, petit Jésus, il pleut des épluchures de patates !

Le molosse – comme l'appelait Filoche, malgré sa petite taille mais en raison de ses crocs redoutables – se figea soudain devant un soupirail, puis y enfonça son museau aussi loin qu'il put. La stratégie consistait, lorsque le chien traquait un rat prisonnier d'une gargouille, à ce que son maître bouche l'autre trou avec un tampon et pose sa cage devant. Mais ici, il fallait s'y prendre autrement. Et pas question d'abandonner devant la difficulté ! Un rat se vendait entre 25 et 30 centimes. Sa peau servait à fabriquer des gants, et sa chair se mangeait dans les gargotes. Bon appétit !

Filoche tenta de soulever la grille du soupirail. Elle était assez lourde, mais il y parvint après plusieurs jurons. Il prit une grande pince en fer, enfila un gant en cuir qu'il avait reçu d'un copain transporteur de cageots et plongea prudemment son bras, espérant ne pas se faire mordre. Rien. La bête devait être morte. Il essaya de la coincer dans sa grosse pince pour la ramener à la surface, impossible. Le rat devait être énorme ! Il en avait déjà capturé de la taille d'un petit chat. Tant pis ! Il plongea ses deux mains et réussit à l'extirper de son trou. Son cri affola son chien ! À la lueur du réverbère qui feignait d'éclairer le coin de la rue où il se trouvait, il découvrit non pas un rat mais une tête de femme à qui on avait grossièrement cousu la bouche avec du fil à linge. On aurait dit qu'elle souriait en grimaçant. Un sourire diabolique de folle qui voulait bouffer le chagrin des anges pour le vomir sur la terre.

42

LA FLAMME VACILLANTE DE LA BOUGIE que tenait Jeanne rendait cette cave encore plus lugubre et donnait l'impression que les murs respiraient. L'odeur de moisi ou d'autre chose d'indéfinissable, aigre, nauséabond, lui fit plaquer son jupon sur son nez. Peu à peu, elle s'y habitua, ainsi qu'à la pénombre, à ces recoins où la nuit avait déposé sa dépouille pour ne jamais se relever.

Jeanne avançait prudemment. Elle n'était pas du genre à paniquer, ayant été trop souvent confrontée à la peur. Pourtant, quelque chose grouillait dans son ventre. Comme un crabe qui déployait ses pattes et pinçait ses entrailles. Son instinct lui enjoignait de s'enfuir. « Vite ! Cours, Jeanne ! Va-t'en d'ici ! » Mais la curiosité demeurait plus forte que tout. Elle se raccrocha au désir d'aider et d'étonner Baudelaire…

Le bougre ! Le méritait-il vraiment ? Il couchait avec des putes, pour le plaisir… Elle, si elle se tapait des vieux libidineux, c'était pour survivre. Pour le fric. Pas pareil, mon salaud ! Son poète avait besoin de cette vie dissolue. Ça l'inspirait, prétendait-il. Ou était-ce pour supporter les infidélités de Jeanne ? Quelles que soient les « bonnes » raisons, voir ou imaginer la personne qu'on aime dans les bras d'un autre, c'est pas joyeux. Mais bordel, elle l'aimait, cet animal fou ! Qui d'autre que lui la vénérait de la sorte ?

> Lorsque tu dormiras, ma belle ténébreuse,
> Au fond d'un monument construit en marbre noir[1]

Justement, elle y était ! Mais pas dans un fastueux tombeau en marbre. Dans une cave sombre et humide qui puait la chair putride.

Elle fixa la flamme de la bougie, lumière amie, qui lui rappelait les livres de son enfance. Ceux des histoires du bon Dieu et des communiants qui suivaient les processions aux flambeaux. Des chérubins semeurs de poudre de lune. De cette enfance qu'on ne viole pas, qu'on ne tue pas, qui est faite d'images dont on se souvient à jamais ou que l'on invente. Parsemée de pétales, d'éclats de miroir, de bonbons acidulés, de bateaux de papier…

Jeanne avançait dans l'obscurité en pensant à ces oiseaux meurtriers planant au-dessus du royaume des enfants sages, parce que si tout est rose il n'y a pas de contes de fées. Et ce qu'elle finit par découvrir dépassait toutes les horreurs que l'on peut imaginer. Toutes les beautés aussi…

---

1. « Remords posthume », *Les Fleurs du Mal.*

43

DEMAIN, BAUDELAIRE IRAIT CHEZ JEANNE. Crénom ! Elle lui manquait, la diablesse ! À cette heure tardive, elle devait être dans les bras de quelque vieille baderne, en train de se faire tripoter. La salope, la divine, la barbare…

Il prit sa plume et écrivit :

> J'implore ta pitié, Toi, l'unique que j'aime,
> Du fond du gouffre obscur où mon cœur est tombé[1].

Il aurait aimé être riche, ne pas devoir mendier le moindre sou à sa mère et à cette crapule d'Ancelle. Couvrir Jeanne de bijoux, cette somptueuse charogne, la parer de colliers d'ébène, de pierres précieuses, de feuilles d'or ciselées. En faire une reine de ses nuits de jouissances, rien qu'à lui. Il se promènerait fièrement au bras de SA femme. Oui… Et alors ? Lui inspirerait-elle encore ces poèmes qui réveillaient le meilleur de lui-même ? Sans l'écriture, il n'aurait été qu'un homme comme les autres. Un marchand d'oublis. Une ombre furtive passée sur terre sans y laisser aucune trace. Sauf son écharpe rose…

---

1. Ceci est une fiction, pas une autobiographie ! Ces vers sont déjà parus… Quelle importance ! « De profundis clamavi », *Les Fleurs du Mal*.

Et l'aurait-il autant aimée si sa maîtresse ne lui avait échappé ?

Demain, il irait chez elle. La prendrait dans ses bras. Respirerait son parfum des îles lointaines, et se noierait dans ses yeux qui fascinaient ses dociles amants, ces *purs miroirs qui font toutes choses plus belles*. « L'étude du beau, pensa Baudelaire, est un duel où l'artiste crie de frayeur avant d'être vaincu[1]. »

Il imagina Jeanne marchant sur des morts en riant, portant l'horreur en sautoir. Qu'elle vienne du ciel ou de l'enfer lui importait peu, cette Beauté au ventre orgueilleux lui ouvrait la porte de l'infini.

Bon, où était-elle, la garce ? Dans quels bras décharnés, pompant quel sexe flasque et moribond, s'acharnant à ressusciter de vieux souvenirs libidineux enfouis dans des malles remplies de chaussures rouges et de jupons de dentelles noires ?

Il reprit sa plume pour chasser ses nuages sombres. Oublier le parfum enivrant de rose et de musc qui se dégageait de cette femme sauvage qui le fatiguait sans mesure et sans pitié. « On dirait à vous entendre soupirer, lui avait-il dit un jour, que vous souffrez plus que les glaneuses sexagénaires ou que les vieilles mendiantes qui ramassent les croûtes de pain à la porte des cabarets… Un jour, vous deviendrez une vieille femme dont la beauté gardera la magie pénétrante des ruines. »

Il se leva, se servit un verre de vin et continua à écrire. *Avec ses vêtements ondoyants et nacrés, / Même quand elle marche on croirait qu'elle danse.* Chaque mot la ramenait à lui, la rendait présente dans ce fauteuil vide en face de son bureau, là où elle aimait s'alanguir et l'inviter vers de somptueux voyages, vers des ciels

---

1. « Le *confiteor* de l'artiste », *Le Spleen de Paris* (*Petits Poèmes en prose*).

lointains, ou des glaciers grondants, brûlante de désir, et son sexe offert sur lequel il posait ses lèvres pour boire un vin de Bohême.

Il n'aurait pu imaginer que Jeanne, sa Jeanne, était prise au piège, celui de l'horreur qu'on ne pourra jamais oublier, de ces images diaboliques qui font de nous des enfants cloués à jamais sur le mur de la cruauté sans limites des monstres qui sommeillent dans la plupart des hommes qu'on n'a pas assez aimés.

44

LA CAVE DU DOCTEUR MIGNOT avait été aménagée en salle de dissection. Il y régnait une odeur âcre, mélange de pisse et de formol. Le sol était recouvert d'un carrelage blanc comme dans les hôpitaux. Jeanne alluma la lampe à pétrole posée sur une table et fut prise d'une envie de vomir.

Alignés sur des étagères trônaient des corps de nouveau-nés flottant dans de grands bocaux en verre. Tous fixaient Jeanne de leurs yeux morts. Chez certains, le cordon ombilical était encore attaché à leur ventre et semblait en sortir comme une couleuvre ou un gros ver de terre. Tous portaient un petit bonnet et des chaussons. Spectacle à la fois morbide et tragicomique. Si elle s'était trouvée non pas dans cet endroit lugubre mais plutôt dans une foire, Jeanne aurait pu en rire, tellement ce sinistre spectacle paraissait grotesque et pathétique. Mais la mort n'a rien de drôle et se moquer de ces cadavres de bébés revenait à les tuer une deuxième fois…

Qu'est-ce qui se passait dans la tête de ce malade pour collectionner pareilles horreurs et les couvrir de ridicule ? Jeanne avait du mal à respirer. Ce type était complètement cinglé. Et dangereux ! Que fichait-elle là, dans ce piège au sous-sol du diabolique docteur Mignot ? Ce n'est pas une rose qu'elle aurait pu déposer sur le pas de la porte de Baudelaire pour l'appeler au secours, mais un bouquet entier ! Peut-être l'attendait-il tranquillement chez lui en ne se doutant de rien, ou en râlant, l'imaginant dans les bras de quelque amant aux poches remplies d'argent.

Un bébé attira son attention plus que les autres. Il avait l'air encore vivant ! Jeanne s'en approcha, à la fois paniquée, horrifiée et fascinée par ces êtres trépassés mais parfaitement conservés, comme si la vie ne les avait pas quittés. En apesanteur dans son liquide, il semblait que les petites lèvres du poupon ridé remuaient et voulaient lui murmurer quelque chose. Ce qu'elle crut lire lui fit froid dans le dos : « Crève ! »

Et s'il s'agissait de bébés maléfiques, de fœtus engendrés par des assassins ou des salauds ? Toutes sortes d'idées farfelues lui passaient par la tête. « Jeanne, tu deviens folle ! » Il y avait de quoi !

Les bébés ne la quittaient pas des yeux. Avec leurs petits bonnets ridicules qui lui faisaient penser à ceux dont l'ogre dans *Le Petit Poucet* avait coiffé les gamins dans le but de ne pas les confondre avec ses filles et de les égorger la nuit venue…

Qui les leur avait tricotés ? Ainsi que leurs chaussons roses ?

Elle imaginait mal Mignot avec des pelotes de laine et des aiguilles à tricoter… Même si, pour avorter les prostituées, il devait sûrement s'en servir. Une fille enceinte ne rapporte plus rien. C'est de la marchandise perdue. La Diva devait avoir eu souvent recours à ses services.

Mais alors pourquoi gardait-il les fœtus dans des bocaux ? Quelle passion malsaine et macabre animait ce bon docteur Mignot que l'on saluait dans la rue comme le sauveur ?

Au moment où Jeanne voulut quitter ce tombeau, elle entendit claquer la porte de la cave.

Et la flamme de sa bougie s'éteignit. Ne restait que la lueur vacillante de la lampe à pétrole achevant de s'éteindre, elle aussi.

45

L'INSPECTEUR DELÂBRE s'enfila le reste de la bouteille de whisky qu'il planquait derrière ses dossiers dans son bureau. Il lui fallait bien ça pour se remettre ! Le colis qu'il venait de recevoir, déposé cette nuit sur le pas de la porte du commissariat, contenait la tête de la Diva, enveloppée dans un vieux chiffon dégueulasse. Ses charmants collègues s'étaient fait un plaisir de venir lui apporter ce « cadeau » macabre. Personne n'ignorait qu'une fois par semaine la tenancière du bordel venait honorer leur chef. Lorsqu'il fermait sa tenture, on savait ce que cela signifiait…

En échange de belles gâteries qu'elle prodiguait fort bien – c'était une femme d'expérience et « à poigne » –, il fermait les yeux sur les quelques irrégularités de ses filles… Une sorte de troc. Elle le pompait sans lui pomper l'air, contrairement à la plupart des épouses de ses collègues. Jamais de comptes à rendre, ni de reproches quand il rentrait tard le soir. Que des avantages. Et voilà qu'elle était de nouveau dans son bureau, avec lui. Mais sans son corps !

Il n'arrivait pas à la regarder. Pourtant il le fallait. Il s'en approcha doucement. Elle avait les yeux révulsés et la bouche cousue avec du fil à linge. Une drôle d'idée traversa l'esprit de l'inspecteur : et si celui qui avait cousu la bouche de sa maîtresse savait qu'elle lui taillait des pipes en échange de services rendus ? Était-ce un avertissement ? Sa vie était-elle en danger ? Du chantage… Il fallait absolument qu'il trouve l'assassin avant qu'il ne lui cause des ennuis. Car Delâbre avait occulté des affaires douteuses et même crapuleuses… Qui d'autre que lui pouvait bien savoir tout ça ? Il n'en avait jamais parlé à personne. Seule la Diva était au courant, puisque cela la concernait. Mais elle était la dernière à avoir intérêt à dévoiler ses petits trafics avec le docteur Mignot. Et ce dernier non plus n'avait aucun avantage à révéler quoi que ce soit. Sans l'inspecteur, il y a longtemps qu'il croupirait en prison, voire pire !

Delâbre ne pouvait se résoudre à croire que cette tête coupée était celle de la Diva et s'attendait à la voir surgir dans son bureau, toujours affriolante et un brin hautaine, ce qui lui conférait une certaine élégance bourgeoise, alors qu'elle venait de la rue. Cette fille de rien avait fait son beurre en envoyant un vieux baron au septième ciel. En échange de ses bons et loyaux sévices, il ne l'avait pas épousée car il ne tenait pas à ternir sa réputation, mais à défaut du lit conjugal il l'avait couchée sur son testament, lui léguant de quoi ouvrir son bordel et vivre quelques années confortablement.

L'inspecteur Delâbre appela :

– Mon p'tit Marco !

– Oui, chef !

– Débarrassez-moi de cette horreur et portez-la à Clamart afin que l'anatomiste la recolle sur son corps.

– Bien, chef.

– Puis désinfectez-moi ça, ça pue la charogne ici ! grogna-t-il en essayant d'ouvrir sa fenêtre coincée.

Delâbre sortit de son bureau en jurant et profita d'être au milieu de sa tribu pour rappeler à ses collègues qu'il fallait absolument que cette information demeure « top secret ». La population était déjà assez paniquée comme ça et très en colère contre la police, qui n'avait pas encore trouvé l'assassin. Un drame de plus et cela pouvait dégénérer en bagarres dans les rues.

– Donc, je compte sur vous !

Tous acquiescèrent, sauf Marco qui lâcha, tonitruant :

– Bien sûr, chef, comptez sur nous, chef !

« Ce trou du cul veut toujours se démarquer et en plus il répond à la place des autres, quelle misère… » pensa Delâbre.

Aussitôt sa journée de travail terminée, chouchou Marco s'empressa d'aller voir le Ratier pour lui faire part de l'info, en échange bien sûr de quelques pièces. Cette fois, Gorge Profonde doubla son tarif. L'info était de taille !

Assis tranquillement chez lui, sa pipe – la seule qui lui restait désormais – entre les dents, un verre de whisky à la main, Delâbre réfléchissait, tandis que Josette ronflait à ses pieds. On avait retrouvé la tête de la Diva. Son cadavre était recomposé. On avait aussi la tête de l'inconnue. Restait à retrouver son corps. Et le puzzle serait complet. Oui, mais après ? S'il ne voulait pas se ridiculiser auprès du préfet, il avait intérêt à démasquer fissa l'assassin. C'était pas gagné, avec sa bande de crétins.

Il aurait bien imploré le ciel de lui venir en aide. Mais il ne croyait ni en Dieu, ni au diable.

Pour ce dernier, il avait tort.

46

LE PÈRE GABRIEL était dépité. Il avait passé sa soirée à parler à sa Vierge, qui ne lui répondait plus ! Était-elle fâchée parce qu'il avait dévoilé quelques secrets de confession concernant la Diva ? Ou parce qu'il éprouvait des sentiments qu'il n'arrivait pas à maîtriser envers Charles Baudelaire ? Pourtant, il y mettait de la bonne volonté en se flagellant tous les soirs… En vain ! Le poète occupait toutes ses pensées les plus sulfureuses et il ne pouvait chasser ses fantasmes éclairés par les flammes de l'enfer. Un feu de plus en plus ardent le dévorait et il sentait son cœur près d'éclater dans sa poitrine. Son corps nu était léché par des dizaines de langues avant qu'il ne soit étranglé dans un râle de jouissance par une écharpe rose…

Après tout, était-ce de sa faute s'il aimait la poésie ?

Bon Dieu, Gaby le Boucher était en train de renaître. De reprendre le dessus et de ronger les ailes de l'archange qu'il avait mis des années à déployer derrière les barreaux.

Une espèce de rage de vivre, de furie, le poussait à des excès. Son problème : il n'était pas convaincu de l'existence de Dieu. Il avait comme unique garde-fou sa foi en cette poupée ayant appartenu à sa mère, seul souvenir d'elle. Allô, maman, bobo. Elle communiquait avec son fiston à travers elle. Pratique. Enfin, quand ça marchait…

Il tenta de nouveau de la faire parler :

– Aïe, Marieke, Marieke… Dis-moi une fois, je t'en supplie, pourquoi tu causes plus avec ton gamin ? J'ai fait quelque chose qui te déplaît ? C'est sûr que je suis pas un saint. Pourtant je fais mon possible, allez… Bon, j'aurais pas dû lâcher certaines infos. Je cause trop. Mais j'ai pas dit l'essentiel ! Ce secret terrible que la Diva m'a confié et qui pourrait être la clé de l'énigme de ces horribles crimes. Si j'étais vraiment sûr que Dieu n'existe pas, je n'aurais aucun scrupule. Mais voilà… J'ai encore un petit doute… Sinon, comment expliquer que tu parles avec moi, même morte ? Ou alors c'est que je suis fou.

Non, il n'était pas dingue ! Il le savait, au fond. Il avait entendu la Vierge comme il entendait crier les marchands de plaisirs sous ses fenêtres : « Voilà les plaisirs, mesdames ! Voilà le plaisir ! », ces marchands de gâteaux faits par les commis de boulangerie avec le reste de pâte de la journée – gaufres, brioches, beignets ronds, percés, enfilés sur un bâton ou une corde.

Lui, c'était à d'autres plaisirs qu'il rêvait.

Soudain, une petite voix l'extirpa de ses pensées :

– *Menneke*, arrête une fois de culpabiliser ! On est comme on est. Rien n'est péché quand on aime. Va en paix, mon fils.

– Oh ! Te revoilà ! s'exclama-t-il en se prosternant devant la Vierge, mains jointes. Comme je suis content ! Pourquoi tu ne me répondais plus ?

– Parce que j'étais occupée à tricoter des souvenirs dans les nuages, *menneke*.

Gaby le Boucher sut à ce moment-là qu'il ne dévoilerait jamais le terrifiant secret de la Diva.

47

LA NUIT PRÉCÉDENTE, Baudelaire avait finalement décidé de sortir de chez lui au lieu de se morfondre à se demander dans quel lit de misère sa maîtresse prenait son pied, avec quel vieillard lubrique, bretelles de pantalon aux fesses, coinçant la tête de sa divine entre ses jambes flasques. Le spectacle du beau et du laid lui avait toujours paru fascinant. Cependant, imaginer sa belle d'abandon dans les bras d'un autre, même s'il refusait tout sentiment de jalousie, il devait bien admettre que certaines fois, cela l'insupportait.

Il était allé frapper chez elle. La garce n'était pas là. Ou elle dormait, repue de ces plaisirs dont on détruit les rêves. Ensuite, il était retourné à son hôtel Pimodan mais n'avait pas regagné son appartement, préférant se rendre au Club des Hachichins, qui se tenait dans les lieux. Le peintre Boissard, maître de céans et élève d'Antoine-Jean Gros et d'Eugène Delacroix que Baudelaire vénérait, était aussi violoniste. Il aimait recevoir les artistes chez lui et leur proposer de la confiture verte, très parfumée, composée de cannabis, de miel et de pistaches que l'on délayait dans du café turc, très noir et bouillant. Il fallait avaler cette mixture à jeun afin d'éviter les vomissements. Par chance, Baudelaire avait échappé à l'horrible soupe de la concierge !

Avec la confiote verte, au bout d'un moment, apparaissaient des sons étranges, une musique, des couleurs vives. Le salon de Boissard s'y prêtait à merveille ! Décoré de miroirs, de boiseries peintes et de soieries lyonnaises, il s'en dégageait une atmosphère propice aux paradis artificiels.

Bien sûr, les participants étaient triés sur le volet ! Bien sûr, il y avait là des médecins, des peintres dont Delacroix, Honoré Daumier, mais aussi des écrivains tels Henry Monnier, Gérard de Nerval, Gustave Flaubert, Honoré de Balzac, Alexandre Dumas ou Théophile Gautier, drapé dans sa chemise rouge, sa chevelure ruisselant sur son dos. Baudelaire avait toujours caressé le rêve de rencontrer cet homme à l'aspect insolite, dont la préface dans *Mademoiselle de Maupin* indiquait que « l'art et la morale, la littérature et la vertu, n'ont absolument rien en commun ».

Au petit matin de brumes parme et de délicieux délires, Baudelaire regagna sa chambre et s'écroula sur son lit gardé par son chat. Dans sa cage, sa chauve-souris le regardait à l'envers, contemplant ainsi les choses sous un autre angle. Celui où rien n'a d'importance que celle qu'on lui octroie, car les pires barreaux sont ceux que l'esprit se construit. La chauve-souris était plus libre que le poète maudit.

48

ENFERMÉE DANS CE TOMBEAU humide et froid, entourée de cadavres de bébés flottant dans leurs prisons de verre, Jeanne n'en menait pas large. Et l'obscurité rendait cet endroit encore plus sinistre. Il lui sembla entendre des murmures… Les bébés morts parlaient-ils entre eux ?

Elle parvint à grimper à tâtons les quelques marches pour atteindre la porte de la cave. Le docteur Mignot avait dû se réveiller et constater que sa clé avait disparu. Jeanne n'avait pas assez forcé la dose de somnifères. Elle avait eu peur de le tuer. Quelle cruche ! Mais lui… hésitait-il à tuer les autres ? L'éliminer de cette planète, c'était sauver des gens. Sauf que Jeanne Duval n'était pas une meurtrière.

Elle fit tourner la poignée et… la porte s'ouvrit ! Jeanne s'attendait à ce que le brave docteur lui saute dessus. Mais il n'y avait personne. Juste la fenêtre du couloir qui s'était ouverte avec le vent. Le courant d'air avait dû claquer la porte.

Jeanne hésita à remonter dans l'appartement de Mignot pour remettre la clé à sa place. Trop risqué. Elle choisit alors de fermer la porte à double tour et de prendre la poudre d'escampette. Que se passerait-il quand le docteur se réveillerait ? Tout en courant dans la rue sombre et déserte avec ce froid glacial, à la lueur des réverbères, elle réfléchissait. Non, elle ne risquait rien ! Le docteur ne connaissait pas son adresse. Ni son nom de famille. Oui, mais… l'île Saint-Louis était un village, tout comme Montmartre. Et s'il tombait sur elle par hasard ?

Avant de descendre à la cave, elle avait pris soin de bien refermer l'horloge. Ce brave enfoiré de docteur pouvait très bien en déduire qu'il avait perdu sa clé… Personne n'est à l'abri d'une étourderie, pas vrai ?

Elle tentait tant bien que mal de se persuader qu'elle ne courait aucun danger. D'ailleurs à son réveil, se souviendrait-il qu'elle était chez lui ? Il aurait aussi très bien pu rêver leur soirée…

Elle courut rejoindre Baudelaire en espérant de toutes ses forces le trouver dans son appartement. Après toutes ces frayeurs, seuls ses bras pouvaient la rassurer.

49

BAUDELAIRE ÉTAIT À SA TABLE, dans son appartement sous les toits, en train d'écrire. La « confiture verte » avait sur certains des effets soporifiques. Pas sur lui. Oh non. Était-ce parce qu'il était atteint de synesthésie ? Ce phénomène neurologique dont la particularité, entre autres, était d'associer les couleurs aux lettres et aux chiffres, ou à la musique et aux sons.

Les gens se figurent, écrivait-il dans *Les Paradis artificiels*, *l'ivresse du haschich comme un pays prodigieux, un vaste théâtre de prestidigitation et d'escamotage, où tout est miraculeux et imprévu. C'est là un préjugé, une méprise complète*. D'autant qu'il avait gardé un assez mauvais souvenir de sa première prise : d'affreuses coliques ! Pourtant, il avait recommencé.

Jamais il n'emmenait Jeanne à ces soirées. Et il ne pensait nullement que la drogue pouvait stimuler ou décupler la création. La poésie n'avait pas besoin de ces effets pour naître. Pour lui, le haschich était une curiosité exotique, et l'opium une habitude tyrannique.

Il sursauta lorsqu'on frappa à sa porte. Peu de gens ont conscience que les écrivains sont un peu schizophrènes et dialoguent avec leurs personnages, écoutent murmurer des êtres mystérieux sans visage, venus d'on ne sait où. Ces silencieux fantômes qui glissent sur leur mémoire pour inventer des souvenirs et tuer ceux qui les rongent.

Il ouvrit sa porte en grommelant et trouva Jeanne, paniquée et épuisée, enfant fragile perdue au bout de la nuit, qui s'affala dans ses bras en sanglotant.

Baudelaire l'aida à se dévêtir et à se coucher dans son lit. Elle ne prononça pas un mot. Il la laissa revenir à la douceur de cette chambre où les bûches crépitaient dans l'âtre. Une vraie carte postale de Noël. Sauf que les têtes empaillées des rennes trônaient sur les murs des bourgeois qui se faisaient une gloire de tuer les animaux.

Il la serra contre lui, la berça comme une petite fille triste. Lui murmura des mots d'amour, plus apte à les écrire qu'à les prononcer. La laissa s'endormir sans qu'elle lui donne aucune explication.

Et se remit à écrire, trempant sa plume dans l'encre et le sang, dans l'or et la boue, comme *quand la pluie étalant ses immenses traînées / D'une vaste prison imite les barreaux, / Et qu'un peuple muet d'infâmes araignées / Vient tendre ses filets au fond de nos cerveaux*[1].

1. « Spleen », *Les Fleurs du Mal.*

50

CÉSAR n'avait jamais caressé son rat. Balzac était craintif, même avec lui. La bête avait appris à se méfier des hommes et elle avait bien raison. C'est pour ça qu'elle était toujours en vie. Et parce qu'elle avait eu de la chance. Sous les ponts de Paris, les nuits sont cruelles. César ne dormait jamais que d'un œil. Les pauvres se font aussi facilement dépouiller que les riches. Entourés de charognes, de miettes d'humains, au cerveau qui crépite baignant dans l'alcool. Et il s'agrippait à son vieux matelas moisi comme à un bateau qui tangue sur les pavés luisants de la Ville lumière, si sombre pour les gens de misère. Un bateau perdu dans les brumes d'une vie de travers. La sienne n'avait pas toujours été rongée par l'oubli. Il avait vécu de fastes moments ! Une vie de marquis de Carabas, dans un château de contes de fées. Ou du moins en apparence… Parce que les fées sont des vampires au sourire enfantin. Les pires. Tout le monde le sait.

Qui aurait cru que César avait tout plaqué pour vivre comme un mendiant dans la puanteur des égouts ? Qu'il avait abandonné les lustres en cristal, les agapes, les bals masqués, les jardins d'où jaillissent de merveilleuses fontaines, pour prendre des chemins de boue et troquer une belle princesse contre un rat ?

Il l'avait pourtant fait sans aucun remords, sachant qu'il ne reviendrait jamais en arrière. César, c'était même pas son vrai nom. Il l'avait choisi à cause d'un livre trouvé sur un banc, où il était question d'un vieux sage[1]… Un peu comme l'Ermite des tarots, qui avance avec sa lanterne. Il était convaincu que la richesse n'est alléchante que pour les pauvres qui s'en font une idée idyllique. Mais l'argent peut aussi tout pourrir et vous bouffer le cœur… Et il était parti sans se retourner, laissant derrière lui cet homme qu'il était devenu et qui n'était pas lui.

Ce que peu de personnes savaient, c'est que César était un artiste. Il dessinait divinement. Mais à quoi bon ? Pour qui ? Exposer dans les galeries, jamais de la vie ! L'argent tue l'art. Il ne voulait garder que le plaisir de créer. Rien d'autre. De temps en temps, avant de les balancer dans la Seine, il montrait ses dessins à son rat, qui semblait attentif. Cela lui suffisait.

Il n'avait conservé qu'un seul dessin. Le portrait d'une petite fille triste. Et il l'avait glissé sous son oreiller de fortune, un vieux pull troué.

Cette petite fille avec son œil bandé, il ne la connaissait pas, ne l'avait jamais revue, et pourtant elle était restée gravée dans sa mémoire.

1. Petit clin d'œil au merveilleux livre de Bernard Montaud : *César l'éclaireur* (éditions Dervy).

51

JEANNE se réveilla fébrile dans les bras de son amant, qui ne l'avait pas quittée pendant ses cauchemars. Baudelaire l'avait prise sous son aile noire, pensant la protéger de tout, y compris des flammes de l'enfer. Mais son cœur était déjà calciné par trop de voyages au bout de la nuit.

Elle ouvrit ses beaux yeux et le regarda comme on admire un dieu, une idole ou un rêve d'enfance. Et elle lui raconta tout. L'horrible docteur Mignot, la cave avec les fœtus dans des bocaux, leurs petits bonnets, les pieds emprisonnés dans des chaussons…

– Mais pourquoi diable es-tu allée là-bas ? la gronda Baudelaire.

– Je voulais t'aider… Découvrir son secret… Pour faire avancer ton enquête.

– Tu aurais pu mourir. Ce charlatan n'a aucun scrupule !

– Tu crois que c'est lui, l'assassin des deux femmes ?

– Malgré les apparences, rien ne le prouve… Ce n'est pas parce qu'il collectionne les bébés morts qu'il les a tuées. Ni parce qu'il a la réputation d'empoisonner ses riches clients… Ce ne sont que des racontars, constata Charles. Nous n'avons aucune preuve de cela. Et tu sais combien l'imagination de la population est féconde quand il s'agit de salir les autres. Donne une pierre à un bedeau et il la lancera sur le Christ.

– Donc, j'ai fait tout ça pour rien ? soupira Jeanne.

– Non, tu as apporté un éclairage sur un personnage qui pourrait être l'assassin. Mais il nous faudrait plus de preuves.

Elle avait l'air découragée, triste, une ombre passa devant ses yeux d'orage.

– Allons, ma Jeanne, mon amour, ne pense plus à tout cela. Laisse-moi me perdre dans l'ardent foyer de ta chevelure, pour y respirer l'odeur du tabac mêlé à l'opium et au sucre. Laisse-moi mordre tes tresses lourdes et noires. Quand je mordille tes cheveux élastiques et rebelles, il me semble que je mange des souvenirs[1]...

Les crieurs des rues s'époumonaient sous les fenêtres lorsque Jeanne se rhabilla pour rentrer chez elle. Baudelaire lui avait proposé de rester, mais elle avait besoin de se retrouver seule pour chasser les regards vides des bébés qui hurlaient le silence, la bouche ouverte et, pour certains, le pouce coincé entre leurs lèvres aussi fines que des ailes de papillon mort.

Elle prit soin de ne pas claquer la porte, pour ne pas les réveiller...

1. « Un hémisphère dans une chevelure », *Le Spleen de Paris* (*Petits Poèmes en prose*).

52

L'INSPECTEUR DELÂBRE se rendit de bon matin à Clamart. Il voulait avoir des détails au sujet de la tête de la Diva. Savoir pourquoi on lui avait cousu la bouche. Il fallait absolument que cette information reste secrète, sinon c'était la révolte garantie de la populace qui bouillonnait et n'attendait plus qu'un prétexte pour déverser sa hargne. Sans compter les remontrances sévères du préfet, qui allait sûrement le muter dans un trou perdu parce qu'il n'avait pas encore trouvé l'assassin.

Delâbre aimait cette île. Elle avait son charme, et ici tout le monde se disait bonjour. Ailleurs, c'était « la ville », le Paris poudre aux yeux et tapageur de l'avenue de l'Opéra, des Champs-Élysées et du boulevard des Italiens ; le Paris désolé et effroyable des humains sans espoir qui se traînent vers l'inéluctable tombeau. Celui des mendiants qui se partagent les quartiers, les arrondissements et les cours des maisons. Tel jour est celui des amputés, tel autre, celui des paralytiques. Et v'là-t'y pas que ça s'engueule entre l'arcasineur – mendiant à domicile –, le ramastiqueur – mendiant de cour qui ramasse les pièces – et le mendiant des rues ou tendeur de demi-lune, chacun défendant son territoire… Il y avait les vrais handicapés et les usurpateurs, faux estropiés, batteurs de dig-dig qui simulent l'épilepsie en cachant un morceau de savon dans leur bouche. Les faux manchots, qui gardent un bras raide sous leur veste élimée et laissent leur manche flottante ; les faux béquillards, qui attachent leur jambe à un bâton sous leur pantalon, pour faire croire à une paralysie. Certains utilisent aussi des plantes ou des substances qui leur causent des plaies hideuses. Ah mon coquin, l'imagination est débordante quand il s'agit d'escroquer les autres…

L'inspecteur avait pitié de cette faune mais ne la portait pas dans son cœur. Il était bien dans son minuscule appartement avec sa chienne et lorsqu'il se rendait au commissariat, à travers ces ruelles baignées du soleil pâle du petit matin, bercé par les chants des oiseaux et les cris des marchands ambulants, ou les claquements des sabots sur les pavés, il lui prenait souvent l'envie de siffler. Il aimait quand les réverbères étaient encore animés d'une faible lueur lunaire, comme si un esprit bienveillant continuait à protéger les passants. Et pourtant, cela n'avait pas empêché les crimes. Le corps décapité de la Diva assise sur une chaise. La tête de l'inconnue – dont on n'avait toujours pas retrouvé le corps, nom de Dieu – puis celle de sa maîtresse, déposée au commissariat. Depuis, il collectionnait les cauchemars, se réveillait en sueur, rêvant que la Diva lui prodiguait une fellation… son cou tranché saignant sur son ventre bedonnant.

Delâbre faisait partie de ces gens qui pensent que tant que des membres mutilés n'ont pas retrouvé leur corps ils errent tels des fantômes à sa recherche. Paris en était peuplé. Il percevait leur présence effrayante et silencieuse, il les sentait déambuler à ses côtés.

Quand il rencontra l'anatomiste, celui-ci lui apprit que la tête de la Diva correspondait bien au premier corps trouvé sur une chaise. Ça, l'inspecteur le savait déjà, mais une certitude est toujours rassurante.

– Et vous avez décousu ses lèvres ?

– Oui…

– Avez-vous une hypothèse sur la raison de cette barbarie ?

– C'est pas moi le flic, asséna l'anatomiste. Tout ce que je peux vous dire, c'est que c'est un beau boulot de couturière, malgré le fil à linge qui a été utilisé. Et que sa langue a été arrachée avec une pince. Pas coupée, arrachée, je précise.

Delâbre avait envie de vomir. Cette langue qui s'était si souvent enroulée autour de son sexe comme une couleuvre et qui lui avait fait cracher son divin venin. Cette langue qui dansait sur sa chair molle et lui rendait l'illusion de sa jeunesse, le temps du plaisir.

– C'est pas tout… ajouta l'anatomiste. Regardez ce que j'ai trouvé dans sa bouche !

Il exhiba un bocal grouillant de fourmis.

53

JEANNE trouva un petit paquet mal ficelé sur son paillasson. Se souvenant du cadeau macabre qu'elle avait reçu dans la boîte à chapeau, elle hésita à le prendre.

Après de longues minutes, elle se décida et retourna à l'appartement de son amant, le colis en main. Elle frappa à sa porte.

– Tiens, tiens, s'amusa Charles, je te manque déjà ?

– Tu me manques à chaque minute de ton absence, mon chéri.

Il savait qu'elle mentait mais il prenait plaisir à la croire. À s'imaginer qu'il occupait toutes ses pensées, même lorsqu'elle se perdait dans les bras d'un autre. Jeanne était un chat sauvage, et même en cage elle gardait sa liberté. On ne peut emprisonner une âme qui s'est fait pousser des ailes. Bien des gens libres vivent derrière les barreaux qu'ils se sont construits. Jeanne Duval était indomptable et personne ne pouvait la capturer. C'est pour ça aussi qu'il l'aimait follement. Et qu'il aimait tant les chats.

C'était quoi, ce paquet ? Baudelaire se méfiait, depuis le précédent. On pouvait le comprendre ! Au moins, ce n'était pas une boîte à chapeau.

Il posa le colis sur la table. Anxieux, Jeanne et lui se regardèrent avant de l'ouvrir. Ils pensaient la même chose, avaient la même appréhension. Ce fut Charles qui se décida à le déballer.

La ficelle autour était grossière. On aurait dit du fil à linge… Et le papier d'emballage n'avait rien d'un conte de Noël. Une vulgaire feuille de journal. Qui contenait un autre papier chiffonné. Et à l'intérieur… une langue ! Un morceau de chair gris-bleu, qui ressemblait à une grosse souris recroquevillée, puant la charogne.

Était-ce encore un cadeau du diable ?

Jeanne se sentit mal. Après son séjour dans la cave du docteur Mignot, en compagnie des petits cadavres, c'en était trop. Elle se rua dans les cabinets.

Baudelaire déplia le papier journal, l'inspecta. Il cherchait quelque chose qui puisse le mettre sur une piste. Il lut tout. Minutieusement. Rien, à part des chroniques de chiens écrasés. Le bla-bla habituel des petits et grands malheurs des tombés de la carriole. De ces oiseaux déplumés qui agonisent sur les pavés glissants.

Il rangea le papier dans un tiroir qu'il ferma à clé. « Parfois, pensa-t-il, on ne voit pas certaines choses tout de suite. » Il sentait qu'il ne devait pas le jeter. Si ce « cadeau » venait du diable, ce dernier n'avait sûrement rien laissé au hasard. Mais à qui pouvait bien appartenir cette langue ?

Il la balança par la fenêtre. Festin pour les rats !

Jeanne revint vers lui, pâle comme un jour d'hiver. Il neigeait des flocons sales dans son cœur à l'envers.

Charles la serra contre lui pour les faire fondre.

54

LE RATIER avait des renseignements top secret pour Baudelaire. D'une importance capitale, aima-t-il à préciser pour se valoriser. Et il donna rendez-vous à son poète préféré, quai d'Orléans, près de la folle cabane d'Élise, découverte grâce à son ami César. Ces deux-là baisaient-ils ensemble ? s'était demandé le Ratier. Le clochard lui avait assuré que non. Que c'était platonique, « le plus beau, le plus fort de tous les amours, parce qu'il peut durer toujours », qu'il lui avait lancé, le César. Ce grand romantique qui prenait racine sur un matelas crasseux avec un rat dans une godasse…

Le Ratier s'était dit qu'un écrivain ne pouvait qu'être inspiré par des gens hors du commun. Pas par les petits marquis en dorure et escarpins. Sauf s'ils ont un couteau caché sous le jabot.

Marco, flic modèle, chevalier lumière, pète-cul de première, lui avait tout déballé, moyennant bien sûr quelques pièces sonnantes. Tuyau hyper confidentiel, que si ça fuite à un journaleux t'es mort. Tu parles que le Ratier avait peur de ce morpion ! Un coup de sifflet et ses anges gardiens rappliqueraient pour l'aider à lui aérer la peau, à ce flic mal léché. Mais on ne tue pas sa poule aux œufs d'or… Alors le pognon du Ratier tombait régulièrement dans son escarcelle pour aider Baudelaire. D'où l'argent venait, il s'en foutait. On peut prendre son pied avec une pute sans avoir besoin de savoir comment elle s'appelle.

Cette fois, Baudelaire arriva avec une écharpe mauve. « Décidément, pensa le Ratier, cet homme peut porter n'importe quoi, il sera toujours élégant ! » Il comprenait qu'on puisse être attiré par lui, même s'il ne mangeait pas de ce pain-là. Oh non. Parce que le Ratier était un hidalgo, un gars au sang chaud, nourri de principes machistes, bien qu'ayant eu quelques expériences douteuses en prison. Cela n'avait en rien altéré ses idées. Se faire défoncer par un cheval n'est dangereux que si l'on ne maîtrise pas ses pensées. Et lui, né dans la poussière du monde, il avait appris à se blinder en toutes circonstances. À verrouiller son cœur et le reste.

– C'est amusant et morbide, cette baraque, constata Baudelaire face à cet étalage de poupées cassées clouées sur les murs extérieurs. Qui habite cet endroit délicieusement bizarre ?

– La fiancée de César le clochard. Mon ami qu'a trouvé la chaussure de la Diva et en a fait un nid pour son rat.

– Ah oui ! Vous me l'avez raconté… Eh bien, voilà un couple peu banal.

Le Ratier était fier d'avoir fait découvrir au poète cette bicoque faite de bric et de broc. Il pensait que ce dernier faisait allusion au couple que formaient César et la femme aux poupées. Mais Baudelaire parlait du clochard et du rat…

– Alors, fit Charles, vous avez quoi comme petites douceurs meurtrières à me confier ?

– On a retrouvé la tête de la Diva. Elle n'est pas belle à voir ! Tout le monde sait qu'elle pompait l'inspecteur chargé de l'affaire. L'est pas tout net, celui-là…

– Vous croyez qu'il est impliqué dans les meurtres ?

– Je ne crois rien, *hombre*. Je dis ce que je dis. Mais c'est pas parce qu'il est flic qu'il est au-dessus de tout soupçon. Ce type-là a des casseroles au cul, je dirais même des marmites ! Dans le monde des taupes, on sait tout. Il ferme les yeux sur certains malfrats qui lui graissent la patte, falsifie des preuves et j'en passe. Mais c'est pas tout !

Le Ratier sortit un bout de bois de sa poche qu'il se mit à mâchouiller pour faire durer le suspense.

– La bouche de la Diva a été cousue. Avec un genre de corde ou de fil à linge, qu'il a précisé, cet enculé de Marco.

– Vous ne l'aimez pas, on dirait, railla Baudelaire. Pourtant il vous file tous ses renseignements.

– Je déteste les balances et les lèche-culs. Lui il est les deux.

– Et je parie qu'elle n'avait plus sa langue, ajouta Baudelaire.

– Comment vous savez ça ?!

– Parce que c'est moi qui l'ai.

– Ah ! s'exclama le Ratier, surpris. Mais savez-vous ce qui grouillait dans sa bouche ?

– Des asticots ?

– Non, des fourmis. Et visiblement elles n'y sont pas entrées d'elles-mêmes. D'après ce renégat de Marco, on les y a fourrées. Paraît qu'il y avait une vraie colonie.

Baudelaire se demandait quel tordu pouvait bien s'amuser à ces mises en scène macabres. Et si c'était le diable lui-même, qui créait des meurtres afin d'inspirer celui qu'il admirait tant ?

55

CHARLES BAUDELAIRE décida d'aller rendre visite à son ami Alphonse-Louis Constant, plus connu sous le pseudonyme d'Éliphas Lévi[1], qui était la traduction de son nom en hébreu. Ce curé excommunié, excellent peintre, féru de magie, de théologie, passionné par la cabale et les arts divinatoires, pratiquait aussi le magnétisme et avait pu quelquefois soulager Charles. Sa vie n'était pas un long fleuve tranquille… Ordonné sous-diacre et tonsuré, il donna des cours à la jeune Adèle Allenbach qui lui fut confiée par sa mère, une fervente catholique, avec mission de la protéger et de l'instruire. Mais voilà qu'il en tomba follement amoureux, croyant voir en elle… la Sainte Vierge ! Il quitta dès lors le séminaire avant de recevoir le sacrement de l'Ordre mais, pas de chance, Adèle l'envoya paître ! Apprenant que son fils avait quitté la voie religieuse, horriblement déçue, sa vieille mère infirme se suicida en s'asphyxiant avec les effluves de son poêle à charbon. Suite à cela, il faillit entrer à la Trappe mais ses amis l'en dissuadèrent. C'est à l'abbaye de Solesmes qu'il acquit la majeure partie de ses connaissances en dévorant les livres de la bibliothèque, qui en contenait près de

1. Les dialogues et pensées d'Éliphas Lévi dans la suite de notre récit sont de lui. Aujourd'hui encore, il est considéré comme une des grandes figures de l'occultisme.

vingt mille ! Devenu surveillant dans un collège où il était maltraité par ses collègues, il écrivit *La Bible de la liberté*, qui fut saisie le jour même de sa parution. Éliphas vola en taule pour de longs mois. Plus tard, il intégra une société secrète à Lausanne : l'Ordre hermétique de la Rose-Croix universelle.

Il finit par se marier avec une certaine Eugénie Chenevier qui lui donna un fils, mais abandonna sa femme pour une jeune de dix-huit ans. Qu'il épousa sous la menace du père, prêt à le dénoncer pour détournement de mineure... Ils étaient tellement pauvres, ces deux-là, que le repas de noces se composait de pommes de terre frites achetées sous le pont Neuf !

De leur union naquit une petite fille, Marie, morte à l'âge de sept ans. Éliphas l'adorait. Bien plus tard, il écrivit son livre *Dogme et Rituel de la haute magie*, qui rencontra un vif succès mais ne lui apporta pas la fortune.

Eugénie, qui lui avait pardonné ses infidélités, vint le rejoindre à Paris avec leur fils, mais une embrouille liée à l'argent les sépara définitivement et ils ne se revirent plus jamais. Il devint par la suite maître de la loge maçonnique « La Rose du parfait silence » qu'il quitta parce qu'il n'acceptait pas que la franc-maçonnerie soit divisée entre les anticléricaux et l'héritage de la tradition chrétienne.

C'est à ce moment-là, par l'intermédiaire de leur ami commun Honoré de Balzac, que Baudelaire fit sa connaissance. Plus tard, Éliphas allait lui présenter Allan Kardec, le père du spiritisme.

Peut-être qu'à travers l'esprit avec lequel Éliphas communiquait – un philosophe grec du nom d'Apollonios de Tyane – son ami allait pouvoir l'aider dans son enquête ? Baudelaire aimait Éliphas, il partageait sa vision de l'art et de la liberté, admirait sa peinture, son esprit érudit et insoumis, toujours en ébullition.

En doute constant avec la religion, ils avaient des conversations philosophiques et spirituelles.

– Il m'est difficile de croire en Dieu, comme ma mère qui a la foi, lui confia Baudelaire en guise de préambule.

– Croire et savoir sont deux termes qui ne peuvent jamais se confondre. L'image divine est double, lui dit Éliphas. Il y a la tête de lumière et la tête d'ombre, l'idéal blanc et l'idéal noir, la tête supérieure et la tête inférieure. L'une est le rêve de l'Homme-Dieu et l'autre, la supposition du Dieu-Homme. L'une figure le Dieu sage et l'autre, l'idole du vulgaire. Toute lumière en effet suppose une ombre et ne devient clarté que par l'opposition de cette ombre.

– Je suis entièrement d'accord avec ça. Mais qu'est-ce que l'Homme-Dieu ? demanda Baudelaire.

– C'est celui qui réalise dans la vie la plus humaine l'idéal du divin. Personne ne connaît Dieu dans Son essence, sinon Lui-même. Malheureusement, l'homme a perdu le lien avec la divinité car il se sent piégé dans la matière. Il reste cependant une part de divinité en nous, et c'est grâce à notre individualité que nous pouvons nous reconnecter à la lumière, à notre état premier. Et vous, mon cher Charles, vous avez l'art de la cultiver ! Mais vous souffrez beaucoup, je le sens, je le vois dans les lignes de votre main, affirma-t-il en examinant sa paume droite, indiquant l'utilisation des valeurs acquises après la naissance. Beaucoup de croix à travers votre ligne de vie qui… n'est pas très longue et est peu profonde. Vous avez peu de résistance aux maladies, mon cher ami. Vous devriez avoir une existence plus saine et profiter du temps qui vous reste. Votre ligne de cœur, c'est un navire dans la tempête ! En dessous, votre ligne de tête révèle une grande réceptivité à la connaissance et un don. Mais vous êtes très tourmenté... Je vais vous donner un conseil, mon cher Charles, essayez de ressembler aux mages. Ils sont sans peur et sans désirs ; ils aiment sans illusion et souffrent sans impatience parce qu'ils laissent tout arriver comme il se peut, se reposant dans la quiétude de la pensée éternelle. Ils s'appuient sur la religion, mais la religion ne pèse pas sur eux. La religion est pour eux le Sphinx qui obéit, mais qui ne dévore jamais. Elle n'est autre que le besoin d'un idéalisme infini.

Puis il lui lâcha la main et sembla entrer en transe. Baudelaire avait l'habitude et savait qu'à cet instant Éliphas était en connexion avec Apollonios de Tyane.

– Il y a des morts autour de vous... Des têtes coupées, quelqu'un qui crie... On dirait des cris d'enfant... Le sommeil est une mort incomplète ; la mort est un sommeil parfait... Mais il y a des esprits qui ne trouvent pas le repos tant que justice n'a pas été rendue sur cette terre. Ce sont souvent des êtres qui ont été en proie à une mort violente ou qu'on a assassinés. Parfois, ce ne sont pas les victimes elles-mêmes mais des proches qui veillent sur elles, qu'elles soient mortes ou encore vivantes. Des anges gardiens. Quelqu'un compte sur vous pour l'aider à rendre justice...

Il avait les yeux fixés sur quelque fantôme que Baudelaire ne voyait pas. Soudain, Éliphas revint à lui et se tourna vers son ami poète, à qui il adressa un grand sourire fatigué, comme s'il revenait d'un long voyage dans les brumes du rêve.

56

« On dirait des cris d'enfant… » Cette phrase était restée dans la tête de Baudelaire, comme une ritournelle qui revenait le tourmenter. Il raconta à Jeanne sa visite chez Éliphas Lévi.

– Peut-être que cet enfant qui crie, c'est toi, dit-elle. C'est le petit garçon qui s'est mis à écrire pour échapper au monde.

– Je ne sais pas. Mais je suis persuadé que ces cris ont un lien avec mon enquête. Toi, tu interprètes les choses comme une femelle qui touille dans une casserole de pommes de terre.

Loin de se vexer, elle éclata de rire. Elle connaissait son homme et sa langue fourchue. Celle qui la faisait parfois monter au septième ciel, parce que les serpents se couchent au paradis.

– As-tu seulement un seul souvenir d'enfance plus beau que celui de tes promenades avec ta mère quand elle n'était qu'à toi ?

– Oui… Je me rappelle la maison joujou… Ma mère m'a un jour emmené dans cet endroit extraordinaire, tenu par madame Panckoucke, une dame très élégante, vêtue de fourrure et de velours, qui m'apparut comme « la fée du joujou » ! Lorsqu'elle ouvrit la porte de la chambre, je découvris un spectacle incroyable. C'était tout bonnement merveilleux, féerique… Les murs se trouvaient couverts de joujoux jusqu'au plafond où ils pendaient telles des stalactites. Pareil sur le plancher. Il y avait là un monde de jouets de toutes sortes. « Voici, me souffla-t-elle, le trésor des enfants. J'ai un petit budget qui leur est consacré, et quand un gentil petit garçon vient me voir je l'amène ici, afin qu'il emporte un souvenir de moi. Choisissez ! » Je m'emparai alors du plus beau, du plus cher, du plus voyant, du plus frais, du plus bizarre des joujoux. Mais ma mère n'approuva pas mon choix et je dus me résigner à un juste milieu… Je le regrette encore aujourd'hui !

– C'était quoi, ce jouet ? Tu t'en souviens ? demanda Jeanne, lovée sur le canapé.

– Je ne risque pas de l'oublier. C'était un éléphant rouge tenant un chapeau melon au bout de sa trompe. Je l'ai perdu et je le cherche encore… Et chaque fois que je passe dans un magasin de jouets, je m'arrête pour voir si par hasard il n'y est pas. Je lui ai même donné un nom dans mes rêves et je l'ai appelé Gao. Tous les enfants parlent à leurs joujoux : les joujoux deviennent acteurs dans le grand drame de la vie, réduit par la chambre noire de leur petit cerveau. Les enfants témoignent par leurs jeux de leur grande faculté d'abstraction et de leur haute puissance imaginative. Ils jouent sans joujoux. Je ne veux pas parler de ces petites filles qui jouent à la madame, se rendent des visites, se présentent leurs enfants imaginaires et parlent de leurs toilettes. Les pauvres petites imitent leurs mamans : elles préludent déjà à leur immortelle puérilité future, et aucune d'elles, à coup sûr, ne deviendra ma femme.

– Je n'ai jamais eu de poupée ! lui répondit Jeanne.

– Le joujou est la première initiation de l'enfant à l'art. Plus tard, ils n'auront pas les mêmes chaleurs, ni les mêmes enthousiasmes, ni la même croyance… Les parents qui ne veulent pas donner de joujoux à leurs enfants sont des personnes graves, excessivement graves, qui n'ont pas étudié la nature et qui rendent généralement malheureux tous les gens qui les entourent. Je ne sais pas pourquoi, je me figure qu'elles puent le protestantisme. Elles ne connaissent pas et ne permettent pas les moyens poétiques de passer le temps. Ce sont les mêmes gens qui donneraient volontiers un franc à un pauvre, à condition qu'il s'étouffât avec du pain, et lui refuseront toujours deux sous pour se désaltérer au cabaret.

– Tu es sévère, Charles…

– Non. Quand je pense à une certaine classe de personnes ultra-raisonnables et antipoétiques par qui j'ai tant souffert, je sens toujours la haine pincer et agiter mes nerfs.

– J'ai connu une vieille dame qui jouait encore à la poupée…

– Tiens, à ce propos, rappelle-moi de t'emmener un jour voir une curiosité. C'est le Ratier qui m'a fait découvrir ça. Une fêlée qui a accroché des poupées cassées sur tous les murs de sa bicoque. Il y en a même sur le toit ! Je ne sais pas si elle les a trouvées ainsi ou si c'est elle qui les a détruites. Certains enfants cassent tout de suite leur joujou, à peine mis dans leurs mains, à peine examiné ; et quant à ceux-là, j'avoue que j'ignore le sentiment mystérieux qui les fait agir. Sont-ils pris d'une colère superstitieuse contre ces mini-objets qui imitent l'humanité, ou bien leur font-ils subir une espèce d'épreuve maçonnique avant de les introduire dans la vie enfantine ?

– C'est peut-être un rituel de protection… Quoi qu'il en soit, cette femme doit être bien seule, mon chéri… Nous irons la voir un de ces jours, fit Jeanne, qui avait toujours aimé les enfants perdus.

Comme son Baudelaire.

57

MARTHA était une drôle de bonne femme. Vraiment pas du genre aimable, elle avait un léger accent allemand lui venant de sa grand-mère. Sur l'île, on l'appelait « la schleue » alors qu'elle avait grandi ici. La bonne quarantaine, le visage et les mains tannés, elle portait des brassards et était vêtue de buffle. Célibataire dont la devise était « Pas d'amis, pas d'ennuis[1] », elle élevait des fourmis. Charmantes petites bestioles dont elle était devenue la maman.

À force de les observer, elle s'était attachée à elles, les trouvant plus intelligentes que les hommes qui contrairement aux fourmis, une fois en groupe, accentuaient leur bêtise. Elle passait son temps à les regarder circuler, transportant des morceaux de feuille ou de bois bien plus lourds qu'elles jusqu'à leur fourmilière où les attendait la reine, la plus grosse de toutes, et pour cause, elle n'en fichait pas une ! Cette feignasse ne faisait que pondre et pondre des milliers d'œufs toute la journée. Martha avait observé que la reine se faisait féconder et qu'ensuite les mâles mouraient. « Bien fait ! » avait-elle pensé. Dans sa jeunesse, Martha s'était fait violer par un sale type qui lui avait laissé un petit souvenir qu'elle s'était empressée d'éjecter de son

1. Devise de ma mère.

ventre avec des aiguilles à tricoter. Depuis, elle regardait tous les hommes avec méfiance et aucun d'eux ne trouvait grâce à ses yeux. Tous des salauds !

Martha travaillait avec des correspondants habitant dans les départements les plus boisés et payait ses employés pour qu'ils lui fournissent des sacs de fourmis – à peu près dix par jour. Le boulot de Martha consistait à faire pondre ses bestioles et à vendre leurs œufs pour nourrir les faisans. À force de vivre au milieu de ses protégées, elle ne sentait plus les morsures. Blindée, la Martha !

Elle vivait donc de son petit trafic de fourmis grâce aux éleveurs de faisans. Pas que… Il y avait aussi cette femme, aussi sauvage qu'elle, qui venait souvent lui acheter un sac pour sa poule faisane qu'elle avait appelée Nanette.

Martha la voyait une fois par semaine depuis quelques années. Les deux femmes ne se connaissaient pas, ne parlant pas beaucoup ni l'une ni l'autre, mais s'appréciaient. Peut-être par effet de miroir.

Martha n'aimait pas les gens. Les trouvait fourbes pour la plupart, et leur présence la fatiguait bien plus que celle de ses fourmis silencieuses.

Nanette… Drôle de nom pour une faisane ! D'ailleurs, ce nom lui disait vaguement quelque chose…

58

CAROLINE AUPICK se rongeait les sangs pour son fils. Jeanne ne lui faisait pas du bien… Elle lui pompait tout son argent et Charles se retrouvait fauché à cause de cette putain. Comment l'appeler autrement ? Elle savait que Jeanne Duval le trompait allègrement avec des vieux porcs. Il s'était confié à elle. N'écrivait-il pas dans une de ses lettres : *La pensée de cette fille ne m'a jamais quitté, mais je suis si parfaitement rompu au métier de la vie qui n'est que mensonge et vaines promesses, que je me sens incapable de retomber dans les mêmes inextricables pièges du cœur* ? Il disait d'elle qu'elle était l'enfer de son lit, son démon sans pitié, sa mégère libertine et sa sorcière au flanc d'ébène… Les poèmes qu'il lui avait dédiés traduisaient le plaisir des sens et la haine, le vertige de l'amour et le dégoût d'aimer. De ne pas pouvoir aimer sans douleur… Certes Charles était tourmenté et se sentait attiré par les femmes qui jouaient avec son cœur, mais Caroline leur en voulait à mort – surtout à Jeanne Duval – d'en profiter. Jacques Aupick était de l'avis de son épouse concernant cette traînée ; il désapprouvait totalement la relation de Charles avec cette maîtresse scandaleuse qui le grugeait et le trompait.

Constamment en porte-à-faux entre son mari qu'elle aimait tendrement et son fils, Caroline était souvent d'humeur triste. Elle adorait cet enfant loin d'être ordinaire, si léger et si fou, bon et sensible, et surtout très aimant : *Je donnerais n'importe quoi pour passer quelques jours auprès de toi, toi, le seul être à qui ma vie est suspendue.* Quelle mère ne fondrait pas en lisant cela ? Charles était si prévenant avec elle, se souciait de sa santé : *Chère maman, ne fût-ce que par amour-propre pour ton fils, tu te porteras bien, tu mangeras bien, afin que ton mari ne me reproche pas de t'avoir rendue malade. Persuade-le si tu peux, que je suis non pas un grand scélérat, mais un bon garçon.*

Elle avait bien tenté pourtant d'expliquer à son époux que Charles était un beau-fils différent de ce qu'il aurait souhaité, certes, mais qu'il avait du talent. « Le talent de ne rien faire, de dépenser à tout va et de te briser le cœur », avait-il répondu. Et elle avait tâché de convaincre Charles que Jacques Aupick ne voulait que son bien. Mais, élevé dans les rangs, le général ne comprenait rien aux poètes ni à la poésie et trouvait ce passe-temps inutile. Ça ne rapportait rien à son beau-fils et cela lui mettait des idées tordues dans la tête. Il avait tout fait pour l'éloigner de cette voie sans issue, l'avait envoyé dans des pensionnats très stricts et dans les meilleurs collèges, puis au bout du monde sur un paquebot, en vain ! Baudelaire était revenu pire qu'avant, toujours pas débarrassé de ces maudits poèmes. Aupick se sentait impuissant, surtout pour sa femme qu'il aimait passionnément. Caroline était fière de son mari, cet homme au physique agréable, travailleur et tenace, que l'on qualifiait à juste titre de très dévoué, désintéressé, noble dans ses manières d'agir, et d'une capacité extrême, d'une intelligence particulière, embarrassé de rien.

Outre des connaissances militaires étendues, Jacques Aupick savait dessiner des plans, était un bon cartographe et parlait plusieurs langues. À son mariage, il devint cotuteur du petit Charles, son « mioche », et prit son rôle d'autant plus à cœur que Caroline accoucha d'une petite fille qu'il n'eut pas le temps d'aimer car elle mourut à la naissance. L'enfance du gamin ne se passa pas trop mal. Il l'appelait même papa. Puis « mon père »... Et quand leur relation se dégrada à cause des dettes de Baudelaire, de ses maladies honteuses et de son oisiveté, Charles, lorsqu'il parlait de lui à sa mère, l'appelait « ton mari », puis « le général ». Caroline Aupick n'oublia jamais ce dîner de gala où son époux se mit en colère contre Charles et le gifla. Cet acte signa la rupture définitive entre les deux hommes et Baudelaire n'accepta plus d'aller voir sa mère quand il était là.

Caroline était vraiment malheureuse, tiraillée entre les deux hommes qu'elle aimait le plus au monde. Elle s'était confiée à une amie et lui avait dit : « Si je n'avais pas le mari le meilleur, le plus honorable des hommes, qui m'aime à l'idolâtrie, ma vie ne serait certes pas supportable. Ce n'est pas faute d'adresser les prières les plus ferventes à Dieu pour le changement de mon fils. Qu'ai-je donc fait pour qu'Il me frappe si cruellement dans ce que j'ai de plus cher au monde ? »

Mais Dieu avait à l'évidence d'autres chats à fouetter.

Charles Baudelaire ne s'était-il pas mis entre les griffes du diable, qui semait des cadavres sur son chemin ? Peut-être que ce Dieu si mystérieux dont tout le monde parle et que personne n'a jamais vu estimait que la voie des poètes passe par le sang.

Baudelaire n'avait-il pas écrit que *le diable est comme ces âmes errantes qui cherchent un corps, il entre quand il veut, dans le personnage de chacun. Pour lui seul, tout est vacant ; et si certaines places paraissent lui être fermées, c'est qu'à ses yeux, elles ne valent pas la peine d'être visitées* ?

Dieu, malgré les prières désespérées de Caroline, fit cadeau du diable à son fils.

59

PENDANT QUE BAUDELAIRE ÉTAIT CHEZ LUI, en train de tremper sa plume dans l'encrier, Marcel, dit « p'tit Marcel », débarquait à Paris avec sa p'tite valise et son p'tit mouchoir repassé par maman, dans la poche de son paletot. Elle avait noué elle-même l'écharpe autour du cou de son gamin et fait mille recommandations.

« Parce qu'en ville, c'est pas comme chez nous autres, c'est des dangers à tous les trottoirs et fais bien attention en traversant et méfie-toi des gens, c'est tous des voleurs et même des assassins qu'on dit dans les journaux.

– M'enfin, maman, avait protesté p'tit Marcel, dans la gazette on écrit n'importe quoi !

– Et méfie-toi des femmes, c'est toutes des putes là-bas », avait-elle achevé, la larme à l'œil.

Marcel avait soupiré et embrassé sa mère, qui en avait profité une dernière fois pour lui glisser une galette dans sa poche, si des fois qu't'aurais faim pendant le voyâche.

P'tit Marcel fut soulagé de grimper dans le wagon et dit au revoir de la main à sa mère qui pleurait sur le quai.

C'était la première fois qu'il quittait sa campagne et sa maman. Il avait quarante-six ans. Cette fois c'était décidé, il allait tenter sa chance à la capitale. Malgré les recommandations de sa mère de s'asseoir sur sa valise pour pas qu'on la lui vole, il la posa sur le porte-bagages. La loco démarra dans un grand sifflement, émettant une épaisse fumée noire. « Ça y est ! » Cette fois Marcel embarquait pour la grande aventure, celle qui laissait rêveurs ses copains qu'avaient moins de couilles que lui ou étaient coincés chez bobonne avec leurs mouflets. En regardant défiler le paysage à travers le halo de fumée, Marcel imagina son retour triomphal. Ses copains de bistrot l'attendraient avec une banderole : « Vive Marcel, notre héros ! » Cette fois, on ne l'appellerait plus « p'tit Marcel » comme sa mère, qui lui aurait encore bien enfoncé une tétine dans le gosier.

Depuis le temps qu'il en rêvait, de ce voyage ! Ah Paris, les femmes affriolantes, les froufrous, les bagatelles, les bistrots d'artistes, les calèches transportant des dames parées de bijoux, agitant leur éventail pour ajouter une touche de mystère et diffuser leur parfum suave… Ça le changerait de l'odeur des poules et du foin. Dans son village, quand un homme voulait séduire une femme au bal, il mettait du crottin de cheval dans ses poches – signe qu'il avait des terres et du bétail. Mais lui, Marcel, il méritait mieux que ça, parce qu'il était né recouvert du voile de la Vierge. C'est sa mère qui lui avait dit. « Mon fils, t'es béni des dieux, toi ! Tu seras un môssieur ! » Elle s'en était mordu les doigts ! Qu'est-ce qu'elle avait été mettre dans la tête de son gamin ! Déjà que l'père était tombé de son échelle, bourré, et clac ! Mort sur le coup. Elle s'était retrouvée seule pour élever son Marcel et v'là qu'il foutait l'camp et l'abandonnait à son triste sort, le salopiot !

Dès que l'gamin fut monté dans l'train pour « la ville des gangsters », comme elle l'appelait, elle alla allumer un cierge à sainte Rita, patronne des causes désespérées. Pour qu'elle protège son fils et surtout qu'elle fasse en sorte qu'il rentre vite au bercail, la queue entre les jambes. Si on ne la lui avait pas coupée d'ici là…

Son vœu allait être exaucé – trois cierges, que ça lui avait coûté !

60

OH OUI, QU'IL SE LA LISSAIT, la moustache, le Ratier ! C'était pour lui plus qu'une coquetterie, un vrai rituel devenu quasi mystique. Une sorte d'approche avec les étoiles. Il avait envie d'aller faire une petite balade du côté du pont Neuf, pour voir comment allait son ami César. La dernière fois, il ne lui avait pas semblé en grande forme et n'avait même pas touché à la boutanche de rouge qu'il lui avait apportée. D'habitude, il se jetait dessus et enfournait le goulot dans sa bouche comme un nourrisson assoiffé qui tète le sein avec gourmandise.

César avait toujours été secret et parlait peu de lui. Ses camarades d'infortune n'en savaient guère plus. Ni qui il était réellement, ni d'où il venait. Faut dire que sous les ponts, tout ça n'a pas d'importance. Tous pareils ! Des frères de misère, des loqueteux au cœur troué, des enfants perdus au milieu des détritus. Ils avaient des codes d'honneur, disaient-ils, mais certains n'hésitaient pas à se voler entre eux, profitant du sommeil aviné pour piquer tout ce qu'ils pouvaient. On se battait quelquefois, on gueulait, on se rabibochait pour un fond de gros rouge, mais jamais on ne pleurait. D'ailleurs ils n'avaient plus de larmes au fond d'eux, sinon ils ne seraient pas là, oubliés du monde, devenus des invisibles ou de la vermine, se confondant avec les cafards que l'on écrase sans aucun remords.

Et pourtant, ils avaient eu une vie… Peut-être une maman ou un papa, des frères et sœurs qui les avaient aimés et oubliés. Un métier, une femme et des mômes, et puis un jour, tout s'était écroulé. Patatras le p'tit bonheur suspendu à un fil d'araignée. La p'tite chaumière avec la p'tite bûche dans la cheminée était devenue un toit d'infortune, un trou dans la lune.

Le Ratier trouva la paillasse de César dressée contre le mur. Mauvais signe… Et la chaussure rouge était vide. Balzac avait déserté le nid.

Le clochard voisin apprit au Ratier que César était parti picoler dans les nuages et qu'il lui avait demandé de filer son rat à son ami « Belles Moustaches », comme il le surnommait. Quant au matelas, il le léguait à Élise, la femme qui habitait dans la baraque aux poupées cassées.

– « En souvenir, qu'il avait dit, de nos ébats imaginaires ». Ah, c'est qu'il était poète, notre César ! À moi, il m'a offert sa dernière cuite. On a trinqué ensemble, puis il est tombé comme une masse. Ben, tu vas pas m'croire, mais Balzac, je l'ai entendu pleurer…

– Où il est ? demanda le Ratier.

– Parti cacher sa tristesse. Les bêtes c'est sensible, des fois même plus que les hommes… Mais il va revenir. Les animaux n'abandonnent jamais ceux qui les ont aimés et se sont occupés d'eux. C'est pas comme les humains… On a vu des chiens retourner tous les jours sur la tombe de leur maître et finir par mourir de chagrin. Tiens, ben le v'là, not' Balzac ! Qu'est-ce qu'il a dans la gueule ?

Le rat avança vers le matelas de César et déposa un bras de poupée à côté. Cadeau !

Le clochard et le Ratier se regardèrent. Ils pensaient la même chose. Était-ce le hasard ou le rat était-il allé piquer ce bras sur la bicoque de celle qui avait chamboulé le cœur de César ?

61

MARCEL débarqua sur le quai de la gare du Nord à la tombée de la nuit. Il était rincé. Le trajet avait été éprouvant, avec un enfant qui avait braillé tout du long. Et les paysages n'étaient guère joyeux. Des champs à perte de vue, avec çà et là des petits villages nichés au milieu de nulle part, des arbres, encore des arbres…

Il était content d'être enfin arrivé dans cette ville extraordinaire qui allait changer sa morne vie en conte de fées. Ah, il en avait lu, des choses sur Paris ! Ses paillettes, son champagne à gogo, « Ici on te regarde pas, on t'admire, mon cher ! » lui avait confié un voyageur.

Marcel était comme un enfant de cinq ans qui s'émerveillait de tout. Le p'tit Marcel… On lui aurait raconté que la lune était accrochée à un fil, il l'aurait cru.

La première chose qu'il vit, et devant laquelle il s'extasia, fut une publicité vantant les mérites d'une lotion pour les cheveux. Lui qui avait une tonsure naissante vit là un signe d'accueil, une main tendue vers un problème qui le complexait vis-à-vis des femmes et qu'il camouflait sous un chapeau. Il lut :

> La sève capillaire :
> La barbe et les moustaches magnifiques à tout âge.

Fait repousser les cheveux, effet prodigieux (médaille d'or !)
Le double grand pot – valeur 20 francs, vendu 3 francs !

Il y avait un dessin « avant/après » avec un homme chauve et un chevelu. « Décidément, pensa-t-il, Paris est une belle ville ! Il me faut ce remède miracle. »

Et il décida de chercher cet onguent divin dès le lendemain. Pour l'heure, il lui fallait trouver une chambre. Au moins pour une nuit. Après on verrait bien. Il traversa la rue en face de la gare avec sa petite valise et ses grands espoirs, et entra dans le bistrot le plus proche qui affichait « Chambres à louer. Tout confort ». Encore un signe du destin…

La tenancière, une grosse dame à la poitrine opulente, était campée derrière le tiroir-caisse, veillant sur sa machine comme s'il s'agissait du trésor de Toutânkhamon, et à chaque *gling* elle affichait un air satisfait. Quand débarqua le provincial avec son paletot de premier communiant, elle se frotta les mains. Un beau pigeon que voilà ! Et elle aimait les plumer…

– Bonsoir, madame, vous auriez une chambre pour cette nuit ? Après j'aviserai.

– Bien sûr, cher môssieur ! Avec même un cabinet de toilette ! Le grand luxe pour seulement 100 francs…

Il parut surpris. Cela lui semblait excessif. Mais bon, on était à Paris !

Elle ajouta :

– Vous ne trouverez pas moins cher ! En plus, à cette heure-ci tout est loué.

– Rapport qualité-prix, lança le patron accoudé derrière le comptoir, vous ne trouverez pas mieux ! Et petit déjeuner compris ! Ma femme est une fée pour cuire un œuf.

Marcel les remercia, tout content d'être tombé sur des gens si charmants.

– Ici on paie avant de monter dans sa chambre, précisa la matrone.

Marcel la paya un peu à contrecœur, mais la patronne avait parlé d'une chambre de luxe. Ça les valait bien.

– Je vais monter ma valise, décréta Marcel.

– Pas question ! Donnez-la-moi, ma femme la montera tout à l'heure, ça lui fera faire des exercices. On vous offre un verre. Vous venez d'où ?

– De Tucquegnieux. J'suis un Tucquenois…

– Connais pas.

– C'est en Meurthe-et-Moselle.

– Bertha, sers un verre de fine à monsieur le Trucquenoir.

Le poêle diffusait une bonne chaleur et on se sentait bien ici. Deux pochetrons discutaient au coin du zinc et ça donnait des « Moi, je gigouille des apins toute la journée… Et des Mmmsanté ! ».

Entra un étranger avec sa valise en cuir, bien emmitouflé dans un manteau qui semblait sortir d'un magasin de haute couture. Il s'installa à une table et commanda un verre de whisky. Voyant que Marcel avait avalé son verre de fine d'un trait, il proposa de lui en offrir un autre.

– Venez vous asseoir, lui proposa l'étranger, vous serez mieux qu'au comptoir.

« Décidément, quels gens généreux et accueillants, les Parisiens », pensa Marcel. Quand il allait raconter ça à ses copains ! Reçu comme un prince…

Ils parlèrent un peu de tout et de rien, du voyage de Marcel, fatigant, mais il était tellement content d'être arrivé dans la Ville lumière ! Il sentait qu'il allait s'y plaire.

– Moi, je suis ici en transit, je ne reste qu'une nuit et après je reprends le train pour aller chez ma sœur à Menton.

– Vous allez loger ici ? demanda Marcel.

– Je ne sais pas… Vous avez encore une chambre de libre, madame ?

– Ah non, monsieur le Trucquenoir vient de prendre la dernière. On est pleins. Désolée.

– Pas grave, fit l'étranger visiblement contrarié, je vais chercher ailleurs.

– À c't'heure, vous aurez du mal à en trouver une, rigola le patron.

L'étranger se pencha vers son nouvel ami et lui demanda s'il pouvait lui rendre un petit service.

– Je ne connais pas les tenanciers de cet hôtel et je ne veux pas leur confier ma valise pendant que je cherche une chambre. La nuit, on se fait facilement dépouiller dans le quartier. Et les taxis ne sont pas sûrs.

– Je peux la garder dans ma chambre en attendant, lui proposa Marcel.

– Surtout pas ! Je ne voudrais pas vous charger d'une telle responsabilité. Ma valise contient…

Il se pencha pour lui murmurer à l'oreille.

– … beaucoup d'argent ! La seule idée qui me vient, c'est que nous allions tous deux l'enterrer dans un terrain vague. Je ne veux pas y aller seul. À deux, on est plus costauds au cas où on ferait de mauvaises rencontres. Puis je reviendrai vous raccompagner et nous prendrons un dernier verre avant que je me mette en quête d'une chambre dans les environs. Il n'est pas si tard et je connais bien la ville. Je n'aurai pas de problème pour trouver un logement, contrairement à ce qu'ils prétendent, les geôliers ! En échange, comme je serai encore à Paris demain, je vous propose de vous faire visiter la ville.

– Oh, c'est vraiment aimable ! s'exclama Marcel. Quelle aubaine d'être tombé sur vous, d'autant que c'est la première fois que je viens à Paris !

– Il n'y a pas de hasard, mon cher ami…

Il l'avait appelé « mon cher ami » ! Un bien brave homme, et si bien habillé !

62

LE RATIER contemplait d'un air perplexe le vieux matelas dégueulasse, constellé de taches de vin et autres, et grouillant de vermine. Comme chaque fois qu'il réfléchissait, il se lissait la moustache.

– On va laisser cette merde ici, décréta-t-il. Elle servira bien à quelqu'un.

– Non ! s'insurgea le clochard, à qui César avait confié ses dernières volontés en lui faisant jurer de les respecter. Il a dit que le rat était pour toi et le matelas pour sa fiancée. J'ai craché par terre, croix de bois, croix de fer... Si on respecte pas les souhaits d'un mort, ça porte malheur.

– D'accord, d'accord, soupira le Ratier. Je vais aller lui porter ce somptueux héritage. Ah, elle va être ravie, sa dame de cœur ! Y en a qui héritent de châteaux en Espagne, elle, c'est d'un vieux matelas pourri. Petite veinarde, va !

– Ah, j'allais oublier ! César m'a aussi demandé de te donner ça, fit-il en sortant de sa poche une feuille pliée.

Le Ratier la déplia : c'était le dessin d'une petite fille qui avait l'air bien triste avec son œil bandé... Il le refilerait à Baudelaire, ça devrait lui plaire, lui qui avait souvent le spleen...

– Un coup de main ? proposa le clochard, voyant le Ratier hisser le matelas sur son dos.

– Non, ça ira. Veille sur Balzac. Je l'aime bien, il est intelligent. Il va pouvoir m'aider dans mes recherches pour Baudelaire. J'suis sûr qu'il est plus malin qu'un chien.

Le matelas sur son dos, le Ratier se dirigea ainsi vers le quai d'Orléans. Il dut faire un gros effort pour ne pas larguer son précieux fardeau en cours de route tellement l'odeur était nauséabonde. Sûr que la femme aux poupées allait s'en débarrasser sur-le-champ et le prendre pour un toqué.

Arrivé devant la baraque, il frappa à la porte.

– Y a personne ! cria une voix rauque rongée par le tabac et l'alcool.

Il connaissait bien ces voix-là, le Ratier. Des voix de bistrot, d'ébréchés de l'âme, de perdus dans les fissures d'une vie qui a volé en éclats.

– Je suis un ami de César.

– Connais pas.

– Le clochard qui vivait sous le pont Marie. Celui qui vous aimait bien. On s'est vus avec lui, j'suis le Ratier…

– Moi, j'aime pas les gens.

– Bon… En fait, il vous a légué son matelas.

– Pas besoin, j'dors par terre.

– Écoutez, je le dépose devant votre porte et vous en ferez ce que vous voulez. Si vous avez envie de le balancer à la flotte, vous gênez pas. Moi j'ai rempli ma mission. Au revoir, *señorina*.

« Quelle tête à claques, celle-là ! » grogna-t-il intérieurement en faisant demi-tour. Il se demandait ce que César lui avait trouvé. « Quand on est amoureux, on a du caca de pigeon dans les yeux », lui répétait souvent sa grand-mère.

Il faillit s'éloigner mais se ravisa, curieux de savoir si la taupe allait sortir de sa tanière. Et se planqua derrière un gros arbre.

Comme prévu, il ne fallut pas longtemps avant qu'il voie sortir Élise, emmitouflée comme la première fois qu'il l'avait rencontrée. Il devait faire très froid chez elle.

Elle examina le matelas et rentra dans sa baraque pour en ressortir avec un grand couteau. Elle déchira le matelas d'un coup sec et… il vomit une énorme liasse de billets de banque !

Elle creva toute la paillasse gorgée de pognon et jeta le tout dans la Seine.

63

LES ÉTOILES DANS LE CIEL DE PARIS semblaient veiller sur Marcel comme autant de petites lucioles bienveillantes. « Décidément, pensa-t-il, ma mère a raison : je suis béni des dieux grâce au voile de la Vierge. » Un cadeau de naissance des entités célestes. Il marchait fièrement aux côtés de son nouvel ami. Cet homme si bien vêtu, et riche de surcroît ! Pendant le trajet, leurs liens s'étaient resserrés et l'étranger lui avait confié s'appeler Jean Delval, riche commerçant en tissus qui allait régulièrement porter de l'argent à sa sœur handicapée. Vraiment un bien brave homme, qui avait le cœur sur la main et le sens de la famille. Quel honneur pour Marcel d'être devenu son ami !

Quand ils arrivèrent près du terrain vague, Jean demanda à Marcel de creuser la terre avec ses mains, parce que lui avait un panaris. Effectivement, Marcel avait vu un sparadrap autour de son index et n'avait pas osé s'enquérir de ce qu'il avait. Quand on ne connaît pas les gens, lui avait dit sa mère, on ne leur pose pas de questions. Marcel pouvait bien se salir les paluches pour son nouvel ami qui allait lui faire visiter Paris ! C'était la moindre des choses.

Marcel creusa, on enterra la précieuse valise près d'une grosse pierre afin de pouvoir repérer facilement l'endroit.

Après ça, les deux compères retournèrent au bar de l'hôtel

parce que Marcel voulait prendre son médicament qui se trouvait dans sa valise. Il avait des problèmes au foie et le docteur lui avait prescrit des pilules.

« Tu m'étonnes, avec tout ce qu'il picole... » avait dit la femme du médecin, au courant de tout ce qui se passait dans son village, sans sortir de chez elle.

Marcel grimpa les escaliers en bois plutôt raides menant à sa chambre qu'il imaginait garnie de tentures rouges comme dans les boudoirs de la Pompadour. Il déchanta. La piaule ressemblait à un trou de loqueteux, papier à tapisser qui dégoulinait sur les murs, lit qui craqua lorsqu'il s'assit dessus, tentures rongées par les mites. Et encore ! Il faisait nuit et il ne vit pas courir une punaise sur le matelas.

Comme il avait déjà quelques verres dans le nez, il ne s'énerva pas et décida de prendre tout cela avec philosophie. Il était à Paris ! C'était la seule chose qui comptait et en plus il avait un ami. Un vrai !

Ils burent encore et encore, la der des ders, et soudain Marcel vit s'assombrir le regard de son ami.

– J'ai peur... lui confia-t-il.

– De quoi ?

– J'ai une prémonition... Ça m'arrive parfois et je me trompe rarement. Et si quelqu'un nous avait vus enterrer la valise ? Je peux te demander un service ?

– Tout ce que vous voulez ! s'exclama Marcel, trop content de pouvoir être utile à son ami – il n'arrivait pas à le tutoyer, c'était un monsieur quand même !

– Je voudrais que tu retournes au terrain vague pour déterrer ma valise et me la ramener. Tu peux rendre ce service à ton grand ami Jean ?

– Mais bien sûr !

– Ça me gêne de te demander ça, mais on ne se connaît pas depuis longtemps… Tu pourrais partir avec ma valise !

– Oh non ! Je ne ferais jamais une chose pareille, s'indigna Marcel.

– Mmm… Ne m'en veux pas, mais je préfère être prudent. Tu as bien des objets de valeur avec toi ? Ou de l'argent, j'imagine…

– Oui, j'ai la montre de mon père, dit-il en la détachant de son poignet, et je vous confie mon portefeuille.

– Je te les rendrai quand j'aurai ma valise. Ne t'inquiète pas. Nous sommes amis, non ?

– Bien sûr !

– Tu peux me faire confiance.

Et Marcel se rendit au terrain vague. Il n'eut pas de mal à repérer l'endroit où il avait enterré la valise, la terre était encore fraîche et le gros caillou juste à côté. Il creusa et saisit la valise. Soudain, il entendit un grincement et aperçut quelqu'un assis sur une balançoire de fortune accrochée à un arbre mort. Il prit peur pour la valise…

À la lueur de la pleine lune, il vit que la personne portait une longue robe… mais n'avait plus de tête !

64

LE RATIER n'avait jamais vu ça de sa misérable vie ! Des passants se jetaient à l'eau pour tenter d'attraper les centaines de billets qui flottaient sur la Seine. Il aurait bien fait pareil, mais il faisait trop froid. Et quelque chose le retenait. Une sorte de respect pour son ami le clochard. C'était pas à lui qu'il avait légué le fric, ni aux badauds qui plongeaient comme des hérons avides de chasser leur proie, mais à sa « fiancée ».

Quel être humain sain d'esprit n'aurait pas voulu de tout cet argent ? Élise devait être folle au dernier degré pour agir ainsi. L'était-elle de naissance ou l'était-elle devenue à force de s'écorcher aux barbelés de la vie ? Et qui était réellement César ? Braqueur de génie ou riche marquis devenu clochard ? Pour quelle raison avait-il tout abandonné ? Pourquoi vivait-il comme un misérable sous les ponts alors qu'il roupillait sur une fortune ? Mais César était parti avec ses mystères au pays des lambeaux d'hiver, celui où l'or n'est que poussière.

Déboussolé, le Ratier rentra dans son antre, son petit chez-soi de misère où il se sentait en sécurité. Bien malin celui qui viendrait l'y dénicher… Personne n'ose s'aventurer dans les égouts de Paris, sauf les rats des villes tels que lui.

Et personne ne savait où il créchait, à part Marco le fayot.

Le Ratier trouva un billet sous la pierre à l'entrée de son « palais », comme il l'appelait.

Rendez-vous ce soir à minuit à l'endroit habituel.

Le flic avait sûrement un tuyau à lui filer. Un bonbon pour Baudelaire…

Cette nuit-là, Marco lui apprit qu'on avait retrouvé le corps de l'inconnue dans un terrain vague du côté de la gare du Nord. Il correspondait bien avec la tête aux cheveux roux dans la boîte à chapeau que Vidocq avait apportée au commissariat. Le puzzle était maintenant complet, en espérant qu'il n'y aurait plus d'autres morceaux… Delâbre était en train d'interroger le quidam qui avait fait cette macabre découverte. Un de la campagne qui croyait encore au père Noël et qui, en plus, s'était fait avoir par un escroc qui lui avait piqué son pognon et la montre de son paternel en échange d'une valise pleine de cailloux contenant soi-disant une fortune ! Le gars avait raconté que, rentré à l'hôtel pour appeler la police, il avait été victime d'un homme malhonnête à qui il avait fait confiance parce qu'il était bien habillé !

– Tu vois le genre de crétin… La technique classique du « vol au grand chic ». Le mec, il est tombé de son perchoir ! s'esclaffa Marco. Il a même plus de fric pour rentrer chez maman.

Comme d'habitude, le Ratier lui fila discrètement un billet et ils se quittèrent genre on ne se connaît pas.

C'est Baudelaire qui allait être content ! Le Ratier espérait que cet élément allait faire avancer l'enquête. Car ce n'était certainement pas un hasard si le corps avait été abandonné dans ce terrain vague et attaché à une balançoire. Et un con de journaleux avait écrit que le cadavre avait été retrouvé près de la gare de l'Est[1] ! Évidemment les autres avaient repris la même information erronée. Lui, ça ne lui évoquait rien. Mais connaissant Baudelaire, le poète trouverait sûrement les fils qui reliaient tous les points où avaient été déposés les corps et les têtes. Des fils de marionnettes tirés par le diable.

1. Ouverte en 1849 sous le nom d'embarcadère de Strasbourg.

65

CHARLES BAUDELAIRE avait rangé le dessin du clochard dans un tiroir et cogitait sur les nouveaux tuyaux transmis par le Ratier. Il en fit part à Jeanne, qui attira son attention sur le fait que rien n'était dû au hasard et que le terrain vague où on avait retrouvé la demoiselle sur une balançoire faisait sûrement partie d'une stratégie, dont le but était de donner une piste à Baudelaire.

« Elle n'a pas tort », pensa le poète. Assis à son bureau, sous la fenêtre qui donnait sur les toits de Paris, il écrivit :

> Corps décapité de la Diva, sur lequel j'ai trébuché devant l'hôtel Pimodan, puis retrouvé assis sur une chaise rue Guillaume.
>
> Tête de l'inconnue rousse avec un œil arraché, déposée devant chez Jeanne dans une boîte à chapeau avec le poème « L'irrémédiable » dans sa bouche. Où il est question d'*un Être / Parti de l'azur et tombé / Dans un Styx bourbeux et plombé / Où nul œil du Ciel ne pénètre.* Et d'*un Ange, imprudent voyageur / Qu'a tenté l'amour du difforme / Au fond d'un cauchemar énorme / Se débattant comme un nageur…*
>
> Tête de la Diva retrouvée dans un soupirail, la bouche remplie de fourmis et cousue avec du fil à linge, la langue

arrachée, emballée dans du papier journal et déposée sur le paillasson de Jeanne.

(J'ai gardé les articles, n'ayant rien vu qui puisse me donner un indice. Pour l'instant...)

Enfin, le corps de l'inconnue rousse, assise sur une balançoire de fortune dans un terrain vague près de la gare du Nord.

Soudain Charles se remémora les visions d'Éliphas Lévi : « On dirait des cris d'enfant... Quelqu'un compte sur vous pour l'aider à rendre justice... »

La balançoire, symbole de l'enfance. Une personne qui a basculé dans les ténèbres, un ange qu'a tenté l'amour du difforme... Voilà des indices qu'il retenait et qui constituaient des pièces manquantes à son puzzle diabolique. Mais il y en avait encore d'autres à trouver. Et pourquoi ces fourmis dans la bouche de la Diva ?

Il eut alors l'idée d'aller voir l'éleveuse de fourmis qui vivait sur l'île. Il l'avait déjà croisée quelquefois, cette drôle de bonne femme, qui trimballait ses sacs sur ses épaules. Elle ne lui inspirait pas confiance, mais il avait quelques renseignements à lui demander.

Il enfila son manteau et sortit. Il faisait froid, le vent secouait les branches des arbres et les âmes tristes.

Il n'eut pas de mal à la trouver ; elle traînait toujours dans les environs, à regarder passer les bateaux. Elle lui apprit que les fourmis pondaient des œufs servant entre autres à nourrir les faisans et lui parla de sa cliente qui créchait non loin d'ici.

– Pouvez pas la louper, elle a une bicoque avec des morceaux de poupées qu'elle colle sur les murs... Une dingo. Elle vit avec un faisan qu'elle appelle Nanette !

Baudelaire se promit d'aller voir la fêlée aux poupées plus tard – le Ratier lui avait raconté qu'elle avait balancé une fortune en billets dans la flotte – et remercia la marchande de fourmis en lui offrant un poème. Qu'elle avala d'une traite sans le mâcher. Elle ne savait pas lire.

66

LE PÈRE GABRIEL était toujours torturé par l'idée de révéler ou pas ce qu'il savait sur la Diva. Cela en devenait obsessionnel... Peut-on trahir un secret de confession pour aider la justice ? Il était conscient de détenir une information capitale susceptible de faire avancer l'enquête sur le meurtre des deux femmes. Un journaliste avait lâché la bombe : on avait retrouvé le corps de l'inconnue attaché sur une balançoire. Et vu la similitude des meurtres, il était certain que les deux victimes avaient un lien.

Gaby le Boucher n'aimait pas les flics. Et leur communiquer un tel secret, à savoir que la Diva avait été la maîtresse du docteur de la rue Guillaume, n'était pas dans ses habitudes. Il ne frayait pas avec les crapauds et seul Dieu avait le droit de le juger. Pas ses semblables ! Sachant que Charles Baudelaire enquêtait sur cette affaire, il décida d'aller lui rendre visite et de lui faire part de ses scrupules. Certes, Gaby avait toujours des barreaux invisibles tatoués sur son visage, mais il s'était refait une santé en vénérant la Vierge avec dévotion. Tant qu'on vit, lui avait dit son copain de cellule, on peut toujours se racheter. Malheureusement, celui-ci avait écopé de la peine de mort. Avoir découpé sa belle-mère et fabriqué du boudin avec ses intestins qu'il avait par la suite dégustés, ça pardonne pas ! Motif : « Elle m'emmerdait. » Mais Gaby, lui, avait eu la chance de pouvoir devenir meilleur…

Il enfila sa pelisse et sortit. Des flocons de neige tourbillonnaient autour de lui, pareils à des plumes d'anges. Un signe du divin ? Il se sentait pousser des ailes.

À cette heure, les rues étaient désertes et il ne faisait pas bon s'y aventurer seul. Gaby avait caché un couteau sous sa soutane…

Personne ne l'attaqua. La Sainte Vierge veillait sur lui, qu'on vous dit. Il arriva devant l'hôtel Pimodan, les doigts gelés. Campée sur le pas de sa porte, la concierge en tablier noir observait son escalier, les mains sur les hanches. Quand elle vit passer le curé dont la soutane dépassait de la pelisse, elle se précipita sur lui comme s'il était le messie.

– Oh, mon père ! Vous tombez bien ! J'ai fait de la soupe. La casserole est sur le poêle.

– Non, merci, c'est très aimable de votre part mais je vais rendre visite à un ami.

– Tatata, boire du chaud vous fera du bien. M'avez l'air de ressembler à un glaçon. Allez, pas de chichis avec moi, venez ! insista-t-elle en pensant que nourrir un homme d'Église lui ouvrirait les portes du paradis.

Le père Gabriel entra, sachant que s'il lui résistait elle serait capable de le poursuivre dans les escaliers avec sa soupe. Il n'avait qu'une envie, c'était de voir Baudelaire, son poète qui hantait ses jours et ses nuits, accroché aux délices de ses fantasmes les plus fous. Il connaissait maintenant la plupart de ses poèmes par cœur, les récitait tout bas comme des homélies.

Ça sentait le rance chez la bignolle et Gaby eut un haut-le-cœur. Il n'en voulait pas de sa mixture, à la vieille ! Trop tard, il était entré dans la gueule de la louve édentée.

– Asseyez-vous, mon père.

Pendant qu'elle plongeait sa louche dans la casserole, il observa la loge remplie d'objets disparates, du ni queue ni tête qui semblait posé là en vrac, sans aucune raison d'être.

– Quelle belle déco ! lâcha-t-il pour être poli alors qu'il trouvait ça à chier.

– Ouais… C'est que des trucs que les locataires ont laissés.

– Je comprends… marmonna-t-il pour lui-même.

– Hein ?

– Rien, rien… Je me disais : « J'comprends pas ! » C'est tellement beau !

Elle le regarda d'un air suspicieux. C'est qu'elle n'était pas sourde, la peau de bique.

– Sauf le tapis, là, devant mon fauteuil, lâcha-t-elle en montrant une espèce de loque grise rongée par les souris. C'est ce que j'ai hérité de ma mère.

Gaby faillit s'attendrir. Tout ce qui vient d'une maman est sacré !

– Ma mère était une pute, mais j'le garde pour avoir chaud à mes pieds. Moi c'que j'préfère, c'est la p'tite maison lumineuse. On peut mettre une bougie dedans et ça éclaire les fenêtres.

« On ne blasphème pas sur sa maman ! »

Elle alla chercher la chaumière en porcelaine sur le buffet et la posa devant le curé avec son bol de soupe qui sentait la vieille chaussette portée depuis quinze jours.

C'était mignon cette maisonnette… Alors pourquoi Gaby imagina-t-il un meurtre dans une des chambres, avec les murs constellés de taches de sang ? Il eut la vision d'un ange assassiné à qui on avait haché les ailes. Depuis qu'il avait partagé sa cellule avec le bouffeur de boudin, il enchaînait les cauchemars et avait des pensées macabres.

– Mangez !

La harpie se tenait devant lui, les mains sur les hanches. Il but une gorgée et eut du mal à ne pas la recracher. Il eut soudain envie de sortir son couteau…

67

ALLONGÉ SUR SON LIT, Charles cogitait. Le diable avait un plan. Bien sûr, celui de le plonger au cœur des plus sombres enquêtes, dans ces ténèbres qui nourrissaient le don du poète, mais pas que… Charles le pensait tordu, machiavélique, calculateur, despotique et fascinant ! Le diable pouvait se glisser dans la peau de n'importe qui : dans celle de la plus charmante des créatures et réveiller en elle des instincts meurtriers. S'il était clément vis-à-vis d'elle, il pouvait même lui faire perdre la mémoire afin de lui épargner le souvenir de ses horreurs. Le diable finalement n'était pas si méchant ! Si l'on partait du principe d'un Dieu tout-puissant, à l'origine du monde, le diable ne pouvait être qu'une de Ses œuvres. Que serait le chemin sur terre sans la tentation ? Un long désert d'ennui où l'on n'apprendrait rien.

Souvent, Charles avait eu la sensation de croiser le Malin. Quelquefois dans la foule, il s'était senti frôlé par un être mystérieux, qui lui avait adressé un clin d'œil auquel il n'avait pu que répondre. Il avait rêvé qu'il le suivait jusque dans sa demeure souterraine, d'un luxe inouï, parce que le diable aimait aussi les belles choses.

Baudelaire prenait le diable très au sérieux. Il avait écrit « Les litanies de Satan » et « Le joueur généreux », où il buvait à outrance avec le diable, dans des lieux de perdition, mais où ni l'un ni l'autre n'atteignait l'ivresse. Il finissait par jouer son âme comme dans le mythe de Faust, mais sans s'en inquiéter plus que ça. *L'âme est une chose si impalpable, si souvent inutile…* Débarrassé du superflu, de cette conscience encombrante, il se sentait enfin libre ! Et la peur du diable n'était-elle pas un rempart contre les excès ? Il plaisait plus à Baudelaire de s'imaginer à table avec Satan que de jouer au prêcheur de bonnes paroles, comme certains de ses collègues de plume, moralisateurs. Oui, Charles Baudelaire aimait converser avec Satan, qui lui avait confié que l'ennui est *la source de toutes vos maladies et de tous vos misérables progrès…* Il lui avait également dit qu'il combattait les superstitions parce qu'il n'aimait pas que l'on croie en lui. Ne pas le craindre, c'était ne pas s'en méfier…

Et le fait que cette ombre démoniaque soit venue se glisser sous sa porte n'était pas pour déplaire à Baudelaire, bien au contraire ! Il prenait ça pour de la reconnaissance. Ou de la complicité.

Il n'était plus seul. Le diable était partout et pouvait se déguiser en n'importe qui. Même en curé…

68

STOÏQUE DEVANT SA PROIE, la concierge attendait que le curé termine son bol de soupe. Ne pas apprécier sa mixture était pire qu'un crime de lèse-majesté ! Pensez donc, elle l'avait préparée avec amour, mais surtout pour appâter cet imbécile de Baudelaire, cloîtré depuis quelques jours dans sa piaule sous les toits. Qu'est-ce qu'il pouvait bien fabriquer, le bougre ? En nettoyant ses escaliers, elle était allée frapper à sa porte, mais il n'avait pas répondu. Il avait sans doute peur des huissiers, englué dans ses éternels problèmes d'argent. Puis elle avait regardé par le trou de la serrure, mais cette canaille avait pendu sa veste à la clenche. Se doutait-il qu'elle l'épiait parfois ?

Gaby commença à se sentir mal. La vieille peau avait-elle saupoudré son « divin breuvage » d'arsenic ou de quelques graines de lotus pour l'endormir ?

Elle avait bien tenté de lui tirer les vers du nez, les employés de Dieu, ça sait tout. Est-ce qu'il savait quelque chose à propos des meurtres ?

– Non, je ne sais rien.

– Pourtant vous vous occupez bien des âmes en perdition, non ?

– Les assassins ne se considèrent pas comme tels.

Il savait de quoi il parlait.

– Ah bon ? s'étonna-t-elle, sentant qu'il n'en dirait pas plus à ce sujet. Et vous allez voir qui ?

– Baudelaire.

– J'aurais dû m'en douter. C'est vous que j'ai aperçu l'autre soir déjà… Vous allez le confesser ?

– Non, on va parler poésie.

– C'est du n'importe quoi ! Il perd son temps, celui-là, avec ses conneries ! Vous lui direz qu'il passe me voir. J'ai une lettre pour lui.

« On ne crache pas sur la poésie. Surtout celle de Baudelaire ! »

– Vous pouvez me la confier, je lui remettrai.

– Non, ne vous dérangez pas, je vais…

– C'est idiot puisque je monte !

Elle maugréa, pas ravie de louper l'aubaine de grimper toquer chez le beau Charles, si élégant, espérant toujours qu'il l'inviterait à entrer, mais chaque fois il lui claquait la porte au nez. Saloperie ! Elle apporta une caisse dans laquelle elle gardait le courrier de ses locataires, en extirpa une enveloppe qui n'affichait pas d'adresse, seulement *Pour Charles Baudelaire*, d'une belle écriture à l'encre mauve. Le père Gabriel la retourna et constata qu'elle avait été ouverte et recollée…

– Vous auriez pu faire ça bien, lui reprocha-t-il.

Elle fit semblant de ne pas avoir entendu et se rabattit sur la soupe :

– Mangez ! ordonna-t-elle.

Quelque chose le secoua. Un vieux souvenir douloureux et cruel. Celui de son père qui l'avait attaché à une chaise et lui avait enfoncé un entonnoir dans le gosier en lui ordonnant de manger sa soupe. Et s'il n'obtempérait pas, l'autre prenait la casserole sur le feu et lui écrasait les doigts avec…

« Mange ! » avait hurlé le paternel en lui donnant la nausée avec son haleine qui sentait la vinasse.

Sa mère, morte de peur, demeurait pétrifiée à côté de ce tyran qui les martyrisait tous les deux. La malheureuse dépendait de lui. Il l'avait obligée à abandonner son travail à leur mariage. Elle était modiste et vendait des chapeaux. « Un truc inutile, pour les bourgeois, avait décrété le monstre. Puis une femme mariée doit rester à la maison. C'est pas sa place, dehors. »

Gaby le Boucher caressa de nouveau le couteau caché dans sa soutane. Ça le démangeait. Quand on a tué une fois, après ça n'a plus d'importance. On est damné, de toute façon.

– Mangez ! Ça va refroidir !

« M'en fous ! J'ai envie de te jeter ta soupe à la gueule. »

Il réfléchit vite. L'égorger, c'était pas propre. Il allait salir son beau tapis miteux couleur de charogne. Par respect pour sa mère, à la vieille pétée, il ne pouvait pas l'égorger. Non, les mamans c'est sacré. Puis le sang allait gicler partout. Et vas-y après pour nettoyer !

Il sortit alors un bout de corde à linge de la poche de sa pelisse. Il en avait toujours sur lui. La même qui avait servi à recoudre la bouche de la Diva après lui avoir coupé la langue.

69

Jeanne était inquiète. Son poète était passé en mode ermite. Il lui avait fait comprendre qu'il avait besoin de solitude et qu'il n'avait plus d'argent pour l'emmener au restaurant. À coup sûr, sa mère avait de nouveau serré les cordons de la bourse et il avait attrapé froid faute de pouvoir se chauffer. L'hiver devenait rude. Mais Jeanne n'était pas du genre à se morfondre et elle en profita pour s'envoyer en l'air dans quelques lits éclairés par des lanternes rouges.

Elle connaissait son amant et ses coups de blues : il était lunatique, avait des crises régulières, des moments d'âme sombre. Fallait laisser passer…

En réalité, Baudelaire allait bien. Très bien même ! Et il ne manquait plus d'argent puisqu'il trouvait régulièrement une enveloppe sous sa porte, au fur et à mesure que son enquête avançait. Comment ce mystérieux donateur pouvait-il le savoir ? Le diable sait tout puisqu'il est en nous…

Notre poète avait besoin d'être seul pour réfléchir aux événements. Faire le point, explorer des pistes. Il pensa à « La lettre volée » d'Edgar Allan Poe, qu'il avait traduite avec un immense plaisir. Cet écrivain avait ouvert une porte sur le mystère. Cette lettre de la plus haute importance, que la police cherchait partout, y compris dans les cachettes les plus secrètes, et qu'elle ne trouvait pas. Parce que la lettre était tellement en évidence…

Et si l'assassin était lui aussi sous ses yeux ? Un instant, il soupçonna le Ratier de jouer un double jeu. Pour quelle raison ? Il n'était pas net, ce gars-là. Il fréquentait aussi bien les ripous que la vermine des égouts. Il avait également une fascination pour les poèmes de Baudelaire… Et si c'était lui qui avait commis ces crimes pour l'amener à enquêter ? Pour le pousser à sortir de son nid et à vivre des émotions fortes au contact des chairs en lambeaux et du sang noir ? Le Ratier magouillait suffisamment pour se faire du fric et arroser le poète. Un petit jeu qui devait bien le distraire, ce rat des villes.

Cependant, un parfum démoniaque planait sur cette affaire. Quelque chose d'inexplicable que Baudelaire retrouvait dans les écrits de Poe… Le diable n'allait pas le berner, oh non ! Soupçonner le Ratier, c'était nier l'existence du démon. Trop simple !

Une manière d'entrer en contact avec l'au-delà, avec le Malin en personne, voilà ce qu'il devait faire. Certes Éliphas Lévi pourrait peut-être l'aider… Plus de temps à perdre. Charles Baudelaire décida d'aller rendre visite à Allan Kardec, le spirite réputé pour communiquer *vraiment* avec les morts.

Au moment où il passait son manteau pour sortir, quelqu'un frappa à sa porte. Il avait pourtant donné l'ordre à la concierge de ne le déranger sous aucun prétexte…

70

GABY LE BOUCHER avait sorti son fil à linge… Mais au moment où il s'apprêtait à étrangler la vieille concierge qui avait pris le visage de son père, on avait sonné la cloche à l'entrée de la loge. Dommage ! Il avait imaginé la scène : il profiterait d'un moment où l'affreuse bignolle allait se retourner pour lui passer la corde au cou et serrer, serrer… Puis il lui enfoncerait la tête dans sa casserole de soupe brûlante. Quel bonheur ! Et quel soulagement de pouvoir enfin se venger de ce père si cruel ! Gaby en éprouvait une telle jouissance qu'il avait une érection. Bonté divine ! Merci, sainte Marie de l'Enfant Jésus.

Or voilà que le nouvel arrivant avait tout fichu en l'air. Et la vioque avait retrouvé son vrai visage, ratatiné comme du carton qu'aurait trempé dans la rigole. Ses yeux de souris… des épingles à boule noire. Ses doigts… des pattes d'araignée.

Quelqu'un qui voulait savoir où se trouvait Charles Baudelaire. Le type avait une gueule d'huissier. Le père Gabriel les repérait à des kilomètres. Ils sentaient la charogne. Mais bien habillés… Petit manteau fermé, petite mallette en cuir, petit chapeau pour couvrir leur imbécilité de bien-pensants. Et pour le coup, une tache de vin sur la joue gauche.

Gaby rangea discrètement sa corde à linge et en profita pour s'extirper de cette piaule, pire que celle où il avait moisi pendant des années. Parce qu'en prison on vous oblige pas à manger votre soupe.

Gentleman, il proposa au visiteur de le conduire chez Baudelaire, justement il y allait, quelle coïncidence, suivez-moi, mon bon monsieur...

Une fois dans l'escalier et après avoir atteint le troisième étage, il ressortit sa corde à linge et l'étrangla en prenant soin de la passer sur le col de son manteau afin de ne pas laisser de traces. Surpris, l'homme le fixa, incrédule. « Eh ouais, mon vieux, contrairement à toi, ça traîne pas avec Gaby quand il s'agit de faire payer... » Puis l'ange gardien de Baudelaire le poussa par-dessus la rambarde. Il regarda l'intrus s'écraser sur le carrelage. Le gros paletot de l'huissier amortit le bruit de sa chute et, à cette heure, il faudrait un moment avant qu'on le découvre. Encore un qui n'emmerderait plus son ami ! Pas touche aux poètes, ce sont des étoiles effilochées. Celles qui brillent dans les ordures du monde.

La concierge avait fermé sa porte à double tour. N'aimait pas les étrangers. Au moins un truc intelligent de sa part, elle ne poserait pas de problème dans les prochaines heures.

Le père Gabriel fut content d'entrer chez Baudelaire, qui l'accueillit avec un sourire, même s'il semblait contrarié qu'on le dérange.

– Pardon, fit Gaby, mais vous avez des toilettes ? Je me suis fait arrêter par votre gardienne et...

– Elle vous a obligé à manger son infâme soupe ! se marra Charles.

– Oui... Excusez-moi !

Il fonça vomir son potage et son regret de ne pas avoir pu se venger de son père. Il était sûr que ce taré avait pris possession du corps de la vieille harpie pour revenir le tourmenter.

Baudelaire lui servit un verre de cognac et le pria de s'asseoir dans l'unique fauteuil. Lui se posta en face sur une chaise.

– Qu'est-ce qui vous amène à cette heure, mon père ?

– Eh bien… Ma conscience est en proie à un dilemme. Je sais combien cette enquête est importante pour vous. Et j'aurais bien une révélation capitale à vous faire, si elle n'était sous le sceau de la confession.

– Vous voilà avec des scrupules ?! Dieu vous aurait-Il mis la tête à l'envers ? se moqua Charles. Je vous croyais plus fort que cela.

Le père Gabriel s'enfonça dans les plis du fauteuil. Il aurait bien aimé disparaître à cet instant. Mais Baudelaire l'observait et son regard l'avait épinglé tel un papillon de nuit sur une feuille morte.

– Vous avez raison. Révéler une information qui permettrait d'arrêter l'assassin de ces pauvres femmes est un acte de bravoure et non une trahison.

– Tout à fait, mon cher ! Donc ?

– Eh bien… La Diva m'a avoué qu'elle ne faisait pas que s'enrichir avec les filles de son bordel. Elle en mettait aussi sur le trottoir et exploitait des fillettes, notamment avec l'aide de Nelly la Rouquine, une putain sans scrupules qui n'hésitait pas à les kidnapper ! Et même à les mutiler pour faire pitié et inciter les riches pigeons à délier leur bourse… Je me suis renseigné au bordel, où je vais quelquefois prêcher la bonne parole en espérant remettre ces malheureuses sur le droit chemin…

– Bien sûr ! acquiesça Baudelaire avec une élégante hypocrisie.

– … et les filles n'ont plus de nouvelles d'elle depuis un moment. Depuis exactement la période où la Diva a été retrouvée décapitée. L'une des prostituées a assisté à un conflit entre elle et la Rouquine. Paraît que Nelly criait et que si un client n'était pas intervenu elle aurait égorgé la Diva ! Là je m'suis dit : « Gabriel, va aider ton ami Charles. À tous les coups, c'est elle, la meurtrière. »

– Ou l'autre victime… Elle était rousse. Merci pour ce précieux renseignement, répliqua Baudelaire.

– Oh ! J'allais oublier ! La concierge m'a donné cette lettre pour vous. Bon, il faut que je m'en aille, annonça Gaby, qui pensait au cadavre en bas de l'escalier. N'y a-t-il pas une autre sortie ? Je ne voudrais pas retomber sur la marchande de soupe avariée !

– Si, mais je ne vous la conseille pas. Faut passer par les toits et…

– Cela me convient très bien ! déclara le père Gabriel.

Charles Baudelaire ouvrit la fenêtre qui donnait à l'arrière de l'hôtel et l'envoyé de Dieu disparut sur les toits de Paris, devant le regard impassible de la chauve-souris suspendue dans sa cage.

Baudelaire eut l'impression fugace que le curé avait déployé ses ailes noires. Ou étaient-ce les pans de sa soutane qui, soulevés par le vent, donnaient l'impression qu'il volait ?

Et si le diable c'était lui ?

71

DE RETOUR DANS SA PIAULE, le père Gabriel alluma une bougie devant la Vierge Marie qui semblait lui adresser un regard réprobateur. N'était pas contente, la Madone ! Il l'entendit murmurer :

– Qu'est-ce que t'as encore fait comme conneries, *menneke* ?

Pas la peine de prendre un air innocent, elle savait et voyait tout.

Il ôta sa cape et s'assit sur le lit pour lui causer.

– T'es fâchée ?

– Pas pour ton geste. Ça arrive à tout le monde de glisser par-dessus la rambarde de l'escalier. Tu t'es juste un peu énervé, ce con a eu la trouille et il a reculé au lieu d'avancer, c'est pas grave. Non, je suis en colère parce que t'as été bête. Tu t'es conduit comme un crétin.

– Alors pourquoi ces yeux revolver ?

– Parce que la concierge t'a vu monter avec lui chez Baudelaire et que t'as oublié de lui piquer sa mallette. Quand on commet un crime, faut savoir rester discret.

– Tu vois bien ! Tu dis que je suis un assassin.

– Et alors ?

– J'avais pourtant pris le chemin de la rédemption…

– Pfff… C'est des conneries, tout ça ! Écoute-moi bien,

menneke, y a pas de bonnes et de mauvaises personnes. Tout est une question de circonstance. Vous êtes tous des tueurs en sommeil. Si la vie d'une personne que vous aimez est menacée, ou son bonheur, vous, les humains, vous n'hésitez pas à la défendre et c'est normal. Quitte à tuer l'agresseur. C'est un réflexe. Il n'y a aucune gloire à tirer d'avoir eu une vie exemplaire. Si vous êtes un jour amenés à tuer, c'est parce que vous avez probablement fait de la merde qui mijote dans le chaudron de Lucifer ou parce que le destin a toqué à votre porte.

– Ah ! Et y a-t-il une raison à ça ?

– Tu le sauras quand tu seras mort, *menneke*. Si tous les mystères étaient dévoilés, tu ne serais pas sur terre. Là-dessus, je m'en vais me reposer dans les bras de Joseph, qui m'attend là-haut. J'espère qu'il me laissera pioncer parce qu'il est toujours vigoureux, si tu vois ce que je veux dire… Allez, à demain, *chouke* !

Le père Gabriel demeura perplexe. La Vierge Marie n'avait pas tort. Certains ont un chemin pavé de pétales de rose et d'autres marchent dans les ronces. Il avait voulu défendre Baudelaire parce que cet homme méritait qu'on le protège. Quand on écrit des choses aussi belles, on ne peut être qu'un ange, même noir.

Gaby n'était pas fier d'avoir agi sans réfléchir. Il risquait gros si la concierge témoignait à la police. Et le contenu de la mallette révélerait sûrement que ce vampire avait un contentieux avec le poète. De là à ce que les flics le soupçonnent, il n'y avait qu'un pas. En voulant sauver Baudelaire, le père Gabriel l'avait mis dans un sacré merdier !

Il s'imagina le réveil de la concierge, qui allait tomber sur le cadavre et pousser des cris de goret, réveillant tout l'immeuble.

Mais rien ne se passa comme prévu…

72

BAUDELAIRE se réveilla la bouche pâteuse. Il avait un peu abusé du cannabis après le départ du père Gabriel. Il avait découvert les vertus aphrodisiaques de cette herbe à vingt-deux ans dans le grenier de son ami chimiste et homme de lettres Louis Ménard, et avait bu l'équivalent d'une barrette de shit dans sa tasse de thé. Une cuillère de confiote verte… ou deux ? Au début, il avait été malade comme un chien. S'était retrouvé à l'état larvaire sur un canapé, ne sentant plus son pouls ni battre son cœur. Incapable de réagir, de bouger ou parler, il voyait tout ce qui se passait dans la pièce, mêlé à son univers imaginaire, ce qui donnait une troublante vision du monde. Quand il avait enfin réussi à se lever, il avait vomi ses tripes… Il aurait dû être dégoûté à jamais de ces substances, mais non. Il avait retenté le coup et, cette fois, il avait aimé cette sensation de planer, de se retrouver loin de ses soucis, dans un nuage rose. Sans compter que ce divin breuvage apaisait ses douleurs.

Ce matin-là, Charles avait décidé d'aller rendre visite à son éditeur, Auguste Poulet-Malassis, qui lui avait envoyé la lettre remise par le père Gabriel, dans laquelle il lui donnait rendez-vous pour parler de la publication de certains de ses poèmes. Ce Normand de quatre ans de moins que lui, aux yeux malicieux, aux cheveux presque roux et au visage allongé orné d'une fine barbe, était sensible aux écrivains oubliés ou dédaignés. Baudelaire partageait avec lui la passion des livres anciens.

Il passa devant la loge de la concierge en se faisant tout petit, espérant qu'elle ne le verrait pas. Pas de chance, elle surgit de sa tanière, un balai à la main.

– Bonjour, Charles ! J'ai reçu votre ami hier et j'lui ai fait goûter ma soupe. Il n'en a jamais mangé d'aussi bonne et…

– Excusez-moi, lâcha Baudelaire, je suis très pressé.

Il hâta le pas et l'entendit grommeler :

– C'est ça ! Vous aurez l'temps que quand vous s'rez mort, vous !

C'est à ce moment précis qu'on pourrait se poser la question… mais non, pas de cadavre à déclarer au pied de l'escalier…

Le poète héla un fiacre et demanda à être conduit à Saint-Sulpice. Il ne vit pas la tête du cocher, dissimulée sous un large chapeau. Engoncé dans un manteau noir, l'homme se contenta de crier sur son cheval qui se mit à trotter à vive allure. Ballotté dans le fiacre, Baudelaire avait déjà la nausée.

Soudain, le cocher jura, le cheval se cabra, puis se figea devant deux poivrots qui se battaient en plein milieu de la rue. Baudelaire apprécia cette pause qui dura un certain temps. Il regarda autour de lui et vit des gens massés sur le trottoir qui excitaient ces dingues à se taper dessus. « Allez, vas-y ! Fous-lui ton poing dans la gueule ! » Le petit peuple a toujours aimé les spectacles sanglants. Les riches aussi, du moment que ça ne tache pas leurs habits.

Baudelaire observait distraitement tous ces abrutis lorsqu'il aperçut une très belle femme assise à la terrasse d'un café, imperturbable face à ce déplorable spectacle. Sous son grand chapeau orné d'une voilette, il distingua son visage de madone comme peint par Michel-Ange. Elle portait une robe en dentelle noire et des mitaines rouges. Un air de parfum du soir, un peu de beurre fondu, de sucre glace, de piment qui arrache les mensonges. Elle tourna lentement la tête et fixa le poète. Planta ses yeux terrifiants dans les siens. Baudelaire sentit monter en lui un malaise indéfinissable. Quelque chose qui puait la mort.

Puis lentement, sans cesser de le scruter, elle ôta une de ses mitaines avec un étrange sourire.

Le fiacre finit par contourner les enragés et le cheval, pauvre animal, reprit sa course sous les coups de fouet du cocher qui s'époumonait.

Charles Baudelaire se demanda alors si le diable ne se serait pas cette fois déguisé en femme fatale. *Comme ces âmes errantes qui cherchent un corps, il entre, quand il veut, dans le personnage de chacun. Pour lui seul, tout est vacant ; et si de certaines places paraissent lui être fermées, c'est qu'à ses yeux elles ne valent pas la peine d'être visitées*. Le Malin pouvait prendre tous les visages, se glisser dans tous les corps, avaler les âmes, ou les brûler dans les entrailles de la terre. Il pouvait même se glisser en lui et écrire ses poèmes à sa place. Et s'il avait le pouvoir d'être Dieu ?

73

L'INSPECTEUR DELÂBRE en avait sa claque de tous ces cadavres qui pleuvaient sur son chemin. À deux doigts de la retraite, il aurait largement préféré se la couler douce au coin du feu, écouter crépiter les bûches en savourant un bon whisky en compagnie de sa chienne Josette couchée à ses pieds. La caresser lui procurait un bien-être à nul autre pareil ! Elle valait toutes les maîtresses qu'il avait pu avoir.

Malheureusement, il fut appelé sous le pont de Sully, situé sur l'île Saint-Louis – dans son fief ! –, parce qu'un passant avait découvert un cadavre assis contre un mur. Pensant qu'il s'agissait d'un clochard, le quidam avait déposé une pièce près de lui. Pas même un merci ! Il avait grogné que c'était bien la peine d'aider les pauvres s'ils étaient si malpolis. Puis il s'était penché pour voir la tronche du pochetron et avait constaté qu'il n'était pas seulement mort saoul ! Bien sûr, il lui avait pardonné de ne pas l'avoir remercié, mais il avait tout de même repris sa pièce de monnaie. Là-haut, il n'en aurait plus besoin…

Le macchabée n'avait que ses vêtements sur lui. De toute façon, s'il avait eu quoi que ce soit d'autre, il était plus que probable qu'on le lui avait volé.

Delâbre remarqua que ce pauvre type avait une main coupée. Quel sadique avait bien pu lui infliger ça ? Il fit aussitôt le rapprochement avec les deux cadavres de femmes décapitées : un tueur qui prenait un malin plaisir à mutiler ses victimes. Aucun doute, on avait affaire au même criminel ! Une nouvelle piste pour son enquête qui, décidément, se compliquait méchamment.

Le cadavre couvert d'ecchymoses fut emmené à Clamart et l'anatomiste conclut à une chute, voire… peut-être aussi à un étranglement ? Il n'en était pas sûr car il n'y avait aucune trace sur le cou de la victime. Un meurtre ? Bah, il avait très bien pu s'étouffer avec quelque chose.

Il fallait lui ouvrir le thorax pour vérifier si un quelconque aliment ne lui obstruait pas l'œsophage.

– Et la main coupée ? objecta Delâbre. Il n'a pas pu se faire ça tout seul !

– Oh, vous savez, dans mon métier j'ai tout vu ! Mais c'est vous, l'inspecteur. Moi je me contente de relater les faits. Et cette main a été sectionnée net. Du beau travail ! Presque une œuvre d'art.

– N'exagérons rien.

À part une tache de vin sur la joue gauche, la victime ressemblait à monsieur Tout-l'monde. Un passant de la pluie, né d'une mère transparente et d'un père invisible. On peut le croiser dix fois dans la rue sans jamais s'en souvenir. Ou le confondre avec l'homme des foules d'Edgar Allan Poe. Delâbre aimait lire et il avait découvert cet écrivain grâce à son traducteur, un certain Charles Baudelaire, dont il avait entendu parler. Pas vraiment en bien. Le gaillard s'était illustré par ses frasques dans les cafés. Un poète, quoi !

Les clochards qui créchaient sous le pont de Sully ne connaissaient pas la victime. Jamais vue ! Ils étaient formels : c'était pas un des leurs. D'ailleurs ses habits étaient propres et de bonne facture.

« On voit qu'il avait les moyens ! Pas comme nous… »

Après avoir fouillé les poches de son manteau et rien trouvé, Delâbre avait eu l'idée de regarder l'étiquette. Ce paletot pas bon marché, au col en fourrure, provenait d'un magasin de la rue de la Poulletière. L'inspecteur le connaissait parce qu'il passait souvent devant et s'arrêtait quelquefois afin d'admirer les vêtements, trop chers pour son maigre salaire. Mais rêver, c'est encore gratuit, non ?

Il en déduisit donc que cet homme avait les moyens.

Maintenant, il lui restait à trouver, avec son équipe de bras cassés, le lien entre cet individu et les deux femmes assassinées.

Delâbre alla rendre une petite visite Au Paradis de la Mode, où il décrivit le manteau et l'homme qui le portait. Lorsqu'il évoqua la tache de vin sur la joue gauche, le patron vit tout de suite de qui il s'agissait.

– Oh, c'est monsieur Malparti. Un bon client. Pas bien bavard, mais qui paie bien.

– Vous n'auriez pas son adresse, par hasard ?

– Si, bien sûr, fit le commerçant en compulsant un petit carnet. Je suis déjà allé lui porter un vêtement qu'il avait fallu retoucher… Voilà, il habite au 11, rue des Deux-Ponts. Vous lui transmettrez mon bonjour !

– Il ne risque pas de vous répondre…

– Ah bon, pourquoi ?

– Parce qu'il est mort.

Le patron du Paradis resta bouche bée et parut soudain contrit. Était-il sincèrement désolé pour ce pauvre monsieur Malparti – qui portait bien son nom – ou l'était-il parce qu'il venait de perdre un bon client ?

L'inspecteur Delâbre toucha le bord de son chapeau et sortit. Il n'était guère doué pour les consolations et les jérémiades.

Il avait toujours fui les enterrements, d'ailleurs. Et n'irait pas au sien ! Il se l'était promis. Ni fleurs, ni couronne, ni bla-bla. Il se jetterait dans la Seine et on n'en parlerait plus. Mais il attendrait juste que sa chienne soit morte avant de sauter.

74

JEANNE apprit le meurtre de Jules Malparti par la gazette. Elle en fut quelque peu choquée car il lui était arrivé de coucher avec lui. Jules était nanti. Issu d'une famille bourgeoise, fils d'un notaire de province, il ne lésinait pas sur les billets qu'il laissait sur sa table de nuit. Grâce à lui, elle avait pu manger à sa faim et payer son loyer lorsque Baudelaire nageait dans le creux de la vague, comme cela lui arrivait souvent. Ses éternelles bagarres avec sa mère et son curateur, maître Ancelle, l'épuisaient. Baudelaire répétait que le nom d'Ancelle représentait pour lui l'horrible plaie de sa vie, le traitant d'homme insupportable, de jocrisse, de lambin, d'hurluberlu et d'homme de désordre ! Heureusement, Jeanne se trouvait encore dotée d'assez de beauté et d'énergie pour faire quelques extras…

Certes, Jules Malparti n'était pas le coup du siècle et il avait ses bizarreries, mais il payait bien. Le reste, elle s'en fichait. Elle avait son poète pour rêver et ses amants pour bouffer.

À l'instar du patron du Paradis de la Mode, Jeanne était contrariée. Plus à l'idée d'avoir perdu un client que de la mort de cet individu pour lequel elle n'avait jamais éprouvé ni affection ni tendresse. Pour tout avouer, il lui faisait un peu peur… Elle se remémora la première fois qu'ils avaient couché ensemble. Il avait débarqué avec une petite valise et exigé qu'elle se mette nue sur le lit, couchée sur le ventre, les yeux bandés et dans le noir complet. Il avait pris le temps de se préparer. Elle avait entendu des froissements de tissus. Puis il avait fait son affaire en la prenant par-derrière. Il lui avait demandé d'attendre le claquement de porte avant d'ôter son bandeau et de rallumer la lampe à pétrole de sa table de nuit, sur laquelle il avait déposé une liasse de billets. Tordu mais généreux.

L'article dans la gazette ne mentionnait pas les détails macabres, comme la main coupée. La police avait soigneusement gardé secret cet élément scabreux ; la population était déjà bien assez traumatisée comme ça.

L'article ne parlait pas non plus de meurtre… Juste de la découverte d'un cadavre sous le pont de Sully, ce qui somme toute n'était pas extraordinaire à une époque où beaucoup de gens mouraient dans la rue. Sauf que monsieur Malparti n'était pas un clochard… Même qu'il avait un jour évoqué son appartement plutôt luxueux, près du quai d'Orléans. Et qu'il jouissait d'une parfaite santé, avec une hygiène de vie exemplaire : « Je ne bois pas, je ne fume pas… » Heureusement il baisait !

Que lui était-il arrivé ? Jeanne ne vit pas l'utilité d'en parler à Baudelaire puisque ce fait divers n'avait rien à voir avec son enquête, bien qu'il ne soit pas précisé qu'il était décédé de mort naturelle. « Quand même… se souvint Jeanne. J'ai toujours trouvé étrange que Jules fréquente les prostituées. » En effet, il lui avait confié aller quelquefois au bordel. Un homme comme lui, avec un métier honorable, aurait pu trouver une épouse dévouée.

75

L'INSPECTEUR DELÂBRE SE RENDIT au domicile de Jules Malparti, 11, rue des Deux-Ponts. L'immeuble était assez chic, avec un petit balcon en fer forgé à chaque fenêtre. Il montra sa carte de police à la gardienne, qui s'empressa de le conduire à l'appartement du défunt en se croyant obligée de le noyer de jérémiades. Et quel malheur ! Un homme si aimable et si poli, qui lui donnait ses étrennes à la nouvelle année. « Pas comme certains que je ne nommerai pas », et bla-bla-bli et bla-bla-bla… « N'est-ce pas, monsieur l'inspecteur ? »…

– Vous savez quel métier il exerçait ?

– Oui, oui ! Il était huissier de justice. Ici tout le monde avait intérêt à être en règle avec le loyer et les impôts… Comment est-ce arrivé ? La dernière fois que je l'ai vu, ben pas plus tard qu'hier tiens, il était encore en pleine santé.

Delâbre n'écoutait pas. Et ne répondait pas. Il se contenta de lui demander d'ouvrir la porte et de le laisser seul. La concierge, qui avait espéré entrer avec lui, se renfrogna. Décidément, la police n'était pas aimable ! Il attendit qu'elle ait redescendu l'escalier pour claquer la porte derrière lui. Il patienta quelques instants, puis la rouvrit d'un coup sec. Bien vu ! Il la trouva courbée derrière, l'œil collé à la serrure.

Surprise et confuse, la bignolle partit en grognant. Par précaution, l'inspecteur accrocha son chapeau à la clenche, masquant ainsi le trou de serrure. Et il commença ses fouilles.

L'appartement était décoré avec des objets anciens, mais pas de pacotille. Il reflétait un certain luxe. Des vases en porcelaine, un lustre en cristal, quelques sculptures, de toute évidence hors de prix. Delâbre n'y connaissait pas grand-chose, mais savait repérer ce qui avait de la valeur. Peu à peu, il éprouva un malaise indéfinissable. Une sorte d'impression désagréable, sourde, comme quand on sait qu'un rat est tapi dans un placard mais qu'on ne le voit pas. Il avait le don pour détecter ces choses-là. Les renifler…

Il s'assit dans le fauteuil fatigué où devait se reposer le maître de céans et se laissa aller à ressentir l'atmosphère de ce salon, qu'il trouva vite étouffante. Il n'y avait pas beaucoup d'objets, mais c'était vieillot et le papier peint avec ses grosses fleurs défraîchies alourdissait le lieu. Tout, ici, semblait figé. Pas de vie. Une odeur de mort.

Delâbre se leva et alla inspecter la chambre. Ouvrit la penderie et y trouva des vêtements de femme ! Or il était évident que Malparti était célibataire. Il avait remarqué un seul oreiller sur le lit et une seule tasse lavée. Une robe en organdi était pourtant suspendue à un cintre. À côté, d'autres, plus simples, à ramages. Et dessous, des chaussures à talons, des sacs luxueux en cuir qui embaumaient la penderie. Il pénétra dans la salle de bains. Une étagère remplie de parfums de femme, de poudre de riz et de rouges à lèvres…

Accrochée au mur, une vieille photo jaunie d'une dame portant la robe en organdi. Elle tenait par la main un gamin bien habillé. Delâbre retourna le cliché et lut : « Maman et moi, le jour de mon anniversaire ».

L'inspecteur en déduisit que Jules Malparti vouait un culte à sa mère disparue, au point d'avoir gardé toutes ses affaires. « Cela arrive souvent qu'au lieu de donner ce qui a appartenu aux morts les gens le gardent en souvenir », pensa Delâbre. Mais avec Malparti, il avait tout faux !

76

LE PÈRE GABRIEL avait toujours été en proie à ses nombreux démons, comme s'il y en avait plusieurs... Plus il vieillissait, plus il était persuadé qu'il n'y en avait qu'un. Il avait cependant lutté, mais la vie ne lui avait pas fait de cadeau. Déjà que le Malin s'était incarné dans son père, ce sadique au sourire si doux... Une belle saloperie ! Si le petit Gabriel était né dans une autre famille, normale et aimante, sa vie eût sans doute été très différente. Et il ne serait pas devenu un tueur. La Sainte Vierge le lui avait dit : « C'est pas ta faute, *menneke.* » Malgré tout, sa conscience le tourmentait. Surtout la nuit, lorsqu'il lui arrivait de se réveiller sans plus pouvoir se rendormir. Ses pensées alors semblaient provenir du plafond, pareilles à une pluie de gouttes acides qui lui trouaient le front.

« Le bon Dieu voit tout », lui répétait sa grand-mère. Le diable aussi. Ce qui n'avait pas empêché Gabriel de faire des « bêtises »... Il avait pourtant à chaque fois bien regardé autour de lui, mais n'avait senti aucune présence, ni vu personne qui l'observait.

Un peu avant...

Ce soir-là, juste après le meurtre de la Rouquine, dont le corps serait retrouvé sur une balançoire dans un terrain vague par un péquenot qui s'était fait voler son pognon, d'après les journaux, le père Gabriel avait reçu un message sous sa porte. D'une belle écriture à l'encre noire, avec des déliés qui faisaient un peu penser aux lettres des enluminures, il était écrit :

> *Si votre désir est d'aider Baudelaire dans son enquête, venez à la tombée de la nuit, avec une grosse aiguille pour recoudre les matelas et du fil à linge, une poignée de fourmis dans un sachet et une tenaille, au 17, rue de la Femme-sans-Tête, puis descendez à la cave. Ne vous laissez pas impressionner par les rats, ils sont moins dangereux que les hommes…*

C'est dans cette rue que vivait Jeanne Duval, la maîtresse de Baudelaire, au numéro 6. Il s'était renseigné. Celle-là, il l'aurait bien étranglée… Mais il n'aurait voulu en aucun cas faire du mal à son poète. Il savait qu'il tenait à elle. Pourtant, cette salope le trompait ! C'était pas ses affaires… Il avait fini par s'en persuader. Lui, il était là pour protéger son ami. Son amour.

Gaby le Boucher s'était donc rendu à l'adresse indiquée avec le matériel nécessaire, sans savoir ce qu'il aurait à y faire. Vu qu'il était précisé qu'il pouvait aider Baudelaire, il n'avait pas hésité une seule seconde. Il était prêt à tout pour lui.

En chemin, Gaby s'était arrêté chez Martha, la vendeuse de fourmis, et lui en avait acheté une poignée. Elle avait enfourné ses précieuses bestioles dans un sachet dégueulasse en disant : « Au revoir, mes chéries. » « Une vraie toquée », avait pensé le Boucher.

Et il s'était donc rendu au 17, de la rue de la Femme-sans-Tête, dès l'apparition de la lune dans le ciel sombre. Elle était rousse. La lune des fous, à ce qu'on dit… C'est là qu'il y avait le plus de crimes. Une lanterne éclairait l'entrée de cet immeuble abandonné. Gabriel sut qu'elle avait été posée là pour lui. Il avança jusqu'aux premières marches de la cave, à la lueur de la flamme vacillante. Descendit l'escalier de pierre qui semblait mener en enfer. Les murs suintaient et il vit courir des rats apeurés par la lumière. Un froid glacial s'insinua dans sa soutane jusqu'à lui donner l'impression de lui brûler la chair. Il accéléra le pas, malgré les marches inégales qui auraient pu le faire chuter. Il avait hâte d'accomplir sa tâche et de quitter cet endroit lugubre.

77

BAUDELAIRE avait reçu un message du Ratier, qui souhaitait le voir. Il avait, écrivait-il, des renseignements de la plus haute importance à lui communiquer.

Fidèle à son allure d'hidalgo, l'homme des égouts l'attendait sous le pont Marie, engoncé dans un petit gilet foncé et le cul moulé dans un pantalon rayé gris et noir. Il regardait passer les chalands avec cette habitude exaspérante de se lisser la moustache. Ça sentait le rancard…

– Vous êtes amoureux ? lui demanda Baudelaire sans préambule.

– Ça se voit tant que ça ?

– Jc vous trouvc particulièrement élégant, aujourd'hui.

– Je le suis toujours, non ? fit le Ratier d'un air vexé.

– Certes, mais là… Il y a un petit quelque chose en plus.

– Un air de tango…

Il n'en dit pas plus. Baudelaire devina qu'il ne voulait pas dévoiler sa vie privée. Les secrets des autres oui, mais pas les siens !

– J'ai vu mon indic. Le commissaire l'a envoyé faire un tour au bordel pour questionner les filles afin de savoir si le macchabée trouvé sous le pont de Sully était un de leurs clients. Vous en avez entendu parler, je suppose.

– Oui, vaguement. Je ne m'y suis pas trop intéressé. Des morts, il y en a tous les jours.

– Sauf que celui-ci avait un lien avec les deux autres victimes décapitées… Il fréquentait le bordel de la Diva !

– Ah, se contenta de lâcher Baudelaire. Mais cela ne prouve rien.

– Curieuse coïncidence quand même ! Au point que Delâbre suit cette piste qui devrait le mener, pense-t-il, à l'assassin.

– Mais la victime est morte de mort naturelle, si je me souviens bien. Les journaux n'ont pas mentionné de crime.

– Les journaux ne rapportent pas tout. En réalité, le gars a été étranglé, d'après mon indic, qui est à la source. Et autre détail macabre, il lui manquerait une main.

– La droite ou la gauche ?

– Ça change quoi ?

– Disons que… je compatis. Si on devait me couper la main droite, je ne pourrais plus écrire et j'en mourrais !

– Toute façon, il n'en a plus besoin puisqu'il a passé l'arme à gauche.

– Peut-être qu'on peut encore écrire dans l'au-delà, fit Baudelaire en songeant à Allan Kardec, qui pratiquait l'écriture automatique avec les esprits.

– J'en sais rien, *hombre*. Quand vous y serez, écrivez-moi, ainsi je serai fixé, plaisanta le Ratier.

– Vous recevez toujours de l'argent pour m'aider ?

– Oui. Je ne sais pas d'où il vient et je m'en fous. Je le prends, c'est tout.

– Et si un jour vous décidiez de continuer à accepter ces enveloppes et de ne plus m'aider ?

– Pour qui me prenez-vous ? s'offusqua le Ratier. Je n'escroque que les escrocs et vous n'en êtes pas un, que je sache.

– Méfiez-vous des apparences. Le diable peut se glisser en chacun de nous !

– Le diable protège les poètes, lui assura le Ratier.

– Puisse-t-il vous entendre. Comment s'appelait ce pauvre homme ? Si je me souviens bien, la presse n'a pas cité son nom.

– Si ! Il s'agit de Jules Malparti.

Charles Baudelaire le remercia et s'en alla sans se retourner, longeant les quais d'un air songeur. Ce nom lui disait quelque chose. Et il n'était pas associé à un bon souvenir. Il allait fouiller dans les papiers qu'il fourrait dans un tiroir. Comme si celui-ci avait le pouvoir de les avaler. Et on n'en parle plus ! Seules les lettres de sa mère lui faisaient plaisir. Et encore. Parfois il les ouvrait en tremblant. De peur…

78

Un peu avant…

DANS LA CAVE, le père Gabriel avait eu un haut-le-cœur à cause de l'odeur de pourriture mêlée à celle de moisi. Il régnait ici une atmosphère de tombeau dans lequel un cadavre en décomposition aurait porté du parfum ! Quelque chose comme l'eau de Cologne dont on asperge les mourants dans les hôpitaux. Mais les morts ne se parfument pas, si ?

Quand il s'était penché sur le cadavre de son père, Gaby le Boucher avait senti une odeur de cocotte. Comme si le vieux s'était frotté de trop près à une poule de luxe. Ou à une pute. Et cela l'avait écœuré. Depuis, il ne supportait plus aucun effluve de ce genre.

Il lui avait fallu un moment avant de distinguer, à la lueur de sa lanterne, une tête posée sur la table. Ses yeux étaient gris, un gris de poussière, de ces cauchemars qui poussent sur les désespoirs des défunts, entre le chiendent des tombes oubliées. Celles sur lesquelles plus aucune fleur n'éclot, parce que les souvenirs des morts disparaissent avec ceux qui les ont aimés.

Gaby ne ressentait aucune pitié, aucune empathie pour cette femme décapitée. Et pour comble, une grosse araignée sortit de son oreille.

Un mot se trouvait posé à côté d'elle :

Tranchez-lui la langue et laissez-la près de la tête – je m'en charge. Ensuite, enfournez les fourmis dans sa bouche et cousez-la !

Gaby avait parfaitement exécuté les ordres, motivé par le souci d'aider Baudelaire. Il ne savait pas en quoi ce travail de couturière pouvait lui être utile, mais le diable a ses raisons… Et puis il lui avait rendu un fier service !

Après avoir accompli sa tâche, il était tranquillement rentré chez lui. Et il s'était plongé dans *Le Spleen de Paris*, qu'il avait ouvert au hasard, comme pour y chercher une réponse divine ou diabolique, c'était pareil. D'ailleurs, pensait-il, si Dieu était si miséricordieux, Il n'aurait pas donné aux humains la faculté de faire du potage.

On n'est jamais excusable, écrivait Baudelaire, *d'être méchant, mais il y a quelque mérite à savoir qu'on l'est ; et le plus irréparable des vices est de faire le mal par bêtise.*

En cela, le père Gabriel était en paix avec sa conscience. Il avait certes exécuté un acte barbare, mais sur une morte qui ne souffrait plus, et il l'avait fait pour une bonne cause. Un monde qui ne protège pas ses poètes est un monde qui perd son âme. Amen.

79

Après avoir reçu, quelque temps auparavant, la langue emballée dans du papier journal – qu'il avait gardé, allez savoir pourquoi –, Charles Baudelaire découvrit un autre colis sur le pas de sa porte. Celui-là, bien présenté dans une jolie boîte en ébène, protégée par du papier de soie. Quelque chose qui appelait à la délicatesse. Un cercueil de volupté, un berceau d'enfant disparu, un nid d'oiseau crevé.

Il posa la boîte sur la table et ne l'ouvrit pas de suite. Il avait une certaine et compréhensible appréhension au vu des précédents colis funèbres qu'on lui avait offerts.

Il s'enfonça dans son fauteuil et se servit un whisky. Il lui restait un fond de bouteille. La chauve-souris l'observait sans bouger. Baudelaire se demanda si le diable ne pouvait pas aussi se glisser dans le corps des animaux et prendre possession de leur âme. D'autant que ses ailes ressemblaient à celles du Lucifer des tarots… Il laissa la porte de la cage ouverte, mais elle ne semblait pas vouloir en sortir. Il se sentit soudain en proie à un profond sentiment de solitude, qu'il éprouvait depuis son enfance. Malgré sa famille et ses camarades. Il s'était toujours senti étranger au monde et disait souvent qu'il n'était pas fait comme les autres hommes. La présence de son chat vautré sur son lit le rassurait plus que la compagnie des humains. Intelligent et affectueux, le matou n'avait d'ailleurs jamais essayé d'attaquer la chauve-souris.

Charles Baudelaire n'avait aucun problème à se laisser envahir par un certain ennui, source de déprime chez ceux qui n'ont pas d'imagination et source de créativité chez ceux qui en ont à revendre. Quant à la solitude, elle est un manteau de pluie qui ruisselle sur les cœurs secs. Le sien, pourtant, ne l'était pas. Il était juste au mauvais endroit. Comme s'il était un enfant né avec les organes à l'envers. Seuls les miroirs reflétaient sa véritable nature. Ne dit-on pas qu'ils captent l'âme des morts ? C'est pour cela qu'on les recouvre…

Ce soir, Charles Baudelaire avait prévu d'emmener Jeanne à un concert de Richard Wagner. À quarante-sept ans, le compositeur avait séjourné à Paris avec son épouse et composé *Le Vaisseau fantôme*, *Lohengrin*, *Tristan et Isolde* et *Les Maîtres chanteurs de Nuremberg*. Baudelaire le vénérait et les violentes polémiques à l'égard de ce grand artiste le hérissaient. Apolitique, au point de ne pas aller voter, Baudelaire ne comprenait pas que l'on mêle ce jeu de dupes à l'art. Sa seule quête demeurait celle du Beau. La musique et la littérature l'aidaient à surmonter sa peur de la mort et celle, encore plus grande, de voir disparaître sa mère chérie. Il déplorait la médiocrité de son époque, qui ne comprenait rien à l'art ni à la poésie. Sale temps ! Baudelaire, qui avait besoin de l'art pour vibrer, disait de la musique de Wagner qu'elle était un cri de l'âme montée à son paroxysme.

Il décida de s'installer à son bureau et de tremper sa plume dans l'encrier pour lui écrire une belle lettre qu'il espérait lui remettre en main propre après le concert[1].

1. Baudelaire et Wagner vont se rencontrer rue d'Aumale et se lier d'amitié.

Mon cher Wagner,

Avant tout, je veux vous dire que je vous dois la plus grande jouissance musicale que j'aie jamais éprouvée…

Très décrié, le compositeur serait sûrement heureux d'avoir quelques soutiens dans la « Ville lumière » dont les flammes ne se ravivaient que pour cracher le mépris des citoyens à l'égard de ceux qui contribuaient à la beauté du monde. Pour Baudelaire, la musique constituait un refuge dont le pouvoir chassait la poussière de l'âme et tapissait le cœur d'une laque divine, d'un rouge de Chine, d'un rêve de soie.

Il plia sa lettre et se dirigea vers la table où le colis semblait le narguer. Écrire lui avait redonné des forces. Lui avait fait atteindre cette planète qui n'appartient qu'aux artistes et leur donne l'impression que rien ne peut leur arriver. Cet autre monde mystérieux où il suffit, pour entrer, de pousser la grille des jardins secrets de l'enfance remplis d'herbes folles, de fleurs sauvages et de jouets cassés. Avec, çà et là, des lambeaux de robe de petite fille accrochés aux épines des roses fanées.

Lentement, il dénoua le ruban qui maintenait le papier de soie et souleva le couvercle de la boîte noire. Dedans, présentée sur un lit de velours mauve, une main d'homme dans une mitaine rouge. Comme celle que portait la jeune femme assise à la terrasse du café devant lequel le fiacre s'était arrêté.

80

ET SI SON FILS ÉTAIT POSSÉDÉ ? Caroline Aupick s'inquiétait beaucoup pour lui. Voilà maintenant que, dans ses lettres, il lui parlait du diable qu'il semblait voir partout. Ah, ces drogues… Pas une heure ne passait sans qu'elle ait peur que son fils soit malheureux, sans qu'elle se demande ce qu'elle pourrait faire pour l'aider. Pauvre Charles…

Caroline était prise entre son amour pour Jacques Aupick, qui le jugeait sévèrement, et son cœur de mère. Elle admirait le talent de son enfant, « son petit » pour toujours, auquel le général était insensible, assimilant la poésie à une tare. Comment quelqu'un qui était capable d'écrire d'aussi belles choses, dérangeantes, certes, mais dans un style hors du commun, pouvait avoir en lui les cendres de l'enfer ? Aucun homme, aucun amant, n'avait écrit à Caroline des lettres remplies d'un tel amour.

Il me semble qu'il me manque quelque chose ; par moments, j'éprouve de la maussaderie. Je crois que c'est toi qui me manques.

Caroline était si cruellement préoccupée par les problèmes de santé et d'argent de son fils dépensier qu'elle n'avait pu faire autrement que de suivre les conseils du demi-frère de Charles, Alphonse. Ah, celui-ci avait choisi un chemin de quiétude, avec sa délicieuse épouse, Félicité, que Caroline appréciait particulièrement. Si douce, si gentille et si sérieuse ! Pas comme cette traînée de Jeanne, cette maudite sorcière qui ne cessait de lui tailler des cornes… Mais Baudelaire semblait indifférent à ses frasques, lui pardonnant tout. Absolument tout. Pas de doute, elle l'avait envoûté !

Fervente catholique, Caroline Aupick croyait en Dieu mais pas au diable, qui, selon elle, était une invention du clergé pour effrayer les mécréants et inciter les hommes à suivre le droit chemin. Baudelaire avait des hallucinations provoquées par les drogues qu'il prenait, elle en était persuadée. Elle avait lu que cela rendait paranoïaque et que ceux qui en abusaient pouvaient se sentir persécutés. Mais, lorsqu'elle abordait le sujet avec lui, il rétorquait que « ces médications » l'aidaient à supporter la douleur.

Caroline était rongée par la culpabilité de ne pas faire assez pour aider son fils adoré. Or il y a des gouffres dont même une mère débordante d'amour ne peut extirper son enfant.

Pourtant, elle ne s'avouait pas vaincue ! Et elle lui écrivit une lettre dans laquelle elle lui rappela combien elle l'aimait. Il n'y avait rien d'autre à faire. À part lui dire que le diable n'existe pas.

Ce en quoi elle se trompait lourdement.

81

CETTE FOIS, aucun mot n'accompagnait le colis. Pas d'indice, rien. Juste cette mitaine rouge qui donnait à cette main d'homme une ambiguïté troublante. Un morceau de chair prisonnier d'un filet à papillon mort. Rouge sang.

Charles en déduisit que cette absence d'indice pouvait constituer un message à son égard. Celui que ce meurtre n'avait rien à voir avec ceux des femmes décapitées. Le diable avait-il volontairement suscité ce crime pour égarer la police ?

Baudelaire avait retrouvé dans ses tiroirs une lettre de créance signée *J. Malparti, huissier de justice.*

Il éprouva un soulagement en pensant que ce rat ne l'embêterait plus. Un de moins ! Même s'il serait bientôt remplacé par un autre rongeur aux dents longues… Cela lui laissait un peu de répit. Il ne fallait pas que la police remonte jusqu'à lui ! En même temps, si les flics fouillaient dans les paperasses du mort, ils se perdraient parmi tous ces gens qui devaient de l'argent. À Paris il y avait plus de pauvres que de riches. Et comme, bêtement, l'inspecteur allait relier ce meurtre à celui des femmes sans tête, il ne risquait pas d'être soupçonné de quoi que ce soit. Enfin, c'est ce qu'il espérait.

Il avait emmené Jeanne au concert de Wagner. Un grand moment de volupté ! Même si elle ne ressentait pas le même engouement que son amant, elle s'avouait ne pas être insensible à cette musique. Elle lui avait confié qu'elle trouvait cela « bizarre ». Et Charles lui avait répondu que le Beau est toujours bizarre. Que toutes les beautés contiennent, comme tous les phénomènes possibles, quelque chose d'éternel, quelque chose de transitoire, d'absolu et de singulier. « L'élément particulier de chaque beauté vient des passions », avait-il ajouté.

Il n'était pas sûr qu'elle comprenait toujours son langage, mais elle avait l'élégance de faire semblant. Quelquefois même, de s'extasier. Dans ces moments-là, il était certain qu'elle avait juste envie de lui. Mais qu'elle n'avait pas écouté ses paroles. Elle n'en avait pas besoin pour l'aimer.

Ce soir-là, il n'avait pas pu rencontrer Wagner, mais il avait laissé à l'entrée la lettre qu'il lui avait écrite. Le compositeur s'était empressé de partir après son concert, hué par la plupart des gens dans la salle. Choqué, Baudelaire ne comprenait pas ces crétins qui ne méritaient pas d'entendre un tel chef-d'œuvre. Des sourds idiots, bêlant à l'unisson. Wagner n'avait pas le soutien de Berlioz, mais il pouvait compter sur le sien ainsi que sur celui de Franz Liszt, que le poète qualifiait de « maître de la beauté mystérieuse et passionnée, chantre de la volupté et de l'angoisse éternelles ». Pas moins.

Dans la foule compacte qui se pressait vers la sortie, il crut reconnaître l'étrange créature aux mitaines rouges. Leurs regards se croisèrent et elle eut ce même sourire à la fois énigmatique et inquiétant. Il voulut la rattraper, mais elle avait disparu.

82

Des rêves inassouvis qui s'en vont et s'envolent,
Que faire de ces étrons d'étoiles,
De l'or pour les rats ?
Que la vie va ronger à petits pas…

INSPIRÉ par les poèmes de Baudelaire dont il se délectait tous les soirs, effeuillant chaque pétale des *Fleurs du Mal*, le père Gabriel avait griffonné ces mots dans un journal sur lequel il étalait ses états d'âme. Un confident muet, tant il est vrai que tout ce qui sort de soi a sa propre existence. Et si l'on garde ses mensonges dans son jardin secret, ils finissent par disparaître… C'est en tout cas ce que pensait Gaby. Au contraire, si on les confesse, on est peut-être soulagé, mais on leur donne vie. Le silence est la force des sages.

Est-ce pour lui rappeler cela que le diable lui avait demandé de coudre la bouche de la Diva ? Et les fourmis ? Que signifiaient-elles ? Le Malin ne laissait rien au hasard… Même au tribunal, le père Gabriel n'avait pas dit toute la vérité. Il avait avoué avoir tué son père, parce qu'il eût été inutile de nier l'évidence. Les preuves l'accablaient. Mais il avait tu l'horreur, l'acharnement, le massacre… Cette haine accumulée depuis tant d'années envers ce monstre. Il avait voulu sauver sa mère. Du moins ce qu'il en restait… Pourtant, il confiait beaucoup de choses à la Vierge Marie. Mais pas tout. Il se demandait parfois si elle pouvait voir ce que cachaient les limbes de son âme noire.

Dans *Mon cœur mis à nu*[1], Gaby avait repéré et noté cette phrase de Baudelaire qui l'intriguait : *Il serait peut-être doux d'être alternativement victime et bourreau.* Celui qui tue n'est-il pas la première victime de son crime ? Les morts n'existent plus, ne souffrent plus. Le poète avait aussi écrit qu'il y a dans tout homme, à toute heure, deux postulations simultanées, l'une vers Dieu, l'autre vers Satan. Que l'invocation à Dieu, ou spiritualité, est un désir de monter en grade ; celle à Satan, ou animalité, une joie de descendre. C'est à cette dernière que devaient être rapportées les amours pour les femmes et les conversations intimes avec les animaux…

Gaby préférait les descentes aux enfers aux ascensions célestes, convaincu que pour faire le bien sur terre il fallait se salir les mains. Et vu le carnage perpétré sur les deux femmes décapitées, l'assassin avait dû énormément souffrir par leur faute. Justice était faite. Gaby lui aurait donné l'absolution.

1. Œuvre posthume. Mais ceci, on l'a précisé plus haut, est une fiction, pas une biographie !

83

CHARLES BAUDELAIRE s'était enfin décidé à rencontrer Allan Kardec, le pape du spiritisme. Ce dernier avait accepté de le recevoir, grâce à la recommandation de leur ami commun Éliphas Lévi. Le poète avait lu *Le Livre des Esprits*[1], œuvre magistrale de Kardec qui relatait ses conversations avec les entités de l'au-delà, notamment par le biais de l'écriture automatique et des tables tournantes, pratique découverte lors d'un voyage aux États-Unis. Les questions abstraites ou scientifiques étaient souvent en dehors des connaissances du médium, mais les réponses s'avéraient d'une telle intelligence qu'elles ne pouvaient provenir que d'un Esprit supérieur. Kardec avait constaté le changement radical de l'écriture selon l'Esprit qui se manifestait et, chaque fois que le même Esprit revenait, son écriture se reproduisait. Pour lui, le monde spirite était le monde normal, primitif, éternel, préexistant et survivant à tout. Il considérait le monde corporel comme secondaire, qui pouvait cesser d'exister ou n'avoir jamais été, sans altérer la présence du monde spirite.

---

1. Si vous lui demandez d'exaucer un vœu et qu'il se réalise, Allan Kardec a souhaité en échange que vous lui apportiez des fleurs… Sa tombe est, aujourd'hui encore, la plus fleurie du Père-Lachaise.

Ses œuvres se vendent par millions d'exemplaires dans le monde entier. Le Brésil lui voue un culte particulier et le vénère. Personnellement, *Le Livre des Esprits* a illuminé ma vie.

Les Esprits revêtaient temporairement une enveloppe matérielle périssable – le corps – et retrouvaient leur liberté lorsque cette enveloppe était détruite par la mort. Dans son livre, il faisait la distinction entre les Esprits supérieurs, aux conseils pleins de sagesse, et les Esprits inférieurs, grossiers et triviaux. Pour faire simple, envoyez de l'amour, et vous en recevrez en retour ; envoyez de la merde, et elle vous reviendra dans la tronche.

Baudelaire avait noté deux phrases – il ne soulignait jamais dans les livres, trop précieux à ses yeux –, « Agir envers les autres comme nous voudrions que les autres agissent envers nous-mêmes » et « Il n'est pas de fautes irrémissibles qui ne puissent être effacées par l'expiation ».

Il frappa à la porte surmontée d'une gargouille qui semblait scruter les visiteurs et devait sans doute cracher sur les intrus.

Allan Kardec vint lui ouvrir en personne et le fit entrer dans son bureau tout en boiseries, aux murs recouverts de livres. Vêtu d'une veste au col ourlé de velours, dissimulant à peine un gilet sur lequel ruisselait un foulard de soie, l'homme était massif, barbu, et dégageait un certain mystère. Il lui adressa cependant une poignée de main chaleureuse. Né à Lyon, issu d'une famille de magistrats, ayant hérité de ce petit côté austère, de son vrai nom Hippolyte Léon Rivail, il avait adopté le pseudonyme d'Allan Kardec depuis qu'un médium, lors d'une séance de spiritisme, lui avait révélé qu'il avait été le druide Allan Kardec dans une vie antérieure.

Kardec invita son hôte à s'asseoir dans un grand fauteuil en cuir vert. Il commença par fixer Baudelaire sans dire un mot, laissant le silence s'installer entre eux, comme un invité de plus, esprit taquin ou gênant.

Baudelaire ne fut nullement intimidé. Il vivait avec le silence depuis si longtemps qu'il lui arrivait souvent de se sentir agressé lorsqu'on lui parlait. Il ne supportait les gens qu'à petites doses et détestait les bavards. Il écoutait ces voix semblant provenir du plus profond de lui-même lui murmurer des mots, tantôt poétiques, tantôt cruels. Il avait toujours pensé que les écrivains étaient un peu schizophrènes… À moins que ce ne soient les Esprits qui lui parlent ?

Comme s'il eût deviné ses questions, Allan Kardec le mit en garde :

– L'âme est un Esprit incarné dont le corps n'est qu'une enveloppe. Les Esprits ne sont égaux ni en puissance, ni en intelligence, ni en savoir, ni en moralité. Les Esprits supérieurs, que l'on nomme les anges, sont bienveillants. Les Esprits inférieurs ont de mauvaises intentions et peuvent vous nuire. Mais ils sont capables de s'améliorer en passant par l'incarnation qui est imposée aux uns comme expiation et aux autres comme mission. La vie matérielle est une épreuve qu'ils doivent subir à plusieurs reprises jusqu'à ce qu'ils aient atteint la perfection absolue. L'Esprit devant passer par plusieurs incarnations, il en résulte que nous avons plusieurs existences, et que nous en aurons encore d'autres, plus ou moins perfectionnées, soit sur cette terre, soit dans d'autres mondes. Est-ce que cela vous parle ?

– J'ai écrit un poème intitulé « La vie antérieure ». Il me semblait avoir longtemps habité sous de vastes portiques que les soleils marins teignaient de mille feux…

– Oui, je l'ai lu ! J'apprécie énormément votre poésie.

– Cela me touche, avoua Baudelaire.

– Parfois, poursuivit Kardec, nous nous souvenons de nos vies antérieures, sous forme de rêves, ou d'impressions vagues. Certaines images paraissent provenir d'un lointain sommeil…

– Peut-on se réincarner en animal ? s'enquit Baudelaire, qui aurait aimé se retrouver dans la peau d'un chat.

– Non. L'incarnation des Esprits a toujours lieu dans l'espèce humaine. L'âme avait son individualité avant son incarnation ; elle la conserve après sa séparation du corps. Et lorsqu'elle pénètre dans le monde des Esprits, elle y retrouve tous ceux qu'elle a connus ici-bas, et toutes ses existences antérieures se retracent à sa mémoire avec le souvenir de tout le bien et de tout le mal qu'elle a faits. Souvent ceux qu'on a aimés et qui nous ont aimés viennent nous accueillir à l'entrée du monde des Esprits.

– Il arrive que des Esprits ne soient pas réincarnés ? demanda Baudelaire.

– Bien sûr ! Ces fantômes errent dans l'espace et sont parfois à nos côtés, agissant sur la matière et la pensée. On peut évoquer tous les Esprits, quelle que soit l'époque où ils ont vécu, ceux des êtres chers, et obtenir des conseils par communication écrite ou verbale. Savoir ce qu'ils pensent de nous… J'ai moi-même demandé si je ne m'étais pas trompé. Et il m'a été répondu : « Non, tout est vrai et juste. » Attention, cependant ! Les Esprits supérieurs ne viennent que dans les réunions sérieuses, où il règne une parfaite communion de pensées et de bienveillance. La légèreté et les questions oiseuses les éloignent… et laissent le champ libre aux Esprits menteurs et frivoles, toujours à l'affût des occasions de s'amuser à nos dépens. C'est pareil pour les êtres humains. Il faut se méfier des apparences…

– Vous croyez en Dieu, je suppose…

– On juge la puissance d'une intelligence par ses œuvres, non ?

– Oui, bien sûr, approuva Baudelaire, qui avait souvent le sentiment étrange que sa poésie venait d'ailleurs, qu'il n'était qu'un canal dans lequel s'opérait une certaine alchimie.

Et que ce qui reste d'un artiste après lui, c'est son art.

– Nul être humain ne pouvant créer ce que produit la nature, la cause première est donc une intelligence supérieure à l'humanité, poursuivit Kardec. L'intelligence de Dieu se révèle dans Ses œuvres comme celle d'un peintre ou d'un écrivain.

– D'où tenez-vous toutes ces certitudes ? demanda Baudelaire, qui restait toujours un peu sur ses gardes face à de telles déclarations. Vous êtes médium, prétendent certains...

– Non, ils se trompent ! Ce n'est pas parce qu'on fait tourner des tables qu'on a des pouvoirs. Je suis seulement ouvert et réceptif, inspiré et connecté, comme beaucoup de gens. Mais cela fait peur à la plupart d'entre eux et ils préfèrent ignorer ces capacités. Nous recevons souvent des signes si nous y sommes attentifs...

– Par exemple, quels signes importants avez-vous reçus ?

– Je sais quand je vais mourir.

– Oh ! s'exclama Baudelaire. Voilà qui est assez effrayant !

– Pas du tout. Puisque la mort n'est pas une fin en soi. Je continuerai dans un autre corps ce que je n'aurai pas terminé dans celui-ci[1]. Certains Esprits m'ont délivré des messages qui m'ont fait comprendre que j'avais une mission sur cette terre. Grâce à cela, j'ai découvert une science et une philosophie qui traitent de l'âme et de la façon dont le monde matériel et le monde spirituel interagissent.

– Victor Hugo, que je connais bien, se passionne pour ce sujet, lui confia Baudelaire.

---

1. La prédiction se révéla exacte et Allan Kardec mourut d'une rupture d'anévrisme en sachant exactement quand. Ses funérailles eurent lieu au cimetière Montmartre et ses restes furent transférés au cimetière du Père-Lachaise. Sa sépulture est en forme de dolmen, en mémoire du druide qu'il avait été dans une vie antérieure. Sur la pierre, on peut lire : « Naître, mourir, renaître encore et progresser sans cesse. Telle est la loi. »

– Je sais. Il passe des nuits entières en groupe, à faire tourner des tables et à déchiffrer les messages au moyen des lettres de l'alphabet. Il essaie d'entrer en contact avec sa fille, Léopoldine. Il ne s'est jamais remis de sa mort… Personnellement je suis un solitaire, plutôt passionné par l'hypnose, le somnambulisme et le magnétisme. Et je n'aime pas les spectacles autour du spiritisme. Je croirai aux tables tournantes quand on me prouvera qu'une table est intelligente ! Je cherche toujours à remonter aux causes et je ne fais jamais de théorie préconçue. Je n'admets une explication comme valable que lorsqu'elle peut résoudre toutes les difficultés de la question. Avant de croire, il faut comprendre… Il faut savoir que le spiritisme n'est pas une religion mais une science qui pourrait donner l'espoir de s'améliorer et d'améliorer le monde. Les réponses religieuses ou matérialistes n'ont jamais apporté de solution. Il faut revenir à soi. Et se fier à ses propres intuitions. Pas se laisser influencer par l'extérieur. Le spiritisme doit toujours rester dans la lumière, conclut-il. Notre but sur terre est de faire le bien dans la limite de nos forces. C'est tout. Mais je suppose que vous êtes venu pour une question précise ?

Après ce discours qu'il trouva très intéressant, Charles Baudelaire hésita à lui parler du diable…

84

DELÂBRE s'arrachait les derniers cheveux qui lui restaient sur le crâne. Ces meurtres étaient un vrai casse-tête chinois ! Jamais dans sa carrière il n'avait eu pareille énigme à résoudre. Persuadé que les victimes avaient un lien avec le tueur, vu que les deux femmes se connaissaient et que la troisième victime fréquentait le bordel, il s'embourbait dans une piste qui devenait un marécage. Et comme il était du genre têtu…

Le Ratier, au courant de ce qui se tramait dans les locaux du commissariat, se marrait bien quand il lisait la presse. Les journaux parlaient d'une mort naturelle, mais Marco la balance lui avait craché le morceau et il avait de plus en plus le sentiment que la volaille faisait fausse route. Était-ce une ruse du diable pour narguer la police et donner l'avantage à Baudelaire ? Et qui était ce « démon » qui le payait pour refiler des tuyaux au poète ? Peut-être un riche bourgeois qui s'ennuyait et avait trouvé ce dérivatif pour se distraire… Quelque part, il s'en fichait, d'où venait le pognon. Il le prenait et merci, monseigneur !

Tout en se lissant la moustache, signe qu'il réfléchissait – qu'au moins cette crispante habitude serve à quelque chose –, il essayait de rassembler les pièces du puzzle. Si, contrairement à Delâbre, il était persuadé qu'il n'y avait aucun lien entre les meurtres des deux femmes et celui de Malparti, il demeurait intrigué par ce personnage qui se baladait en robe chez lui. Certes l'huissier n'était pas le seul client à fréquenter le bordel dirigé par la Diva, mais il était le seul à avoir été assassiné.

Le Ratier avait mené sa petite enquête juste pour voir, par curiosité. Et il avait découvert que Jeanne Duval couchait avec Jules Malparti. Sale histoire ! Fallait-il le dire à Baudelaire ? Est-ce que cet élément allait apporter de l'eau à son moulin ? Pas sûr… Mais peut-être que si…

Ce qui le gênait là-dedans, c'est que Charles risquait de lui en vouloir. Il décida donc, toujours après avoir lissé sa moustache, de lui faire parvenir une lettre anonyme dans laquelle il dévoilerait cette anecdote. Et après avoir écrit un laconique « Votre maîtresse vous trompait avec Jules Malparti », il donna une pièce à un gamin et lui confia la missive en lui demandant de la glisser sous la porte du troisième étage de l'hôtel Pimodan et de foutre le camp.

Sauf que le gosse fut sans surprise intercepté par la concierge qui, avec son sourire édenté, lui proposa de remettre la lettre en main propre à son destinataire, lui évitant ainsi de grimper les trois étages. Merci, madame !

Elle le trouva à croquer avec sa petite casquette, mais beaucoup trop jeune pour un festin. Elle aimait les jambonneaux plus rôtis, comme monsieur Charles.

Elle regagna son terrier et décacheta l'enveloppe à la vapeur de sa bouilloire. Ce qu'elle découvrit la fit jubiler ! À présent elle avait un argument pour convaincre le poète que sa guenon n'était pas assez bien pour lui. Et si c'était elle qui avait tué ce type ? Voulait-il lui faire du chantage ? Était-il devenu encombrant ? Il lui semblait l'avoir déjà vaguement aperçu lorsqu'elle avait découvert sa photo dans la gazette…

La bignolle se fit un plaisir de monter au troisième étage et de frapper à la porte de Baudelaire. Pas de réponse. Elle ne l'avait pas vu sortir, pourtant. Elle redescendit les marches en maugréant. Elle allait guetter son retour et l'attirer dans sa loge. Pour mettre toutes les chances de son côté, elle fit mijoter sa soupe de la veille.

85

ALLAN KARDEC observait Charles Baudelaire avec une certaine curiosité. Cet homme lui semblait complexe et follement intéressant. Écorché vif, assoiffé de romantisme, mais teinté de boue et de poussière dans lesquelles il puisait ses mots pour en faire des paillettes. Il trouvait ses poèmes divins, comme écrits ou soufflés par quelque Esprit littéraire.

Baudelaire avait fini par lui parler de ce « diable » qui avait atterri sur sa route en déployant ses ailes déchiquetées. Il souhaitait entrer en contact avec lui.

Allan Kardec ne craignait pas ces entités. Selon ses recherches et ses questions posées aux Esprits, les démons s'apparentaient aux Esprits impurs, mais avec cette différence que leur état n'était que transitoire. Ce n'étaient donc pas des êtres spéciaux créés pour le Mal, mais des Esprits imparfaits capables d'évoluer vers le Bien. Lucifer n'était-il pas à l'origine un brillant archange représentant la lumière et la connaissance ? Obsédé par l'orgueil, il aurait défié Dieu et convaincu d'autres anges de fomenter une rébellion. Pour Kardec, tous les Esprits pouvaient se racheter. Peut-être le diable avait-il choisi le poète pour expier son péché d'orgueil ?

Charles Baudelaire était dans une impasse, concernant son

enquête. Il espérait que le mage pourrait entrer en contact avec le diable et lui demander une « clé », un indice qui lui permettrait d'avancer…

Allan Kardec prévint Baudelaire qu'il pouvait très bien avoir affaire à un Esprit taquin, capable de raconter n'importe quoi et de s'amuser à ses dépens. Puis il le pria d'attendre dans la pièce attenante. Il préférait être seul pour interroger les Esprits.

Baudelaire patienta un moment qui lui parut une éternité. Il repensa aux paroles d'Allan Kardec et lui fut reconnaissant, car il avait adouci sa peur de mourir. Il retrouverait son père là-haut, cet homme qui lui avait tellement manqué, et plus tard, bien plus tard, sa mère adorée pour l'éternité. Jeanne aussi, peut-être…

Et ce Dieu, quel que soit le nom qu'on Lui donne, représentant tous les espoirs de ces pauvres humains que nous sommes. Lui, le poète maudit, allait sucer la queue du diable avant de baiser les plumes des anges. Pas étonnant que le Malin veuille lui venir en aide, il savait qu'il le rejoindrait de l'autre côté du miroir.

Kardec émergea enfin de son bureau. Il posa la main sur l'épaule de Baudelaire qu'il trouva debout devant la fenêtre, contemplant la mer grise des toits parisiens.

Il lui tendit une feuille sur laquelle était griffonné *L.O.L.L.I.E.R*

– Êtes-vous certain de la bonne retranscription des lettres ? le questionna Baudelaire, sceptique.

– Pas toujours, avoua Kardec.

– Il pourrait tout aussi bien s'agir de « collier ».

– Je vous l'ai dit, nous avons parfois affaire à des Esprits ludiques qui prennent plaisir à nous dérouter. Ceci est peut-être une fausse piste. Je ne garantis rien. Mais c'est ce que j'ai capté…

Charles eut soudain l'impression étrange que les portraits décorant les murs de la pièce l'observaient. Il remercia le mage et s'en alla sans tarder.

86

BAUDELAIRE eut à peine franchi la porte de l'hôtel Pimodan qu'il se fit alpaguer par la concierge qui guettait son arrivée de pied ferme. Non, il n'avait pas le temps et pas faim pour manger son infâme soupe à l'odeur de grenouille cramée.

– Tant pis ! J'ai une missive de la plus haute importance pour vous. Je ne vous la donnerai pas.

– Quoi ?! Mais vous n'avez pas le droit ! C'est de l'abus de pouvoir et…

– Tatata ! J'ai tous les droits ! Ici, c'est moi qui commande. Imaginez, mon cher Charles, que demain je décide de faire la grève… Les escaliers vont être dégueulasses et les gens vont se casser la gueule sur les marches luisantes de crasse, les couloirs vont sentir la pisse d'ivrogne et le courrier va s'accumuler parce que le petit vieux du deuxième ne descend plus les étages. Et qui c'est qui va lui apporter à manger ? Personne. Il va crever et ça va sentir dans tout l'immeuble.

– Vous exagérez !

– Que nenni !

Et elle lui claqua la porte au nez.

Baudelaire resta pantois. Quelle punaise ! Il frappa quelques coups bien sentis pour marquer sa colère et elle finit par lui ouvrir.

– Il va défoncer ma porte, le monsieur ! Quelle brute ! s'écria-t-elle en dirigeant sa voix vers la cage d'escalier pour que tout le monde l'entende.

– Bon, ça va, vous avez gagné ! J'entre. Mais je ne mangerai pas votre soupe, mon médecin m'a interdit les légumes et…

Elle lui tendit l'enveloppe qu'il examina. Elle ne portait que son nom. Pas d'adresse.

– C'est un gamin qui l'a apportée… expliqua-t-elle. Ça avait l'air urgent. Il courait.

– Les gamins courent toujours, fit Baudelaire en enfournant le courrier dans la poche de son pantalon.

Il savait qu'elle avait lu le message. Il connaissait l'animal. Une vraie fouine ! N'avait que ça à foutre, fouiller dans la vie des gens et les critiquer. Comme tous ceux dont l'existence est un gouffre bien amer.

Elle essaya encore de lui fourguer son infâme breuvage, mais il résista vaillamment.

Une fois chez lui, il ouvrit l'enveloppe et lut :

Votre maîtresse vous trompait avec Jules Malparti.

– Laquelle ? s'amusa Baudelaire.

Pour sûr, il devait vraisemblablement s'agir de Jeanne. Il allait le lui demander. Ce n'était pas un drame… Lui-même ne lui racontait pas tout ! Et il imaginait mal Jeanne Duval tuer quelqu'un. Quoique… N'en sommes-nous pas tous capables ? Sauf qu'on ne supprime pas sa vache à lait !

Charles était davantage préoccupé par le message qu'Allan Kardec avait reçu du diable – si c'était bien lui… Avec ce mot qui ne lui évoquait rien du tout.

Après avoir tourné en rond dans son appartement, il décida d'aller retrouver Jeanne, non pas pour lui faire une scène de jalousie – il était mal placé pour ça – mais pour tenter d'en savoir plus sur Malparti. Même s'il était persuadé que ce dernier n'avait aucun lien avec les deux autres meurtres, il partait du principe qu'il ne fallait jamais rester campé sur ses certitudes.

À cette heure, les quais étaient déserts. La nuit commençait à ranger ses jouets dans les tiroirs des doux rêveurs. Baudelaire repensa à ce qu'avait écrit Balzac dans *Ferragus* : « Si vous vous promenez dans les rues de l'île Saint-Louis, ne demandez raison de la tristesse nerveuse qui s'empare de vous qu'à la solitude, à l'air morne des maisons et des grands hôtels déserts. » Baudelaire n'aurait pas su mieux décrire l'atmosphère de cette île.

Il trouva Jeanne chez elle, échevelée, dépenaillée, attirante dans ses lambeaux de désespérance. Oh, qu'il l'aimait, dans ses fastes autant que dans ses déchirures. Un jour, il lui avait dit : « Si tu pouvais savoir tout ce que je vois ! tout ce que je sens ! tout ce que j'entends dans tes cheveux ! Mon âme voyage sur le parfum comme l'âme des autres hommes sur la musique. »

Comment en vouloir à sa muse qui se perdait dans les bras des éclopés du cœur, y cherchant sans doute, plus que de l'argent, un peu de réconfort pour oublier le temps qui passe et creuse avec ses dents la carte du Tendre sur les visages qui fuient les miroirs.

L'aurait-il autant aimée si elle avait été fidèle et dévouée ? Quel ennui !

Jeanne Duval lui avoua qu'elle avait bien couché avec Jules Malparti, « un mauvais coup » mais qui payait bien. Et puis c'était toujours intéressant d'avoir un huissier dans son lit... Il lui avait quelquefois raconté avec une certaine jubilation qu'il aimait effrayer ses débiteurs et leur arracher la fourrure sur le dos. Cela lui donnait un sentiment de puissance… L'impression d'être Dieu en quelque sorte.

Mais Dieu dans Sa grande bonté, paraît-il, agirait-Il ainsi ?

Elle confia à son amant avoir retrouvé une boucle d'oreille entre ses draps.

– Un bijou de femme et ce n'était pas à moi ! Je ne sais pas ce qu'il trafiquait, mais quand il me baisait il fallait éteindre la lumière. Peut-être se déguisait-il ? Et si je ne t'ai pas parlé de lui, ajouta Jeanne, c'est parce que je n'en voyais pas l'utilité. C'est un cafard, et ces bêtes-là, on les écrase sous l'oreiller.

– Il a été assassiné.

– Oui, je suis au courant. De toute façon, plein de gens avaient des raisons de vouloir le tuer. Il leur empoisonnait la vie… Même toi, tu aurais pu !

– Je ne l'ai jamais rencontré. Je n'ouvre pas les lettres de mes créanciers. Et quand elles s'accumulent, je les brûle.

– Un jour, ça va te rattraper, mon cher Baudelaire !

– Quand je serai dans ma tombe. Quand un peuple muet d'horribles araignées viendra tendre ses filets au fond de nos cerveaux…

Il prit Jeanne dans ses bras, la renversa sur le lit et lui fit l'amour.

Lorsqu'elle s'endormit, il lui murmura :

– N'es-tu pas l'oasis où je rêve, et la gourde où je hume à longs traits le vin du souvenir ?

L'avait-elle entendu ? Peu importe. Les mots tendres sont des caresses silencieuses.

87

LE PÈRE GABRIEL décida de s'éloigner de Baudelaire. Mais pour le suivre de loin, continuer à veiller sur lui, ange noir un couteau à la main, une rose dans le cœur. Amour impossible, souffrance éternelle. Il eut beau tenter d'expier les démons de sa chair, il n'en éprouvait que plus de désir et ne parvenait pas à éteindre le feu qui lui brûlait les entrailles. Qu'y pouvait-il ? Sommes-nous responsables de nos « obscurs objets du désir » ?

Quant à la Vierge, elle ne lui répondait plus. Lui en voulait-elle ou était-elle devenue sourde avec l'âge ?

Le Ratier, lui, ne reçut plus de mot du diable, ni d'argent. Le démon estimait-il avoir fait tout ce qui était en son pouvoir ? Baudelaire devait-il désormais se débrouiller seul pour résoudre cette affaire ?

Caroline Aupick abreuvait son fils de reproches, toujours les mêmes, concernant sa santé : « Cesse donc de prendre ces drogues qui ne te font aucun bien », nanani, nanana, et bien sûr, elle le suppliait d'être moins dépensier. Charles ne répondait pas. Alors elle finissait par lui envoyer des lettres d'amour et il prenait sa plume et lui promettait d'aller la voir. Mais il ne tenait pas parole. Elle ne lui en voulait pas. Elle était juste triste. Et le chagrin d'une mère aimante est pareil à la corde du pendu. Longtemps après la mort, il serre encore.

Baudelaire ne reçut plus non plus d'enveloppe du diable. Était-il fâché qu'il ait eu l'outrecuidance de le déranger par le biais d'Allan Kardec ? Mais était-ce bien lui ou un esprit farceur ? Après tout, le diable pouvait bien être n'importe qui. Même Malparti… Ce qui expliquerait qu'il ne donne plus signe de vie, le temps qu'il se réincarne ! Quoi qu'il en soit, Baudelaire avait reçu pas mal d'argent et il se sentait redevable. Il fallait qu'il résolve cette énigme. Fissa ! En attendant, il pouvait se débrouiller avec ses traductions des ouvrages d'Edgar Allan Poe. Il aurait pu s'en satisfaire, mais ce n'était pas suffisant pour son train de vie. Il aimait les sorties, les balades en fiacre, se faire tailler des vêtements sur mesure, chiner chez les antiquaires et les brocanteurs qui, voyant arriver le pigeon, ne se privaient guère de lui refiler de fausses statuettes grecques ou des tableaux de petits maîtres sans valeur…

Edgar Poe, que Baudelaire appelait « mon frère jumeau d'infortune » : ivrogne, pauvre, persécuté et paria ! Grâce à sa bonne connaissance de l'anglais qu'il tenait de sa mère née à Londres, Baudelaire avait pu traduire les *Histoires extraordinaires*, *Les Aventures d'Arthur Gordon Pym*, ainsi que « Le corbeau », « Le chat noir », « Le puits et le pendule », et bien d'autres nouvelles étranges. Se reconnaissant dans ce compagnon de spleen, il eut à cœur de faire connaître aux Français ce génie, dont la tournure d'esprit tranchait avec la littérature américaine. Pratiquement tous les contes de Poe étaient autobiographiques et maléfiques… Tournant autour des ténèbres et de la mort, principalement celle des femmes, comme durant sa courte vie, où il avait vu mourir ses amies, sa femme et sa mère. Baudelaire avait traduit « Le diable dans le beffroi » et « Double assassinat dans la rue Morgue ». Ces deux nouvelles, tout particulièrement, lui firent penser à son enquête. Quelle troublante similitude avec le diable et les meurtres des deux femmes sur l'île Saint-Louis... Y puiserait-il quelque inspiration afin de résoudre cette énigme ? Il se servit un bon verre de vin et s'installa confortablement dans son fauteuil sous le regard indifférent de son chat aux yeux *mêlés de métal et d'agate* et de la chauve-souris, qui semblait se moquer de lui.

« Le diable dans le beffroi » racontait l'histoire d'un petit bourg au nom imprononçable, avec des maisons toutes pareilles et des habitants obsédés par les choux et par l'heure que ce taquin de diablotin venait perturber en faisant sonner un treizième coup à la cloche du beffroi. Quant au « Double assassinat dans la rue Morgue », il relatait le drame de ces deux créatures découvertes mortes à Paris. Une fille retrouvée étranglée et enfoncée dans la cheminée, et sa mère, chez qui elle vivait, décapitée, sans mobile apparent ni explication plausible. La porte et les fenêtres étant fermées de l'intérieur... Un vrai casse-tête !

Charles Baudelaire aimait chercher des signes partout et était persuadé que le hasard déposait des indices sur notre chemin et qu'il suffisait d'y être attentif. Attiré par les sciences occultes, comme pas mal de ses amis écrivains, il n'excluait pas l'irrationnel pour tenter de dénouer cette intrigue. Il repensa à ce que lui avait dit Allan Kardec, à ce message étrange qui ne lui évoquait rien : Lollier, ou collier ?

Ce qui est évident se trouve sous votre nez, et c'est souvent ce que vous avez le plus de mal à voir...

88

ASSIS À SON BUREAU, Baudelaire vit une fourmi courir sur son papier à lettres. Il fut tenté de tremper sa plume dans l'encrier et de la crucifier au milieu d'une tache d'encre noire. Mais il résista à ce petit plaisir car la bestiole venait de lui rappeler ses congénères dans la bouche de la Diva. Il n'y avait aucune raison pour que ces fourmis y soient entrées toutes seules, vu que les lèvres avaient été cousues avec du fil à linge. Pourquoi avait-il reçu sa langue ?

Il lui sembla soudain que tous ces détails apparemment absurdes et disparates avaient une signification. Autant d'indices semés par le diable pour mener son protégé vers une piste.

Il acheva l'écriture de sa énième lettre à sa génitrice par : *Je crois vraiment, ma chère mère, que vous n'avez jamais connu mon insupportable sensibilité. Si nous essayions une bonne fois d'être heureux l'un par l'autre ?* Et posa sa plume sur son support en bronze.

Il se remémora sa visite chez la marchande de fourmis qui lui avait parlé de sa meilleure cliente, la fêlée qui vivait dans cette bicoque décorée de poupées cassées, avec une poule faisane nommée Nanette qu'elle nourrissait de ces charmants insectes. Il s'était promis de lui rendre une petite visite de courtoisie… C'était peut-être le moment ! Et l'occasion d'une balade avec

Jeanne le long des quais. Elle menait une vie de bâton de chaise, entre ses sorties tardives et ses journées passées au lit à dormir. Prendre l'air lui ferait du bien.

Charles Baudelaire chaussa ses fines bottines en cuir sombre, son pantalon corbeau aux jambes fuselées et sa redingote cintrée. Il enfila une chemise ivoirine au col fermé sur un jabot et mit son chapeau haut de forme. Il aimait afficher une certaine grâce. S'était créé un personnage un peu comme un miroir poétique. Une élégance de renard malicieux.

Il passa donc chez Jeanne et la trouva en train d'essayer des foulards. Ses longs cheveux crépus ruisselaient dans son dos. Rivière tourmentée, dans laquelle il aimait passer ses doigts fins ornés de bagues argentées. Elle gémit. Elle adorait ça, la drôlesse. Et lui, un brin sadique, prenait plaisir à éveiller ses désirs pour la laisser languir.

– Viens, je t'emmène.

– Où ? Ne veux-tu pas qu'on reste ici et…

– Non. Habille-toi !

– Où va-t-on ?

– Au paradis des enfants tristes.

89

– L'ENFER EST SUR TERRE, ma chère Jeanne. C'est pour cette raison que je suis en quête du Spleen. Pour sortir vivant de ce brasier…

Bras dessus, bras dessous, le couple se baladait le long de la Seine. Or l'ombre du diable semblait les suivre… Charles le sentait. N'en dit mot à Jeanne pour ne pas l'effrayer. Satan aux doigts crochus. Et si c'était lui, le tueur ? Lui, le tordu capable de tout pour amener le poète à se surpasser ou à se perdre. Trop tard, Charles Baudelaire avait pris goût à ce jeu dangereux, où les âmes damnées brûlent comme des petits mots d'amour aux rêves assassinés.

Jeanne et lui avaient l'air d'un couple original, amoureux, tourmenté, loin des clichés habituels. Un enfant aurait tué leur amour ; vivre ensemble aussi. Tous deux voulaient conserver cette petite flamme au cœur de la liberté. Et de la tourmente. Qu'est-ce qu'un amour sans ténèbres ? Dans la fadeur du quotidien… Le Fou des tarots tenait la lune par le bras. Le génie de la poésie et l'intuition féminine, lunatique, cachant ses mystères sous ses jupons, flânant au bord du fleuve. Un froufrou de songes et de mensonges…

Ils arrivèrent bientôt au quai d'Orléans, devant la bicoque aux poupées décapitées, qui lui firent aussitôt penser aux meurtres des deux femmes. Était-ce encore là une ruse du diable ?

Pour une fois, Élise était sortie de son gourbi et recollait une tête sur la façade.

– Bonjour ! lança Baudelaire. Je suis un ami de César…

Il n'avait jamais rencontré le clochard, mais le Ratier lui avait raconté l'histoire du matelas bourré de fric. Élise le fixa d'un œil torve, puis se mit à rire.

– Qu'il aille en enfer !

– Vous ne l'aimiez pas ?

– Est-ce que j'ai une gueule à aimer les humains ? Qu'est-ce que vous me voulez ?

– Juste vous parler. Mais apparemment vous n'avez pas l'air très causante avec les hommes…

– Avec les femmes non plus, lâcha-t-elle en toisant Jeanne. Même race…

Baudelaire alla droit au but :

– J'enquête sur l'assassinat des deux femmes retrouvées décapitées.

– Qu'est-ce que j'ai à voir avec ça ? J'en ai rien à foutre, de votre carnage.

– La marchande de fourmis m'a dit qu'elle vous vendait ses bestioles pour votre faisan.

– C'est une poule faisane. Oui, et alors ? Elle a bien le droit dc sc nourrir elle aussi, non ?

– Certes, mais on a retrouvé une des têtes des victimes avec des fourmis dans la bouche et… je me disais que…

– Mon faisan avait été vomir dans la gueule de la décapitée ?

– Non… Je pensais que vous auriez peut-être quelques renseignements sur la marchande de fourmis. Elle est bizarre, vous ne trouvez pas ?

– Ne le sommes-nous pas tous ? fit-elle en le détaillant de la tête aux pieds.

– Certes…

– Pourquoi ces poupées sur votre façade ? demanda Jeanne en touchant la tête de l'une d'elles.

– Bas les pattes ! Elles sont fragiles, mes petites filles. Elles protègent mon palais.

À ce moment-là, la poule faisane passa sa tête par la porte entrouverte. Elle avait de drôles d'yeux, sortes d'épingles à boule noire au milieu d'un rond jaune, et observait les visiteurs avec des mouvements de cou saccadés.

– Rentre, Nanette ! lui ordonna Élise, d'un geste de la main.

Et elle obéit.

– Vous l'avez apprivoisée ? s'étonna Baudelaire, qui pensait que ces volatiles ne comprenaient rien à rien.

– Toutes les créatures de ce monde peuvent s'apprivoiser, vu que les âmes des défunts se réincarnent en elles.

– Ah ! Et votre faisan…

– C'est une poule faisane.

– D'accord. Et pourquoi vous l'avez appelée Nanette ? C'est quelqu'un que vous connaissiez ?

– Et vous ? Pourquoi vous vous appelez Charles ? railla-t-elle.

– Comment connaissez-vous mon prénom ?

Il ne se souvenait pas de s'être présenté…

90

LA FÊLÉE AUX POUPÉES était rentrée chez elle et leur avait claqué la porte au nez.

– Pas très accueillante, conclut Baudelaire en prenant le bras de Jeanne.

– C'est une femme blessée. Sa haine des autres vient de ses larmes. On sent qu'elle a beaucoup souffert.

– Mm… Je n'ai pas appris grand-chose en tout cas, mon enquête est au point mort.

– As-tu remarqué que toutes les têtes de ses poupées ont un œil en moins ?

– Ah non ! Voilà qui est étrange… Tu penses qu'elle s'amuse à les éborgner ? Joyeux passe-temps !

– Je pense surtout qu'elle est folle.

– Oh, quelle perspicacité ! se moqua Baudelaire. Je n'avais pas remarqué…

Jeanne se vexa et ôta son bras de celui de son amant. Elle n'aimait pas quand il la charriait, avait l'impression qu'il la rabaissait, prenant un malin plaisir à la titiller avec sa supériorité intellectuelle. Elle savait bien qu'ici elle n'était qu'une « sauvage », comme il l'appelait parfois. Même s'il disait cela avec tendresse, elle avait du mal à y trouver de l'humour, ayant trop souffert des railleries racistes quand elle jouait au théâtre. Dans la salle, les spectateurs ne se privaient pas de lui lancer des insultes du genre « Va grimper dans ton bananier, sale Noire » et autres joyeusetés qu'elle feignait de ne pas entendre. Jamais personne dans le public ne prenait sa défense. Ils avaient payé leur place et avaient tous les droits, y compris celui d'insulter les acteurs.

– Allons, ne sois pas fâchée, tu me connais. Ce n'était pas méchant. Je te taquine…

Elle soupira et glissa de nouveau son bras sous celui de Charles.

– Sauf que, monsieur le détective, vous n'avez pas remarqué que cette Élise n'a pas toujours eu une araignée dans le plafond ! Avant elle était normale.

– Qu'en sais-tu ?

– Pendant que tu causais avec elle, j'ai non seulement observé les poupées en morceaux sur sa façade, mais j'ai aussi fait le tour de sa maison de sorcière. Et à l'arrière, il y a une petite fenêtre occultée par un rideau tout sale. Comme le carreau est cassé, j'ai pu le soulever pour voir comment c'était à l'intérieur…

– Un sacré bordel, je parie !

– Eh bien, pas du tout ! Il y avait même des livres sur une étagère, ainsi que des poupées bizarres. On aurait dit que leur tête ne correspondait pas à leur corps. Et au milieu de la pièce trônait un berceau avec une couronne de fleurs dedans. Ça ressemblait à un cercueil… J'en ai eu des frissons !

– Bravo, madame Watson ! Mais lire ou avoir lu des romans fait-il de nous des gens normaux et intelligents ?

– Peut-être pas, mais j'ai aussi reconnu la couverture des *Fleurs du Mal* sur la table…

91

À L'INSTAR DES POUPÉES sur la façade d'Élise la folle, Nelly la Rouquine n'avait plus qu'un œil. On avait trouvé sa tête éborgnée. Et le Ratier, que Baudelaire avait croisé par hasard, lui avait confié que la Rouquine avait reçu un œillet rouge la veille de sa mort. Pareil que la Diva ! Charles Baudelaire repensa à l'extrait de son poème « L'irrémédiable » : *Un Ange, imprudent voyageur / qu'a tenté l'amour du difforme…* Il se souvint aussi des propos du père Gabriel, qui lui avait révélé les secrets de confession de la Diva : avec Nelly la Rouquine, elles kidnappaient des gamines pour les mettre sur le trottoir et les faire mendier. Et il leur arrivait même de les mutiler pour susciter la pitié des passants…

Notre poète rentra chez lui à pied, dans la nuit éclairée par la lune rousse, celle des détraqués, vous le savez maintenant, celle qui incite au crime et fait surgir les loups-garous et les sorcières au sabbat. Celle qui fait aussi accoucher les femmes et rêver les enfants dans les livres illustrés.

Il avait ramené Jeanne chez elle, l'avait dorlotée, mais ils n'avaient pas fait l'amour. Elle était fatiguée, lui avait-elle lâché. Ruse de femelle capricieuse, ou connaissait-elle si bien son amant et ses penchants romantiques qu'elle jouait à cache-cache pour attiser son désir ? Il ne la croyait pas si machiavélique. Quoique…

Jeanne, il l'aimait de tout son cœur, de toute son âme. Avec ses fastes et ses écorchures, ses rires et ses déchirures. Qu'elle soit en robe de bal, avec son chapeau à volants rose et son sac à main assorti, ou en haillons, il la désirait, la sublimait, cette belle d'abandon.

Jeanne Duval avait aidé Baudelaire à rompre avec les liens rigides et les propos parfois racistes de son général de beau-père, à cette époque où la bonne bourgeoisie réprouvait les liaisons dangereuses avec le « sang mêlé ». L'esclavage faisait toujours partie des atrocités admises par les abrutis de la haute. Merci, Jeanne, *ma belle ténébreuse, confidente de mon rêve infini.* Pourtant, il y eut cette terrible nuit où il lui ouvrit la tête avec une casserole ! Bien sûr, ils eurent des orages… et des retrouvailles torrides.

Allongé sur son lit, le chat, qui juge, préside et inspire toutes choses dans son empire, était couché à ses pieds. Baudelaire n'arrivait pas à trouver le sommeil. La lune – encore elle –, qui ouvrait la porte aux Esprits tourmenteurs, lui fit repenser à ce que Jeanne lui avait raconté. À cet intérieur qui ne collait pas avec l'idée qu'il avait de cette folle. Un berceau mortuaire… Peut-être cachait-elle un bébé mort sous la couronne de fleurs ? C'est sûr que cette femme avait vécu un drame ! « La pauvre, se dit Baudelaire. Peut-être se console-t-elle en lisant mes poèmes ? » Il eut soudain de la sympathie pour elle. Les gens qui se nourrissent de poésie ne peuvent être que bons, n'est-ce pas ?

Après avoir souffert de la mort d'un être cher, certains reportent leur affection sur un chat ou un chien. Elle, c'était sur une poule faisane… Drôle de choix ! Mais après tout, n'avait-il pas une chauve-souris chez lui ?

Il finit par s'endormir et rêva d'une petite fille triste dont il distinguait vaguement les traits, comme si elle n'était plus qu'une ombre dans l'infini.

92

La vie de César…

IL N'AVAIT PAS TOUJOURS ÉTÉ CLOCHARD. Comment, de marquis, peut-on se retrouver clochard sous les ponts de Paris ? Fastes, breloques, souliers à boucles et broderies, quelques dorures pour cacher les mensonges mondains… Il se faisait chier dans sa vie de parade et de faux-semblants, Alexandre de Maubuis, marquis de poudre de riz. Il eût préféré de Sade, tant qu'à faire. Mais on ne choisit pas son nid. Ou peut-être que si, après tout…

N'empêche qu'Alexandre épousa une mocheté issue de la haute comme lui. « Une de son rang », claironnait sa mère, femme au cœur de pierre, n'aimant qu'elle et ses bijoux auxquels elle vouait un amour fou. On l'entendait arriver avec sa quincaillerie et ses robes en taffetas qui balayaient le sol. « L'argent, c'est le nerf de la guerre ! » répétait-elle à tout va. Elle se gargarisait de ce genre de phrases toutes faites : « Il faut ce qu'il faut. On fait pour bien faire. On n'a que le bien qu'on se fait. *Assommons les pauvres*[1] !

1. « Assommons les pauvres », *Le Spleen de Paris* (*Petits Poèmes en prose*).

Alexandre s'était souvent demandé si cette femme était vraiment sa mère ou s'il avait été adopté, voire trouvé au fond du parc, entre deux rosiers. Quant à son père, chasseur invétéré, il le croisait rarement. L'homme fuyait le château des chimères, laissant aux domestiques le soin de s'occuper des p'tites misères – qui comprenaient sa mère et son rejeton. Une fois en âge de foutre le camp, Alexandre le malheureux jeta ses habits pardessus la grille du château et s'en alla sans se retourner, laissant mère et épouse parler colifichets et autres conneries féminines. Il préférait encore la présence des rats à celle des femmes. Et c'est ainsi qu'il se retrouva avec un tableau de maître sous le bras, loin des falbalas. Il s'empressa de changer de prénom et d'aller revendre cette pompeuse relique à un antiquaire qui lui donna quelques billets, de quoi voir venir… Jusqu'au jour où il eut tout dépensé.

César, qui n'aimait pas le luxe mais quand même son petit confort, décida alors de braquer un bijoutier. Encore jeune et alerte, il n'eut pas de mal à commettre son larcin et remplit un gros sac de pierres précieuses. Les armes, il connaissait… Tout petit, son père l'avait initié aux plaisirs des fusils de chasse. « Si tu veux être un homme, mon fils, et blablabla, tue une biche qui te regarde avec ses yeux pleins d'amour et, cerise sur le château, empaille sa tête qui trônera au mur en signe de ta bravoure. » Merci, ô mon père, ce zéro au sourire si fou.

Tout aurait pu se passer comme sur un tapis de velours si…

93

LE PETIT MATIN ourlait d'un rose fugitif les tuiles luisantes de pluie des toits de Paris. Et tandis que les gouttes formaient des pampilles sur les vitres, Baudelaire se réveilla sous les léchouilles de son chat.

Allan Kardec lui avait confié que les Esprits pouvaient nous transmettre des messages à travers nos rêves… Se souvenant du visage de cette petite fille triste errant au milieu des ombres, tel un fantôme appelant au secours, Baudelaire se leva et alla ouvrir le tiroir de son armoire pour chercher le dessin du clochard que lui avait confié le Ratier. Pliée en quatre, la feuille tachée dévoila le même visage que dans son rêve. Qui était cette gamine et que voulait-elle lui dire ? Et s'il portait ce dessin à Kardec, ou à Éliphas Lévi ? Cela les aiderait-il à entrer en contact avec elle ? « Nul besoin d'être médium pour solliciter les Esprits, avait ajouté Kardec. Il suffit d'être attentif. Demande, ils te répondront. »

Baudelaire appela à l'aide la fillette dont les traits sur le papier étaient si pâles qu'on eût dit que César l'avait dessinée morte. C'est alors qu'il aperçut au fond du tiroir le morceau de papier journal dans lequel la langue de la Diva avait été emballée. S'était-il soucié de l'odeur pestilentielle qu'il dégageait ? Un peu de pourriture mêlé d'encre et de moisi…

Il le déplia et commença à le parcourir. Fut obligé à un moment de s'arrêter pour aller chercher un mouchoir qu'il parfuma d'ambre avant de le plaquer sur son nez. Pourquoi avoir gardé cette horreur ? Quelque chose d'irrationnel l'avait poussé à conserver ce papier que n'importe qui d'autre aurait jeté.

Il continua à lire. Des pubs pour le brillant liquide Mécano sans acide qui nettoie et polit les métaux – précisé « produit français » ! Une autre pour les biscuits LU « Lefèvre-Utile », où l'on voyait un gamin avec une cape, une casquette et des bottines, portant un panier et croquant dans un biscuit ; un savon Bébé Cadum tout rose ; une dame lascive dans un corset Le Furet qui lui fit penser à Jeanne, et puis… des faits divers. Dont l'un attira son attention. Il y était question d'un braquage chez un bijoutier. Un homme cagoulé était entré et avait fourré tous les bijoux dans un grand sac en toile de jute. Mais quelqu'un avait profité de la foule médusée et affolée pour kidnapper une petite fille. Le malfrat avait échappé à la police et la gamine n'avait toujours pas été retrouvée. Une photo un peu floue de son visage accompagnait l'article. Et dessous, son nom : « Nanette Lollier ».

Charles Baudelaire s'affala dans son fauteuil. Les pièces du puzzle commençaient enfin à se mettre en place !

La photo de la fillette ressemblait beaucoup au dessin du clochard. Sauf que sur son croquis elle avait un œil bandé. Que lui était-il arrivé ? Baudelaire se rappelait les confidences du père Gabriel. Que la Diva et Nelly la Rouquine enlevaient des gosses.

Élise la folle avec ses têtes de poupées borgnes collées sur les murs et son berceau mortuaire… Sa poule faisane qu'elle avait appelée Nanette… Le message des Esprits : Lollier.

Baudelaire en avait désormais l'intime conviction : cette petite fille était la clé de tous ces meurtres. Était-elle encore en vie, cachée quelque part ? Ou était-elle morte ? Pourquoi César avait-il légué sa fortune à Élise, qui avait tout balancé dans la Seine ? Ce n'est pas parce que l'on a enfin un début de réponse que tout devient plus clair…

94

La vie de César…

QUAND IL AVAIT DÉCOUVERT dans la gazette que des criminels avaient profité du chaos causé par son braquage pour kidnapper une petite fille, César s'était senti coupable. Voler les riches ne lui posait pas de problèmes. Le superflu détourne les âmes des étoiles. Mais faire du mal aux enfants, ça, il ne le supportait pas. Ni aux animaux d'ailleurs. Le clochard était certes un voleur, mais il avait du cœur.

Et il s'était juré de retrouver la fillette. Sachant que le trafic d'enfants prenait sa source aux gens de misère, il décida de quitter sa chambre d'hôtel pour s'installer sous les ponts. De là, il apprendrait mieux tout ce qui se trafiquait dans l'ombre. Le diable ne s'allonge pas au soleil. Il rampe dans les ténèbres et souffle des mots d'amour aux paumés du petit matin pour lamper les culs de bouteille et cracher sur les tombes des fées en robe de vermine.

Il la chercha des années durant. Il aurait remué ciel et terre s'il avait pu… Et il finit par apprendre que cette salope de Nelly la Rouquine l'avait enlevée, profitant d'un moment d'inattention de sa mère, la belle Élise qui ravissait le cœur de tous les hommes croisant son chemin. Farouche, sauvage, un corps de reine, de longs cheveux bruns qui ruisselaient jusqu'à sa taille si fine qu'on avait envie de l'enlacer dès qu'on la croisait. Mais elle repoussait tout le monde. Ne vivait que pour sa fille. Sa petite Nanette. Son ange.

César avait donc rendu visite à l'infâme Nelly.

« Je l'ai vendue à un riche marchand qui l'a emmenée au bout du monde, quelque part par là ! » avait-elle daigné répondre en montrant vaguement le lointain. Et elle avait ajouté : « Toute manière, elle sera bien mieux là-bas qu'ici. » Aucun remords. Aucun scrupule. Elle n'avait pas d'enfants. Et si elle en avait eu un, elle l'aurait revendu.

Et puis César avait appris l'horrible vérité. Nelly la cruelle avait mis un bandeau sur l'œil de la petite et, dessous, une coquille de noix dans laquelle était enfermée une grosse araignée noire qui promenait ses pattes velues sur l'œil de la fillette. Pour que ses hurlements excitent la compassion des bonnes âmes…

Dès lors, le clochard avait toujours veillé à ce qu'Élise ne manque de rien. Il passait la nuit pour déposer de la nourriture sur le pas de sa porte. Elle n'y touchait pas et les chiens errants se régalaient.

Au bout d'un moment, Élise devint une femme transparente. La vie et l'espoir avaient fini par la quitter et elle avait sombré dans la folie. N'était plus qu'une marionnette, un pantin désarticulé. Maigre, les cheveux gras et gris, le visage cadavérique, les pétales de rose avaient un goût de fumier. César, lui, n'avait pas capitulé. Il sentait que Nanette n'était pas loin. Et son instinct ne l'avait jamais trompé. Mais il était mort avant de savoir si elle était encore vivante ou si son cadavre avait été enterré quelque part sur l'île Saint-Louis, ou jeté dans la Seine…

95

« JE SUIS COMME LE ROI d'un pays pluvieux, riche, mais impuissant, jeune et pourtant très vieux[1] », murmurait Baudelaire en marchant sous la pluie. Le ciel était lourd et sombre, le jour commençait à décliner. Il se rendait chez Élise. Fallait qu'il en sache davantage sur son histoire. Mais allait-elle se confier à lui ? Puisqu'elle lisait ses poèmes, peut-être… Il avait bon espoir de parler à son cœur et de gagner sa confiance.

Les pavés de Paris sont des notes de musique, chaque pas y claque un air de chanson paillarde ou populaire. Et de toucher le bord de son chapeau pour saluer, et de lancer du « Bonjour, cher monsieur ! ». Baudelaire au contraire se renfrognait. Il n'aimait que ses amis. Le sourire du serpent, il n'était pas dupe. Il hâta le pas en serrant le col de son manteau. Et ce vent qui murmurait, chuchotait les psaumes inaudibles d'un autre monde où la messe était dite en versets sataniques.

Il croisa un rempailleur et un raccommodeur de porcelaine. Un peu plus loin, un rémouleur aiguisait des couteaux. Puis une petite bouquetière, avec un chapeau mou dont les bords lui cachaient les yeux. Il l'avait déjà vue quelquefois. Elle chantait d'une belle voix en vendant des bouquets de violettes, du

1. « Spleen », *Les Fleurs du Mal.*

muguet, du mimosa, du lilas, des roses, des œillets et des gardénias.

Baudelaire aimait se balader le long des quais, observer les chalands, entendre les cris des oiseaux dérangés par leur passage, et s'imaginer les trésors engloutis dans les eaux boueuses…

Quand il arriva devant la bicoque d'Élise, il fut soudain pris de panique. Un sentiment irrationnel l'envahit, une sorte de prémonition. Il faillit rebrousser chemin. Il n'avait pas d'enfants mais pouvait imaginer, à travers l'amour que lui portait sa mère, quelle souffrance atroce elle avait dû endurer. Quoique toutes les mères n'aiment pas leur progéniture… Mais celle-ci était devenue folle de chagrin. Elle avait dû se réfugier dans un monde de contes de fées, avec des sorcières, des nains, de la poésie et des poupées cassées qu'elle avait recueillies parce qu'elle n'avait pas pu sauver sa fille. Et elle avait gardé son berceau, peut-être même chantait-elle une berceuse à son bébé mort, ou du moins disparu pour toujours. Un berceau-tombeau, rempli de larmes.

Baudelaire hésita. Cette femme avait assez souffert, elle méritait qu'on la laisse tranquille. Il ne faut pas déranger les âmes tristes, ni les petites filles perdues. Mais une impulsion le poussa à frapper à la porte.

Une chance sur deux de toute façon, pour qu'elle ne lui ouvre pas. Il attendit un moment et s'apprêtait à faire demi-tour quand il l'entendit demander :

– Qu'est-ce que vous me voulez ? Je n'ouvre qu'au diable !

– Je suis le diable, se surprit à répondre Baudelaire. Et je voudrais vous parler de la petite Nanette Lollier…

96

ÉLISE LUI OUVRIT LA PORTE, poussée par une force qui la dominait, faisant d'elle un jouet mécanique, une marionnette dont les fils paraissaient tirés par quelque succube malicieux. Elle était livide. Baudelaire l'aurait giflée qu'elle n'aurait pas été plus choquée.

Ses cheveux gris emmêlés ressemblaient à une toile tissée par une araignée saoule qui aurait séjourné dans une cave à cognac, au milieu des effluves de la part des anges. Sa peau diaphane aurait pu être celle d'une morte.

Elle s'écarta machinalement pour laisser passer Baudelaire et fixa ses gants roses comme s'ils étaient des boutons de fleurs. Son regard parut soudain s'illuminer. Étincelle furtive, petit souffle de vie aussi léger qu'un battement d'ailes de colibri.

L'intérieur était exigu et chargé, mais effectivement bien rangé, tel que l'avait décrit Jeanne. Une armoire remplie d'objets qui devaient constituer sa mémoire. Des affaires d'enfant : petits souliers, chapeau troué, bateaux en papier, cailloux ronds, bouts de bois taillés… Nul doute, tout cela avait appartenu à sa fille.

Élise demeura plantée là, incapable de bouger. Elle regardait Baudelaire comme s'il était un fantôme. Était-ce la première fois qu'on lui parlait de sa fille ? Elle vivait seule avec son souvenir et n'aurait autorisé personne à prononcer son nom. C'était sacré.

Faut surtout pas toucher aux larmes invisibles qui coulent d'un cœur blessé.

Au milieu de la pièce, deux chaises autour d'une table en bois, chargée d'images découpées dans des revues, sans doute trouvées sur les tas d'ordures. Et un album ouvert dans lequel elle les collait. Des images pour les enfants… Ours en peluche, ballons colorés, garçonnets poussant un cerceau… Des poissons rouges et des étoiles de mer… Tout cela se mélangeait dans un joyeux bric-à-brac.

Contrairement aux murs extérieurs recouverts de poupées cassées, ceux-ci étaient nus. Couchée dans son coin, la poule faisane émettait des cris rauques. Elle avait l'air de couver ses rêves.

Sans attendre qu'Élise l'y invite, Charles Baudelaire saisit une chaise et s'assit. Il était bien décidé à ne pas quitter les lieux sans avoir appris tout ce qui était arrivé à Nanette.

Toujours en mode zombie, Élise obéit au signe que lui fit son hôte de prendre place en face de lui.

Baudelaire parla le premier et lui expliqua qu'il avait été dirigé malgré lui vers cette enquête. Il n'omit aucun détail. Sauf l'intervention du diable… Il ne voulait pas l'effrayer. On peut en rire, mais pas laisser entendre qu'on y croit ou qu'il existe. Quand il évoqua César, elle fut prise de tremblements. C'est sûr qu'elle lui en voulait ! Au point d'avoir repoussé son aide et son argent. Même s'il n'était pas directement lié à l'enlèvement de sa fille, il en avait été le déclencheur. Le battement d'ailes du papillon noir… Lorsque Baudelaire eut terminé son récit, Élise resta un long moment silencieuse avant de pouvoir parler.

– Nous étions dans la rue… Je revenais de chez la marchande d'arlequins. Ma fille adorait les repas que cette femme préparait avec les restes des tables des familles bourgeoises chez qui elle travaillait. Et puis c'était joli, la façon dont elle arrangeait ça sur ses plateaux ! Nanette s'émerveillait de tous ces morceaux colorés formés par les bouts de viande, de poisson et de légumes ! Ma petite se régalait. La marchande l'avait prise sous son aile et lui avait raconté qu'on comparait ses plats à l'habit d'Arlequin[1], avec son costume de losanges de toutes les couleurs... Nanette était une enfant rêveuse qui aimait qu'on lui raconte des histoires. Avant qu'elle s'endorme, je lui lisais les contes de Grimm et d'Andersen. Vous savez, il ne faut pas se fier aux apparences...

– Ce n'est pas mon genre.

– Mon grand-père, qui était instituteur, m'avait appris à lire. Les livres m'ont sauvé la vie. Quand il est mort, je me suis retrouvée à la rue et j'ai dû me débrouiller. La lecture a été mon radeau. Et si je n'ai pas sombré après l'enlèvement de ma fille, c'est grâce à ça. Et à vous... souffla-t-elle. Vos fleurs, si décriées, m'ont aidée à garder espoir. J'ai failli m'enliser dans un marécage de boue et de sang. Et j'ai puisé dans vos mots la force de continuer à croire que dans toute cette misère il y avait un peu du rire de ma fille, de l'éclat de ses yeux, du souvenir de son sourire et de ses chansons. Et que tant que je vivrais j'aurais au moins ces images avec moi. Car qui sait ce qui nous attend de l'autre côté ? Sera-t-elle là ? Ou ne sommes-nous que poussière ? Quand on me l'a enlevée, j'ai cessé de croire en Dieu. Même s'Il existe, qui est-Il pour permettre une telle cruauté ? Déjà qu'Il a laissé clouer Son fils sur la croix... Pauvre Marie !

– Il est ressuscité, lâcha Baudelaire.

– La belle affaire ! Il a souffert quand même.

– Est-ce sa faute ou celle des hommes ?

---

1. Personnage de la commedia dell'arte, apparu au XVIe siècle en Italie.

– C'est Dieu qui nous a créés, selon les catholiques, non ? Ben alors… fit Élise.

Charles Baudelaire comprenait bien qu'elle avait tout déversé sur ce Dieu qui avait bon dos, dépotoir de nos crimes et loué pour Ses bienfaits. Et que c'était pour elle la seule façon de survivre à cette horreur.

Soudain, elle se leva et pria Baudelaire de l'excuser.

– Je viens d'entendre pleurer mon bébé. La petite doit avoir faim. Maman arrive, Nanette ! Restez là, je reviens.

Il l'entendit chanter une berceuse…

97

EMMA n'avait pas vendu beaucoup de fleurs ce jour-là. Lorsqu'elle s'était échappée des flammes de l'enfer, elle avait choisi ce prénom en souvenir de la Petite Fille aux allumettes qui, avant de mourir de froid un soir de Noël, avait craqué une allumette… et sa grand-mère décédée lui était apparue, l'avait prise dans ses bras et emportée au ciel. Emma ne croyait ni au paradis ni à l'enfer là-haut. Mais elle croyait aux contes de fées… Il faisait presque nuit quand elle entra dans la Cité du Soleil, où elle habitait. Des sentiers séparaient les bicoques où les chiffonniers couchaient sur des loques étendues à même le sol. Les gosses, les chiens et les porcs aimaient se vautrer dans les ornières fangeuses de ces sentiers puants. Et ils se battaient pour ronger les détritus et les restes de nourriture avariée, ainsi que les vieux os tombés des hottes. Certaines devantures étaient ornées de squelettes de chats, de queues de renards et de têtes de chiens décharnées. Il se dégageait de tout cela une odeur insoutenable, pestilentielle. Et on ne pouvait tenir le coup qu'en buvant du vitriol et du campêche[1] – mélangé à du vin et de l'eau-de-vie – qui enflamment l'estomac.

1. Arbre tropical dont le bois très dur, de couleur sombre, est utilisé pour fabriquer du charbon de bois, des meubles… Sa sève rouge foncé sert de teinture, de colorant pour les tissus et l'encre. Il a aussi de nombreux usages médicinaux.

Ce taudis à ciel ouvert portait le nom enchanteur de Cité du Soleil parce que, bizarrement, de nombreux tournesols plantés tout autour formaient une couronne de lumière comme pour cacher la misère humaine qui finissait par se confondre avec les ordures.

Emma avait réussi à se créer un petit trou de souris, un paradis perdu au fond d'un cauchemar. Où qu'elle soit, elle était libre et nul barreau n'aurait pu l'empêcher de s'envoler. « Les vraies prisons sont celles qu'on a dans la tête », répétait-elle souvent.

Les coups durs de la vie auraient pu l'abattre. Au contraire, elle avait acquis une force mentale hors du commun. Elle ne craignait plus la mort. Cependant, elle avait perdu son cœur en cours de route. Seuls le parfum des fleurs et leurs couleurs lui redonnaient le goût du plaisir.

Mais quelquefois, les fleurs avaient un goût de sang…

98

CHARLES BAUDELAIRE profita qu'Élise était partie s'occuper de son bébé imaginaire pour se lever et aller fouiller dans les tiroirs de son armoire. Parmi des objets sans intérêt, il trouva une boîte à biscuits de Nantes en fer-blanc « Lefèvre-Utile » avec un ange bleu soufflant dans une fine trompette et tenant une couronne de laurier. Il l'ouvrit et découvrit des articles de journaux soigneusement découpés. Tous parlaient des crimes des deux femmes décapitées.

Il n'eut pas le temps de continuer à fouiller car Élise surgit derrière lui, un couteau à la main.

– Je… je suis désolé, balbutia Baudelaire. Je ne voulais pas…

– Taisez-vous ! Vous allez m'obliger à crier et je vais réveiller ma fille.

– Je n'aurais pas dû…

– Non ! Vous croyez que c'est moi qui les ai tuées, c'est ça ?

– Je ne sais pas…

– Eh bien si ! Vous avez raison. Je n'ai fait que rendre justice et je n'ai aucun remords. Ces salopes ont eu ce qu'elles méritaient, soupira-t-elle en cessant de menacer son hôte. Asseyez-vous ! Je vais vous expliquer. Et après, nous verrons si je vous fais subir le même sort…

– Au début, tout ce qui m'importait en menant cette enquête, avoua Baudelaire, c'était de retrouver qui avait assassiné ces femmes. Mais quand j'ai su ce qu'elles avaient fait, je dois dire que j'ai pensé comme vous.

– Alors vous me comprenez ?

– Oui. Mais les tuer ne vous a pas ramené votre fille et elles ont fait de vous une meurtrière.

– Vous avez des enfants ?

– Non.

– Une mère ou un père qui aime vraiment ses enfants est capable de tout. Et je m'en fiche si l'au-delà existe et que je suis damnée ! Au moins j'aurai vengé ma fille. Il m'a fallu des années avant de retrouver les coupables, puis pour mijoter ma vengeance… Je les ai assassinées et décapitées, l'une dans la rue Guillaume et l'autre dans un terrain vague près de la gare de l'Est. J'ai fait ça d'un coup sec, comme on coupe le cou d'un poulet, avec le même couteau que je tiens en ce moment. Je l'ai bien nettoyé, il n'y a plus aucune trace de sang. Je coupe ma viande avec, comme ça, chaque fois que je mange, j'ai l'impression de les égorger, encore et encore. Vous n'imaginez pas le plaisir que cela me procure ! Je suis sûre que si ma petite Nanette me regarde de là-haut, elle doit sourire.

– Vous m'avez dit qu'elle était dans son berceau…

– Bien sûr ! Elle revient tous les soirs. Vous ne l'avez pas entendue pleurer ?

– Si, si, mentit Baudelaire.

Ce n'était pas le moment de la contrarier. Elle tenait toujours fermement son couteau.

99

INSPIRÉ PAR QUELQUE DIABOLIQUE PENSÉE, Charles Baudelaire avait conforté Élise dans sa folie et l'avait soudain interrompue pour lui dire que la petite Nanette pleurait. La gentille maman se précipita dans la pièce voisine où se trouvait le berceau et Baudelaire en profita pour se ruer vers la porte et s'enfuir.

Il eut envie de voir Jeanne, de lui raconter ce qu'il avait découvert. De partager ses états d'âme avec elle et de lui demander conseil. Car sa conscience le tourmentait. Il se laissait la nuit pour prendre une décision. Soit il irait avertir la police dès le lendemain, soit il garderait le silence. Cette femme avait assez souffert. Même s'il n'avait pas d'enfants, il savait qu'il n'y avait pire châtiment que de les perdre. Ce n'était pas dans l'ordre des choses. Maintenant qu'elle avait vengé sa fille, Élise n'avait plus aucune raison de tuer qui que ce soit et ne constituait pas une menace pour la société.

Ce soir-là, Jeanne s'apprêtait à aller au théâtre. Elle jouait dans une pièce de boulevard, *L'Avocat*, pour laquelle elle devait recouvrir sa peau noire d'une épaisse pâte blanche qui lui causait des allergies. Baudelaire, qui avait vu le spectacle, était furieux qu'on l'humilie de la sorte. Maudite époque ! Il détestait les racistes et avait fait un bras d'honneur à sa famille bourgeoise en la prenant comme amoureuse.

Il décida cependant de l'accompagner jusqu'à l'entrée du théâtre, lui expliquant qu'il ne voulait en aucun cas remettre les pieds dans cet antre de dégénérés.

En chemin, il lui raconta sa visite chez la mère de Nanette. Quand il aborda le moment où elle avait surgi avec son couteau pour le tuer, Jeanne frissonna et lui serra le bras. Il en éprouva un doux plaisir. Il aimait sentir qu'elle avait peur pour lui.

– Que ferais-tu à ma place ? La dénoncerais-tu à la police ? Je pense qu'elle a assez souffert et qu'elle ne tuera plus.

– Elle a quand même failli t'égorger !

– J'ai le sentiment qu'elle ne l'aurait pas fait.

– Si tu en étais si sûr, pourquoi t'es-tu enfui ? Elle est folle, non ?

– Chacun se débrouille comme il peut avec ses malheurs, dit Baudelaire. Elle s'est créé un monde dans lequel elle souffre moins. La folie est parfois un refuge. N'y avons-nous pas tous un petit jardin secret ?

À l'entrée du théâtre, il reconnut la bouquetière avec son chapeau mou. Il embrassa Jeanne et lui proposa de l'attendre dans un bistrot. Il viendrait la chercher après le spectacle. Même s'il avait découvert l'assassin des femmes décapitées, il n'aimait pas que sa maîtresse rentre seule la nuit. Ou qu'elle se fasse raccompagner par quelque vicieux argenté au regard lubrique.

Au moment où il allait quitter le théâtre, la bouquetière s'avança vers lui et lui tendit un œillet rouge. À la lueur du réverbère, il vit que le bord de son chapeau cachait un œil bandé.

100

ASSIS À LA TERRASSE DE LA BRASSERIE en face du théâtre, Baudelaire cogitait devant un verre de bourgogne. De là où il était, il voyait la bouquetière et il fut envahi par un sentiment étrange. Une sorte de malaise. Il tritura l'œillet rouge qu'elle lui avait offert, comme ceux qu'avaient reçus la Diva et Nelly la Rouquine la veille de leur mort… Mauvais présage ?

Et cet œil bandé qui lui rappelait le supplice de la petite Nanette Lollier avec l'araignée dans la coquille de noix… Et si c'était elle ?

Il vida son verre, alla payer au comptoir et sortit, bien décidé à lui parler. Mais elle avait disparu.

Il se mit à marcher au hasard des rues autour du théâtre, espérant la retrouver, mais elle s'était comme volatilisée ! En attendant Jeanne, il réfléchit. Se remémora tout ce que lui avait avoué Élise. Quelque chose clochait, mais il n'arrivait pas à savoir… Soudain, l'évidence lui sauta aux yeux. Elle avait parlé du cadavre de la Diva, laissé dans la rue Guillaume, et de celui de Nelly la Rouquine, près de la gare de l'Est. Or le journaliste s'était trompé et avait relayé une fausse information, puisque le Ratier avait dit à Baudelaire que le second cadavre avait été découvert dans un terrain vague près de la gare du Nord.

Élise avait inventé toute cette histoire à partir des articles de journaux qu'elle gardait précieusement dans sa boîte à biscuits ! Et elle s'était accusée des crimes qu'elle aurait aimé commettre elle-même pour rendre justice à sa fille.

Mais alors qui avait assassiné ces deux femmes ?

Baudelaire effeuilla l'œillet rouge comme pour conjurer le mauvais sort.

Il avait sa petite idée…

Mais il était arrivé au bout de son enquête. N'avait-il pas écrit quelques-uns de ses plus beaux poèmes en se jouant du diable ? Un jeu de cache-cache, mais tu ne m'attraperas pas !

Quand il vit Jeanne descendre les marches du théâtre, il alla à sa rencontre et l'enlaça tendrement. Elle seule savait qu'il revenait d'un long voyage.

Et il lui murmura :

– Laisse-moi embrasser ta bouche rouge et blanche, délicieuse, qui fait rêver au miracle d'une superbe fleur éclose dans un terrain volcanique.

Elle pouffa de rire. Il l'aima davantage.

Bouquet final

LE LENDEMAIN, on retrouva le corps d'Élise dans la Seine. Elle avait laissé sur la table de sa bicoque, près du couteau, une lettre dans laquelle elle avouait ses crimes. Et expliquait que sa mission était accomplie et qu'elle n'avait plus envie de vivre. Que de toute façon elle était morte depuis bien longtemps. Depuis le jour où on lui avait enlevé sa fille.

Il y avait bien eu cette femme qui, une fois, était venue frapper à sa porte et qui prétendait s'appeler Nanette. Elle vendait des fleurs… Élise avait refusé son bouquet et l'avait jetée dehors. Elle voulait sûrement lui voler son bébé !

Baudelaire apprit la mort d'Élise dans le journal. C'eût été un simple fait divers si elle n'avait laissé une lettre avec ses aveux. La population était rassurée et, désormais, les femmes pouvaient de nouveau sortir le soir sans crainte.

L'inspecteur Delâbre, qu'un passant avait averti, ayant vu flotter un cadavre, s'attribua le mérite de la découverte.

Le diable – ou du moins celui qui cherchait à se faire passer pour lui – ne donna plus signe de vie. Mais était-ce encore une de ses ruses ?

Quant à Nanette Lollier, elle décida de devenir marchande d'allumettes, en souvenir de son conte préféré. Elle traînait ses lambeaux d'âme dans les plis sombres du voile nuptial de la nuit, en criant :

Pour quelque peine que j'y mette
D'enrichir je n'ai point appris
J'ai beau crier les allumettes
Car elles sont de trop petit prix

Et, de temps en temps, elle craquait une allumette pour ajouter une étoile dans le ciel.

Charles Baudelaire ne revit jamais la bouquetière. Mais désormais, il apprit à se méfier des fleurs…

Mainte fleur épanche à regret
Son parfum doux comme un secret
Dans les solitudes profondes.

Charles BAUDELAIRE

Note de l'auteure

Quelle drôle d'idée pour une Belge de parler d'un écrivain qui les détestait et m'aurait sans doute placée « entre le singe et le mollusque » ! Et pourtant…

Mon cher Baudelaire, plus je plonge en vous, dans votre vie, vos passions, vos soucis de santé, vos descentes aux enfers et vos paradis artificiels, plus je vous aime. Comme une maîtresse aux désirs platoniques, sans aucun espoir de retour. Je n'aime ni les bijoux, ni les parures, ni le maquillage qui vous séduisaient tant chez les femmes. Je ne suis pas votre genre. Mais je vous sens perché sur mon épaule… et vos murmures parent mes mots de dentelles rouges, délicieusement déchiquetées.

Je reste persuadée que vous m'avez choisie, pour je ne sais quelle obscure raison. Moi, la petite Belge insoumise, iconoclaste et espiègle, qui, comme vous, écrit chaque souffle de vie et de mort, qui n'a jamais mêlé l'art à la morale, et est issue de la bourgeoisie, tout pareil que vous, puis est descendue parfois dans les bas-fonds parce que l'écriture est mon souffle de vie et que sans haillons elle ne serait qu'une chimère insipide.

Chaque fois que je touche à un personnage ayant existé, il m'arrive des choses étranges, que l'on pourrait appeler un curieux hasard… Le jour où j'ai écrit le chapitre sur Éliphas Lévi, un des grands maîtres de l'occultisme, j'ai terminé mon texte par « de l'ombre à la lumière », qui était son « mantra ». Le soir même, dans un excellent restaurant sur l'île de Koh Samui en Thaïlande – Chez Gao, au Red Moon (en plus, la carte du tarot représentant le mieux Baudelaire est la Lune…) –, j'ai rencontré deux hommes, un magnétiseur et un chiromancien, qui ne me connaissaient pas et qui m'ont parlé exactement de tout ce que j'avais écrit dans ce chapitre. Le magnétiseur m'a remis sa carte sur laquelle était écrit le « mantra » d'Éliphas Lévi : Entre ombre et lumière.

Et je vous remercie, cher Baudelaire, de m'avoir fait découvrir *Le Livre des Esprits* d'Allan Kardec, qui m'a confortée dans l'intuition que la vie ne s'arrête pas là.

Du coup, il m'est venu l'idée de créer l'oracle d'Allan Kardec, que vous pourrez bientôt (je l'espère) consulter comme l'aurait fait Baudelaire.

Dans l'atelier de l'auteure

Chers lecteurs et lectrices, venez, je vous emmène…

Vous serez sans doute curieux de savoir ce qui se passe derrière le rideau rouge de mon écriture… Ces petits secrets entre les pages, là où quelques diablotins ou anges espiègles me soufflent leurs histoires, telles des graines de fleurs sauvages, parfois vénéneuses et attirantes, dans mon jardin fou. Je n'ai plus qu'à pousser la grille et…

Tirer les tarots ! Celui qui me parle le plus et depuis toujours est le tarot de Marseille, dont je ne m'occupe que des 22 lames majeures. Tout un univers en miroir du nôtre, avec la Lune, le Soleil, l'Étoile l'Ermite, la Papesse, le Chariot, la Justice… Autant de petits éclats qui répondent à nos questions fondamentales et nous guident. Mais pas seulement ! Ce sont des images pleines de symboles qui donnent matière à réflexion. Compliqué à interpréter ? Pas du tout ! Les meilleures lectures se font avec le cœur et des yeux d'enfant. Certaines personnes en ont peur, elles devraient être rassurées, aucune carte bien interprétée n'est un mauvais présage, mais un conseil pour avancer dans la bonne voie. Ma grand-mère, qui pratiquait le pendule avec la croix au bout du chapelet qu'elle portait à son cou, me disait : « Si tu poses une question, tu dois être capable d'accepter la réponse. »

Selon Liliane Souvay, l'amie qui m'initia aux tarots et continue à me guider depuis les étoiles, « il n'y a pas de lames porteuses de bien ou de mal, de bonheur ou de malheur, de chance ou de malchance, il y a des forces exprimées par les symboles qui indiquent une tendance à "monter ou descendre", à "construire ou détruire", à "agir ou attendre" »…

Comment est née ma passion pour les cartes ? Un jour, au marché aux puces de Bruxelles (ma ville natale), j'ai trouvé la carte de l'Ermite par terre, devant l'étal d'un bouquiniste qui a senti que je n'allais pas bien. Il m'a dit : « Tu sais ce que c'est, ça ? » Non, je l'ignorais. Et il m'a expliqué la signification de cette lame. L'Ermite, c'est moi ! Tout ce qui se fait avec le concours du temps, la sagesse, réfléchir avant d'agir… La solitude aussi, parfois nécessaire pour se retrouver.

Le bouquiniste et moi avons été amis pendant des années, jusqu'à sa mort. Alors qu'avant de trouver cette carte nous ne nous étions jamais parlé.

Quand j'écris sur un personnage ayant existé, j'ai l'impression qu'il communique avec moi depuis l'au-delà. Comme s'il était perché sur mon épaule et que j'étais un canal par lequel passe mon écriture dans une sorte d'alambic où se mélangent mon imagination, mes souvenirs et quelque chose de mystérieux. Chaque fois, j'ai des signes très troublants que l'on pourrait appeler « coïncidences », mais ils sont tellement incroyables que j'ai le sentiment qu'ils viennent d'un autre monde. Il est vrai que, comme la plupart des artistes, j'ai gardé mon âme d'enfant. Je suis une gamine qui joue dans un encrier et en sort des poupées cassées ou un éléphant rouge.

Donc, avant de me lancer dans l'écriture avec Baudelaire, j'ai tiré une carte qui pouvait le caractériser, et ce fut le Pendu.

Un personnage attaché par un pied, la tête en bas, l'autre jambe étant en triangle. Il ne peut s'épanouir. Toute sa vie, Baudelaire resta lié à sa mère par un invisible cordon ombilical. De l'argent tombe des poches du Pendu. Ce qui est curieux dans cette lame, c'est que les arbres sont aussi à l'envers. D'emblée, on pense à l'inconfort ressenti par ce pauvre garçon. Mais Niki de Saint Phalle (qui a créé un magnifique *Jardin des Tarots* en Toscane) a une autre explication : « Le Pendu voit le monde à l'envers, donc d'un point de vue différent. » En d'autres termes, l'inconfort nous permet de percevoir des choses que nous ne voyons pas quand tout va bien.

Effectivement, Charles Baudelaire a passé sa vie à être rongé par des problèmes d'argent. En un clin d'œil, il a dépensé la moitié de son héritage paternel et a dû être placé sous tutelle. Ce qui l'a mis dans une position de malaise intense, lui a permis de voir les choses sous un autre angle et d'écrire ses sublimes poèmes.

Il m'arrive parfois de tirer les cartes pour savoir quelle direction donner à mon histoire. Ainsi, le Diable est sorti de sa boîte de Pandore, cette force maléfique qui devient une source d'inspiration pour le poète et lui inspirera ses plus beaux poèmes. Cette carte représente également les problèmes d'argent, les maladies vénériennes et la sexualité, qui fut très importante dans la vie de Baudelaire. Puis l'Amoureux, un personnage tiraillé entre son passé et son avenir représenté par deux femmes, avec un ange qui tire une flèche au-dessus de sa tête. Le poète était pris entre l'amour de sa vie – sa mère – et Jeanne Duval, celle qu'il aima plus que toutes ses autres maîtresses. L'une et l'autre se détestaient.

Mais ce qui caractérise sans doute davantage Baudelaire, c'est la Lune, avec ses vagues à l'âme, son côté versatile, changeant, cette maladie souterraine (représentée par un crabe). Une de ses maîtresses lui a refilé la syphilis qui lui a pourri toute sa vie, et, pour ne pas souffrir, il s'est drogué car aucun médicament n'était alors efficace contre la douleur. Dans *Les Paradis artificiels*, il désapprouve la prise de ces substances qui, dit-il, n'amènent rien à la création. C'est par ailleurs la lame de l'attirance pour les sciences occultes, les mystères de la nuit. À l'instar de beaucoup d'écrivains de son temps, Charles Baudelaire fut attiré par la communication avec les Esprits par le biais de l'écriture automatique et des tables tournantes… Allan Kardec, fondateur du spiritisme – un dieu au Brésil –, fut leur mentor. La Lune symbolise la femme, la mère… La sienne eut une place prédominante dans sa vie. De chaque côté d'un chemin sinueux, deux chiens – un noir et un blanc –, gardiens des portes de l'enfer. Baudelaire en avait bien besoin ! Peut-être est-ce l'écriture qui l'a sauvé des flammes ? Comme elle m'a sauvée, moi.

« La plus belle main est celle de l'amie qui se tend aux heures de l'oubli », m'a un jour écrit Liliane Souvay. Et c'est ce que je souhaite faire avec Charles Baudelaire, parce qu'à l'époque il ne fut pas compris. Lui tendre la main depuis ma planète et lui dire qu'aujourd'hui on l'aime.

Il nous fallut du temps, mon cher Baudelaire, mais le véritable talent – chez vous le génie – n'existe bien souvent qu'après *la mort*. La preuve qu'elle n'est pas une fin en soi, c'est qu'aujourd'hui vous vivez toujours dans nos mémoires et dans nos cœurs. En franc-maçonnerie, la mort est une renaissance.

Quelles que soient nos croyances, l'écriture vous a rendu éternel, et particulièrement *Les Fleurs du Mal* qu'en votre temps des « bien-pensants » ont voulu arracher. Mais elles sont immortelles.

Nadine Monfils

À mon éditeur et ami Glenn Tavennec,
qui partage ma passion pour cet immense poète.
Glenn est aussi pour moi un guide précieux
qui m'emmène vers des chemins auxquels je n'aurais pas pensé
et qui ont changé ma vie.

Et à mon ami Michel Ducobu,
mon professeur de français à l'Athénée de Namur,
qui me fit aimer Baudelaire,
tombé sur les marches de l'église Saint-Loup,
juste à côté de mon école.

Remerciements

À mon mec et mes fils adorés, Raphaël et Geordy.

À mon petit-fils Alan.

À mon ami et frère de cœur Jean Pierre Jeunet, et à notre ami Jean Paul Couetil notre ange gardien.

À Yousry Nasrallah, parce qu'on s'est aimés dans une autre vie avant de se retrouver là où a vécu Allan Kardec, au-dessus du Dream Café.

À Stéphane de la Midinette, sans qui toute cette histoire n'existerait pas ! Merci à lui.

De tout cœur, à mes amis et amies :

Sergio mon œil de lynx.

Thierry Dardanello, qui m'entoure d'étoiles.

Alain Berenboom (et Jefke bien sûr), Dominique Lavanant, Josiane Balasko, Liliane Rovère, Sabine, Odette Arnaudin, Chilleke et Anneke Gruwez, Mone ma maman de coeur.

À tous les libraires qui me suivent et à Gérard Collard pour toujours.

Aux représentants et à toute l'équipe super chouette de Verso.

Et à tous ceux qui me lisent et me protègent de leur bienveillance.

Sans oublier mon petit chien Léon qui se planque sous mon pull quand j'écris et qui me tient chaud.

LA SÉRIE

LES FLEURS DU CRIME DE MONSIEUR BAUDELAIRE

Livre 1 : *La Femme sans tête*

Livre 2 : parution avril 2026

Livre 3 : parution octobre 2026

Retrouvez le label VERSO
sur les réseaux sociaux :
@verso_romans

RÉALISATION : NORD COMPO À VILLENEUVE-D'ASCQ
ACHEVÉ D'IMPRIMER SUR ROTO-PAGE
PAR L'IMPRIMERIE FLOCH À MAYENNE
DÉPÔT LÉGAL : OCTOBRE 2025. N° 156692 (107547)
IMPRIMÉ EN FRANCE